歌德与中国才女

Goethe und die chinesischen Fräulein

谭渊　[德] 海因里希·戴特宁　著

WUHAN UNIVERSITY PRESS
武汉大学出版社

图书在版编目(CIP)数据

歌德与中国才女/谭渊,(德)海因里希·戴特宁著.—武汉：
武汉大学出版社,2020.12(2022.4 重印)

ISBN 978-7-307-21458-3

Ⅰ.歌…　Ⅱ.①谭…　②海…　Ⅲ.歌德—文学研究
Ⅳ.I516.064

中国版本图书馆 CIP 数据核字(2020)第 069236 号

责任编辑:胡国民　　责任校对:李孟潇　　版式设计:马　佳

出版发行:**武汉大学出版社**　(430072　武昌　珞珈山)
　　　　　(电子邮箱:cbs22@ whu.edu.cn　网址:www.wdp.com.cn)
印刷:武汉邮科印务有限公司
开本:950×1260　1/32　印张:8.125　字数:195 千字　插页:3
版次:2020 年 12 月第 1 版　　2022 年 4 月第 2 次印刷
ISBN 978-7-307-21458-3　　定价:52.00 元

谭渊，1975年生于重庆，复旦大学德语语言文学硕士，德国哥廷根大学德语文学博士、博士后。2008年起执教于华中科技大学。现为华中科技大学德语系教授、博士生导师，外国语学院副院长。研究方向：德语文学、翻译史、中德文学关系。先后主持国家社科、教育部社科基金项目等10余项课题。已出版或发表《德国文学中的中国女性形象》等专著5部、论文50余篇。先后获得德国哥廷根大学外国学生优秀德语博士论文奖、中德文学翻译大赛一等奖、湖北省社会科学优秀成果奖三等奖等多项荣誉。2011年入选教育部"新世纪优秀人才"支持计划，2018年入选德国"洪堡学者"。目前兼任教育部大学外语教学指导委员会委员、中德跨文化日耳曼学研究中心常务理事、中国歌德学会理事。

海因里希·戴特宁（Heinrich Detering），1959年生于新明斯特，1988年获博士学位，1993年获教授资格，先后执教于慕尼黑大学、基尔大学，现任德国哥廷根大学德语系教授，德国科学院、丹麦科学院院士。主要研究方向：近现代德语文学、诗歌、比较文学、北欧文学。已发表《布莱希特与老子》等学术专著18部、论文近300篇，个人诗集5部，主持出版《安徒生文集》等各类文集30余部，现主持《托马斯·曼文集》编撰等多项大型课题。2008年被丹麦Aarhus大学授予荣誉博士学位，2009年获得"德国诺贝尔奖"之称的德国科研协会（DFG）莱布尼茨奖，2010年起受聘为华中科技大学客座教授，2012年获安徒生奖，2013年获丹麦国旗骑士勋章。2011—2017年任德意志语言文学科学院院长、德国毕希纳文学奖评委会主席。

歌德 1827. Johann Joseph Schmeller 作

木刻 1827年 佛朗茨·约瑟夫·施瓦纳克作

前　言

　　德国文豪歌德(Johann Wolfgang von Goethe，1749—1832)的创作生涯长达 60 多年，从少年时期翻译拉丁语文学作品开始，他一生中始终孜孜不倦地探究着来自世界各国的文学艺术。他对东方文学和文化的了解更是达到了那个时代中一位业余爱好者所能达到的最高水准，以至于后人将他称为"魏玛的孔夫子"。早在少年时代，中国便已在歌德心中激起涟漪——无论是法兰克福画师绘制在布上的奇妙花卉，还是家中墙纸上的东方图案，都令他对那一时代流行欧洲的"中国风"有了朦胧的认识。① 到了大学时代，耶稣会士翻译的《大学》《中庸》《论语》《孟子》等儒家经典开始进入歌德的视野，甚至在成为魏玛公国首相后，他虽然每日被各种公务缠身，但还念念不忘在日记中写下"啊，文王!"的感叹。等到了晚年，这种对东方的向往更是一发不可收拾。歌德在 1813—1827 年的一系列作

---

　　① 参见歌德自传《诗与真》(*Dichtung und Wahrheit*)第 4 卷、第 9 卷，原文见法兰克福版《歌德全集》(Goethe, Johann Wolfgang. *Sämtliche Werke. Briefe, Tagebücher und Gespräche*, hg. von Hendrik Birus, Friedmar Apel, Frankfurt a. M.: *Deutscher Klassiker Verlag*, 1985-2013)第 1 部第 4 卷第 172、388 页，以下按学术界惯例将法兰克福版《歌德全集》缩写为 FA，其后的罗马及阿拉伯数字分别代表所在卷数、分册数和页码，本处可简写为 FA I, 4, pp. 172, 388。以下不再一一说明。译文参见歌德:《歌德自传——诗与真》，刘思慕译，人民文学出版社 1983 年版，第 151、364 页。

品和日记都证明，拥有悠久文明的中国甚至成为晚年歌德逃避纷繁世事、寻找精神解脱的梦想王国，而艺术与教育合一的中国文化传统对他而言也一直充满魅力。本书重点呈现的便是歌德1813年、1827年两次"逃往中国"的经历。尤其是在1827年这个硕果累累的年份，一种潜移默化的"中国风尚"几乎已渗透到歌德艺术世界的方方面面，尽管歌德在吸纳中国元素过程中有时似乎还停留在肤浅的"异国风情"层面，有时却已达到了令中国学者也惊讶不已的深刻洞见，而在更多的时候，中国元素则是与歌德所代表的世界文学理念融为一体的。歌德在1827年创作的《中国作品》（Chinesisches）表明，他已经远远超越了同时代德国作家，他的"中国风尚"下隐藏着借助异域风情对自身文学潜力的无限探索——也许在德语文学中再没有比这更具吸引力的"异国风情"了。但中国对歌德而言究竟意味着什么？在经历了60载悠悠岁月后，激荡在歌德胸中的"中国"究竟是一种希望、一种诱惑，还是一种对欧式思维的恒久挑战？而其中最具挑战意味的则当属1827年突然出现在歌德视野中的"中国才女"，她们的故事来自于历史上第一本英译中国诗歌集 Chinese Courtship。欧洲人只要看看诗集的封面，就已经能感受到扑面而来的挑战意味，因为在英文标题 Chinese Courtship（《中国人的求婚》）的正上方还赫然印着两个他们根本无法看懂的中文字——"花笺"（见第三章插图），就仿佛是一位身着汉服的中国学者正傲然挺立，居高临下地嘲笑着眼前这些不懂中文的欧洲人。

正是这本诗歌集激起了歌德的浓厚兴趣。在1827年1月29日从魏玛图书馆借出该书后的短短两周里，78岁的歌德在日记中连续记录下了他与友人艾克曼（Johann Peter Eckermann）以及秘书的谈话和工作内容，其核心只有一个——"中国"，从"中国诗歌"（1月31日、2月2日）到《中国人的求婚》（2月

3 日），从《中国作品》（2 月 4 日）到"中国女诗人"（2 月 5 日、
6 日），最后是他自己创作并朗诵给朋友听的"中国诗歌"（2 月
11 日）。①《中国人的求婚》所指的便是那本英译诗集 Chinese
Courtship。这究竟是怎样一本充满魅力的书，为何会令歌德如
此着迷呢？书中的中国诗歌在转译成英语后读起来又当有怎样
的一番风味呢？那些具有中国古典文学特色的人物形象、叙事
方式、修辞格律还能保持原汁原味吗？而其中最根本的一个问
题是：为什么歌德恰恰会在 1827 年关注一部介绍中国诗歌的
作品，并将它潜移默化地融入自己的文学世界中，使其晚年诗
歌创作再次焕发出令人惊叹的魅力？探讨"中国魅力"的起源、
演化以及其中所蕴含的丰富创造力正是本书所要达到的目标。
而要探索这一源泉，就必须先跳出诗歌本身，追溯《中国人的
求婚》诞生之初的文化语境，最后再回到歌德的诗歌创作本身
上来。横亘在起点与终点之间的是一条漫长的中德文学交流之
路，它所穿过的是一片极其广袤的研究领域——我们要重新研
读歌德所使用过的汉学文献，研究这些文献所带有的文化历史
印记，研究它们与西方汉学史之间的关系，重构"中国话语"
的演变历程。为此，我们将把魏玛文化圈中的中国"知识场"②
重新放入哲学、文学和政治的时代背景，研究这一背景下歌德

---

①　原文见魏玛版《歌德全集》（Goethe, Johann Wolfgang. *Goethes
Werke. Dritte Abteilung: Goethes Tagebücher*, hg. im Auftrag der Großherzogin
Sophie von Sachsen, Weimar: Hermann Böhlau, 1887-1900）第 3 部第 11 卷
第 15~19 页，以下按学术界惯例将魏玛版《歌德全集》缩写为 MA，其后
的阿拉伯及罗马数字分别代表所在卷数、分册数和页码，本处可简写为
WA III, 11, pp. 15-19，以下不再一一说明。
②　孟华：《中法文学关系研究》，复旦大学出版社 2011 年版，第
43~48 页。孟华老师在比较文学形象学研究中使用的这一概念尤其借鉴
了法国社会学家布尔迪厄（Pierre Bourdieu, 1930—2002）对"场"的论述，
本书使用这一概念来阐明歌德对中国的印象是如何在当时的知识条件下
一步步建立起来的。

与东方文化思想、创作风格、诗歌传统的接触，并将研究延伸到更广范围内的欧洲知识分子的"中国观"，因为歌德对中国的关注在这一时代中并非特例，而恰恰是"时代精神"的组成部分。换言之，要理解歌德 1827 年对"中国诗歌"的关注，就必须在材料的深度和广度上极尽所能地加以发掘[1]，对通向它的道路进行细致而耐心的重构，而最终我们惊讶地发现，歌德的"中国年"——1827 年还远非这条道路的终点；相反，它构成了另一个伟大时代——世界文学时代的辉煌起点。

在写给挚友、作曲家、指挥家泽尔特（Carl Friedrich Zelter，1758—1832）的信里，歌德将他笔下的四位中国才女描绘为"清秀温柔的中国淑女"（zarten zärtlichen Chinesischen Fräulein）。[2] 这些诗歌本身描写的是恋人的悲欢离合、礼教的逼迫束缚和人生的悲喜无常，同时也展现了女性的各种艺术才华以及人类在借助诗歌艺术这一媒介来传递内心呼声方面的共通性。而这组"中国才女"的诗歌则正好见证着歌德此时在心中酝酿着的"世界文学"。因此，还原《中国作品》诞生的这段历史将会看到，"世界文学"对于歌德而言绝非只停留在一个新奇的概念上，它更是一套行之有效、极富生命力的创作方案。[3] 正是在"中国才女"身上，这套方案得到了最早、也是最

---

① 叶隽：《德国文学研究与现代中国》，北京：北京大学出版社 2008 年版，第 357 页。

② 此信写于 1827 年 3 月 29 日。引自 Goethe, Johann Wolfgang von. *Sämtlichen Werken nach Epochen seines Schaffens: Briefwechsel zwischen Goethe und Zelter in den Jahren 1799 bis 1832*, Band 20. I, München, 1991-1998, p. 988，即慕尼黑版《歌德全集》（Münchener Ausgabe）第 20 卷第 1 分卷第 988 页，以下按学术界惯例将慕尼黑版《歌德全集》缩写为 MA，其后的阿拉伯及罗马数字分别代表所在卷数、分卷数和页码，本处引用可简写为 MA 20/I, p. 988。以下不再一一说明。

③ 关于世界文学的"方案"详见 Lamping, Dieter. *Die Idee der Weltliteratur. Ein Konzept Goethes und seine Karriere*. Stuttgart: Kröner, 2010.

好的阐释。同时，对于研究歌德最后一次浩瀚的世界文学之旅而言，这部在歌德研究中并不起眼的《中国作品》①也是不可或缺的宝贵文献。歌德在《中国作品》这片狭小空间里所展现的中德文化交流潜力，不仅极具前瞻性，而且也足以令后世学者感到兴奋不已。

学术界对歌德与中国文化这一课题的研究兴趣由来已久。早在 1879 年，沃尔德马尔·冯·比德尔曼（Woldemar von Biedermann）就在其《歌德研究》（Goethe-Forschungen）一书中首次对《中国作品》的英文和中文底本进行了讨论，其中，歌德关于中国文化和语言的知识明显被高估。② 此后，学术界对歌德中国作品的研究兴趣主要集中在三个方面：第一，重构翻译史；第二，将歌德视为译者或改写者，对作品进行比较研究；第三，为歌德的自由改写进行文学理论方面的辩护。1929 年，汉学先驱卫礼贤（Richard Wilhelm）出版了一部译自中文原版的

---

① 慕尼黑版《歌德全集》（MA）将《中国作品》收入了第 18 卷 Letzte Jahre：1827-1832 中的第二分卷 Schriften zur Literatur，参见 MA 18/2, pp. 20-22。法兰克福版《歌德全集》（FA）将《中国作品》同时收入了翻译作品分卷 Bezüge nach außen：Übersetzungen II, Bearbeitungen（FA I, 12, pp. 373-376）和美学作品分卷 Ästhetische Schriften 1824-1832：Über Kunst und Altertum V-VI（FA I, 22, pp. 370-373）。《中德四季晨昏杂咏》同样被收入了翻译作品分卷 Bezüge nach außen：Übersetzungen II, Bearbeitungen （FA I, 12, pp. 376-381），当然也被收入了诗歌分卷 Gedichte 1800-1832 （FA I, 2, pp. 695-699），但是该卷却并没有收入本书重点讨论的《中国作品》。详见 Birus, Hendrik/Bohnenkamp, Anne/Bunzel, Wolfgang（ed.）, Goethes Zeitschrift »Ueber Kunst und Alterthum«. Von den »Rhein- und Mayn-Gegenden« zur Weltliteratur, Göttingen：Göttinger Verlag der Kunst, 2016, pp. 102-104. 关于作品产生的过程还参见 Mommsen, Momme, Die Entstehung von Goethes Werken in Dokumenten, Bd. 2, Berlin/New York：De Gruyter, 2006, pp. 181-183.

② Biedermann, Woldemar Freiherr von. Goethe-Forschungen, Bd. 1-3, Frankfurt a. M.：Rütten&Loening, 1879-1889.

新译本，并首次提供了原版的精确复印件。此外，他还摘选了
《百美新咏》①中的两张刻板和一张图片。② 20 世纪 30 年代，
这一比较工作在陈铨③、乌苏拉·奥里希(Ursula Aurich)的博
士论文④和霍斯特·冯·查尔纳(Horst von Tscharner)的教授资
格论文⑤中得到了进一步发展。

　　1970 年，民主德国汉学家贝喜发(Siegfried Behrsing)的论
文为《中国作品》的语言学研究奠定了新的基础。⑥ 贝喜发是第
一个忠实地将中文原文以中德对照本形式刊出的研究者⑦，并
且首次分析了汤姆斯和歌德对其的改写。然而，他更注重于对
各个不同版本的广泛比较，而关于歌德作品的分析在长达 23
页半的论文中才占据半页篇幅。从此以后，一个虽然屡被重新
定位，但却一直富于生命力的研究议题被确立起来，汉学家以
及中德日耳曼学者均参与其中，他们的工作直接与贝喜发衔
接，并立足于文学研究中的社会历史问题，其中包括德国汉学

---

　　① 《百美新咏》，全称《百美新咏图传》，笔者根据英译版及英译版
所参照的原本，在本书中除部分注释及参考文献外均简称为《百美新
咏》。

　　② Wilhelm, Richard. *Chinesisches. Gedichte hundert schöner Frauen,
von Goethe übersetzt*, in: *Chinesisch-deutscher Almanach für das Jahr 1929-
1930*, Frankfurt a. M. : China-Institut, pp. 13-20.

　　③ Chen, Chuan. *Die chinesische schöne Literatur im deutschen
Schrifttum*, Kieler Diss, 1933.

　　④ 其中相关论述几乎全部抄袭了卫礼贤和陈铨的论文并且未注明
引用，此外书中还有很多其他错误。参见 Aurich, Ursula. *China im Spiegel
der deutschen Literatur des 18. Jahrhunderts*, Berliner Diss., 1935.

　　⑤ Tscharner, Eduard Horst von. *China in der deutschen Dichtung bis zur
Klassik*, München: Reinhardt, 1939.

　　⑥ Behrsing, Siegfried. *Goethes » Chinesisches «*, in: *Wissenschaftliche
Zeitschrift der Humboldt-Universität zu Berlin, Gesellschafts- und
Sprachwissenschaftliche Reihe*, XIX, H. 1 (1970), pp. 244-258.

　　⑦ 该论文中的部分译文采用了卫礼贤和霍福民(Alfred Hoffmann)
的译本。

家鲍吾刚(Wolfgang Bauer)和日耳曼学者克里斯蒂娜·瓦格纳-迪特马尔(Christine Wagner-Dittmar)。后者明确继承了卫礼贤的前期研究，在1971年对《中国作品》和《中德四季晨昏杂咏》(Chinesisch-deutsche Jahres- und Tageszeiten)进行了全面的、逐句细读的研究。但坦白来说，她对整个文本细致和耐心的研究有其局限之处，因为她仅仅注意到了译本对应的中文版本，其研究目标虽然清晰，但是范围较小，重在探究"歌德的翻译在多大程度上与原版，这里指的是英语版本相一致，以及二手的改编作品在多大程度上保留和传达了原文的印象"①。正如她所说，她的研究描述了经过变译后的"远离原文之处"以及歌德如何"遵循自己的精神"对文本进行了自由处理，而他的"敏锐感触为中国诗歌的氛围"又创造了怎样的条件。②

如果说1920年至1930年之间就已经有了从汉学角度和日耳曼学视角进行的科学研究，那么这些文章也只是将《中国作品》作为对中国思想和生活的直觉理解，直到1970年左右，在对歌德和中国课题的新研究中才开始关注政治方面的兴趣。贝喜发认为，歌德忽略了原书中的政治内容，那是因为歌德在意识形态方面还局限在"内阁参议"中。③鲍吾刚赞同这种观点并在两年之后补充道：歌德的翻译作品与《中德四季晨昏杂咏》相比"缺少真正的中国感悟"④。

卫礼贤和贝喜发的工作是那一时代内涵最为丰富的比较研

① Wagner-Dittmar, Christine. *Goethe und die chinesische Literatur*, in: Trunz, Erich (ed.), *Studien zu Goethes Alterswerken*. Frankfurt a. M.: Athenäum, 1971, pp. 122-228, hier p. 174.

② Wagner-Dittmar. *Goethe und die chinesische Literatur*, pp. 177, 180.

③ Behrsing. *Goethes »Chinesisches«*, p. 254.

④ Bauer, Wolfgang. *Goethe und China: Verständnis und Mißverständnis*, in: Reiss, Hans (ed.), *Goethe und die Tradition*, Frankfurt a. M.: Athenäum, 1972, pp. 177-197, hier pp. 185, 188.

究，为中国日耳曼学者如钟英彦、张威廉、卫茂平和林笳能够
更密切地关注作品翻译和动态转换奠定了基石。钟英彦在博士
论文(美因茨大学，1977 年)中借鉴了贝喜发的模型，但将重
点放在歌德的诗歌上。① 张威廉则认为，歌德的开元诗歌是跨
文化对话的成果，并盛赞这一诗歌改写恰如其分地汲取了中国
文化，是"中德文化交流史上意义极为重大的事件"②。

前辈们这些令人惊叹的定论起初推动了中国国内歌德研究
的发展，近年来则让位于更加新颖、更加多样化的解读。2010
年，中国学者何淑静发表了关于《中国作品》研究论文，以富
有创见的"文化转型"话题取代了关于歌德处理原文的准确性
和自由性的老话题。但是，她仍然遵循了贝喜发和迪特马尔的
蓝本，就这方面来说，她进一步将歌德的译本与汤姆斯的英文
版本加以对比，并列举了几处中文原文和来自《百美新咏》的
插图。该论文涵盖了大量阐释性结论，展示了"歌德为世界诗
歌所做的努力"③。2012 年，在弗莱堡举行的一次讲座中，何
淑静还进一步将其研究对象扩展到了《中德四季晨昏杂咏》。

进入 21 世纪后，德国的日耳曼学界尤其是比较文学研究
界对歌德与中国诗歌的研究也有了令人瞩目的兴趣转向，其中
首推梅克伦堡(Norbert Mecklenburg，2006、2014、2015)、博
瑟(Anke Bosse，2009)、贝尔斯(Anna Bers，2017)以及博能坎

---

① Chung, Erich Ying-yen. *Chinesisches Gedankengut in Goethes Werk*, Mainzer Diss., 1977.

② 张威廉：《中德文化交流史上的一段佳话——歌德为开元宫人续诗》，载《南京大学学报(哲学·人文·社会科学)》1992 年第 4 期，第 161~162 页。

③ Ho, Shu Ching. *Kulturtransformationen. Zu Goethes Übertragungen chinesischer Dichtungen. In: Liber Amicorum. Katharina Mommsen zum 85. Geburtstag*, hg. von Andreas Remmel, Bonn: Bernstein, 2010, pp. 237-263, hier p. 260.

普（Anne Bohnenkamp，2000、2016），后者尤其对歌德"世界文学""世界诗学"以及诗学逻辑方面的接受研究作出了较大贡献。

同时，评论界直到今天仍旧对歌德的这组"译作"充满疑问。有猜想认为，它们在歌德那里只是被当做一组带有评论的译诗，因为这些文稿在编纂时就是以"论文"①的形式来编写的。此外还有人将其当成了歌德的文章②，认为歌德在这篇"文章"里发表了他的中国诗歌译作。③ 贝尔斯率先将这篇作品描述为一个由不同语言的诗歌、评论、散文以及文学史组成的"混合体"。④ 这些文章的观点与早年的研究结论可谓大相径庭。较新一些的文章对《中国作品》的价值多有肯定，并较为认可它的独立性（不仅仅是作为《中德四季晨昏杂咏》的前期工作），但这却使得课题在文化人类学和社会批评视角下所开展的研究较之诗学方面高涨的热情甚至有所倒退。

出于将上述观点综合起来考量并对《中国作品》的创作过程进行彻底研究的目的，来自不同国度的学者产生了合作研究的强烈愿望。最早推动中德文学关系研究领域跨国合作的学者是 2010 年去世的加拿大华裔学者夏瑞春（Adrian Hsia）教授，我们永远怀念他并感谢他的贡献。从 2009 年起，谭渊教授和

---

① Blackall, Eric A.. *Goethe and the Chinese Novel*, in: Ganz, Peter F. (ed.), *The Discontinuous Tradition. Studies in German Literature in Honour of Ernest Ludwig Stahl*, Oxford: Clarendon, 1971, pp. 29-53, hier p. 51.

② 参见 Anne Bohnenkamp 在《歌德全集》中所作评注，FA I, 22, p. 1186，参见 Mecklenburg, Norbert. *China: Goethes letzter, fernster, nächster Osten*. In: ders.: *Goethe: Inter- und transkulturelle poetische Spiele*. München: Iudicium, 2014, pp. 388-411, hier p. 395.

③ Wagner-Dittmar. *Goethe und die chinesische Literatur*. p. 172.

④ Bers, Anna. *Universalismus und Wiederholte Spiegelung, Rokokokritik und Literaturgeschichtsschreibung. Zu Goethes » Chinesisches «*, in: Literaturstraße 18 (2017), pp. 163-193, hier p. 168.

戴特宁教授分别在武汉和哥廷根开展了各自的研究，并在德国古典基金会奖学金的支持下，在魏玛进行了歌德手稿的整理、复制和研究。此后，谭渊和戴特宁教授在分别前往对方高校担任客座教授期间进一步明确了合作研究的规划，并分别在武汉和哥廷根完成了研究论文，这两篇文章正是此书最早的基础：一篇是谭渊教授在 2011 年于西安外国语大学举行的中德"文学之路"研讨会上宣读的研究论文 *Zu Goethes Beschäftigung mit chinesischen Dichterinnen*；另一篇是戴特宁教授在 2012 年应布劳恩加特（Georg Braungart）教授之邀在巴塞尔举行的中德"文学之路"研讨会上宣读的大会报告 *Goethe, der Chinese*。此后，在法兰克福自由德意志基金、美因茨科学院以及德意志语言文学科学院的共同合作下，2013 年 9 月，名为"Goethe, der Chinese"的系列报告会得以在法兰克福歌德故居博物馆举行，谭渊和戴特宁教授受邀在第一场报告会上共同宣读了题为 *Goethe und die chinesischen Fräulein* 的主题报告，在系列报告会期间共同参与研讨的有博能坎普、施寒微（Helwig Schmidt-Glintzer）、Jeremy Adler、Iso Camartin、Peter von Matt、Norbert Miller、Ernst Osterkamp、Dirk von Petersdorff、Jan Wagner 以及多和田叶子（Yoko Tawada）。在随后几年中，谭渊和戴特宁教授通过邮件交流和在哥廷根、武汉、慕尼黑等地的多次研讨，最终共同完成了本书。2018 年，本书的德文版率先在德国出版，2020 年，中文版也最终在武汉出版，为这项前后持续十年、跨越两个国家的研究画上了完满的句号。

最后值得一提的是，学术界对本书以及此次合作研究的积极评价，在国际歌德研究界著名期刊《歌德年鉴》（*Goethe Jahrbuch*）最新一期（2018 年号，2019 年 7 月出版）上刚刚刊登了主编冯·阿蒙（Frieder von Ammon）教授为本书撰写的精彩书评。书评十分准确地写道：本书是"产生于中国、德国歌德研究者的紧密合作并且有力地展现了这种合作研究的巨大潜力"。在书评最后,评论者模仿歌德 1827 年提出"世界文学"时的表述写道:要研究歌德的世界文学理念,光凭德国的"本土日耳曼学"(Inlandsgermanistik)已经不够了,取代它的将是一种跨越国界、合作共赢的"世界文学研究"(grenzüberschreitend agierende »Weltliteraturwissenschaft«)。①

　　希望本书能作为双重意义上的"世界文学研究"专著为中德文学交流研究提供一种新的思路!

谭渊　海因里希·戴特宁
2019 年于哥廷根大学

---

① Ammon, Frieder von. *Rezension zu Heinrich Detering*, *Yuan Tan*: *Goethe und die chinesischen Fräulein*, in: *Goethe-Jahrbuch*, *Band 135*, 2018, pp. 267-268.

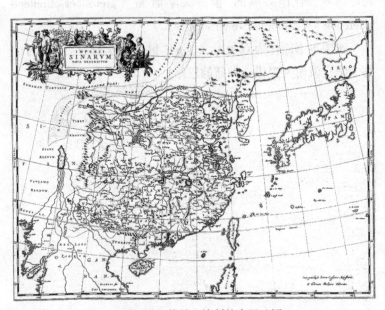

17 世纪西方传教士绘制的中国地图

选自卫匡国(Martin Martini)的

《中国新图》(*Novus Atlas Sinensis*, Amsterdam, 1655)

目 录

第一章
绪论:"重返"中国

1827 年,德国文化名城魏玛。

大量的书信和日记表明,曾经有那么一段短暂的时刻,步入垂暮之年的大文豪歌德俨然心满意足,认为自己创建起的文学大厦业已大功告成,人生亦将抵达功德圆满的终点,于是,年近八旬的老诗人开始考虑个人作品的"全集",着手与出版社签订合同,将个人作品集的"最终版"分批付梓。① 然而这一刻着实短暂,因为 1827 年的 1 月尚未过去,耄耋之年的老作家便又开始向着诗学与文化领域中的一片新大陆扬帆远航了。事实上,60 年来,歌德早已通过孜孜不倦的阅读和万里神游为此次远航做好了准备,那片新大陆的名字便是中国。超出所有人预期的是,伴随着老诗人的起航,文学史上一个新纪元拉开了帷幕,而那些与歌德一起在魏玛并肩战斗的朋友们则可以自豪地宣称,他们共同见证了这个伟大纪元的到来。

然而,推动歌德在耄耋之年"远航"中国的,归根结底竟然是一件令他黯然神伤、悲痛到难于言表的事情——1827 年 1 月 6 日,他的挚友、50 年来的灵魂伴侣——夏洛特·冯·施泰因夫人(Charlotte von Stein, 1742—1827)在魏玛与世长辞了。

----

① 歌德在 1825 年以一万塔勒的价格与著名出版社柯塔(Cotta)敲定了个人作品集"最终版"的版权转让。从 1827 年初起,柯塔出版社开始正式出版歌德作品的所谓"最终版全集"(Vollständige Ausgabe letzter Hand),直至 1842 年才出齐全部 60 卷。这一"最终版"也成为此后各种《歌德文集》《歌德全集》的重要底本。

1775 年，当 26 岁的歌德应魏玛公爵之邀来到这座文化名城时，尽管比他大 7 岁的冯·施泰因夫人早已嫁做人妇，并且是 7 个孩子的母亲，但歌德对她的爱慕却依然丝毫不减。为了追求心中的女神，歌德不仅写下了数百首情诗，而且还向她寄出了至少 1700 封激情四溢的信件。① 冯·施泰因夫人对歌德而言究竟意味着什么？只要读读歌德 1784 年 8 月 24 日信中那首诗就可以知道了：

> 如果不是那不可抗拒的宿命
> 把我们俩的命运系到一起，
> 以致只有在你身上我才能认识自己，
> 那我肯定早已远走高飞，
> 奔向那辽阔大地的尽头。
> 我的诗歌、理想、希望和要求
> 只向你、在你面前倾吐，
> 我的生命只与你的生命相依在一处。②

在长达半个世纪的岁月里，夏洛特·冯·施泰因夫人一直

---

① 在歌德去世后，后人将这些信件整理出版，编为三卷本出版，首次出版时间为 1848—1851 年。但根据该书信集编者所言，由于歌德为撰写《意大利游记》还收回了部分信件，因此真实的信件数量还远不止于此。参见 Schöll, A. (ed.), *Goethes Briefe an Frau von Stein aus den Jahren 1776-1820*, Weimar: Landes-Industrie-Comptoir, 1848-1851, p. V.

② FA I, 1, p. 245. 译文参见[德]汉斯·尤尔根·格尔茨：《歌德传》，伊德、赵其昌、任立译，北京：商务印书馆 1997 年版，第 73～74 页。德语原文："Gewiß, ich wäre schon so ferne ferne/Soweit die Welt nur offen liegt gegangen/Bezwängen mich nicht übermächt'ge Sterne/Die mein Geschick an deines angehangen/Daß ich in dir nun erst mich kennen lerne./Mein Dichten, Trachten, Hoffen und Verlangen/Allein nach dir und deinem Wesen drängt/Mein Leben nur an deinem Leben hängt."

在歌德生活中同时扮演着情人、母亲和精神导师的角色，不仅
无时无刻不在影响着他的生活与创作，而且其影响之深远远超
过了他身边任何一位伙伴（见图1-1）。歌德最后一次收到冯·
施泰因夫人的来信是在 1826 年 8 月。在信里，84 岁高龄的
冯·施泰因夫人祝她"亲爱的朋友"歌德生日快乐，也期盼在
自己"最后一段短暂的人生旅程中"还能收获到朋友"发自内心
的祝福"。① 歌德用一纸短笺回复道：

图 1-1　夏洛特·冯·斯泰因夫人肖像（歌德作于 1777 年）

----

① FA II, 10, p. 986.

> 两个紧紧相邻而又心心相通的人儿
>
> 彼此倾心、珍爱，历尽岁月考验而不褪色，
>
> 这是人类所能被赐予的最崇高的礼物。
>
> 直到永永远远！
>
> 歌德①

这是歌德写给冯·施泰因夫人的最后一封信。然而当冯·施泰因夫人的生命走向终点时，歌德却没有留下任何文字，记录下哪怕一点点哀思之情，在歌德的日记中也找不到一点关于冯·施泰因夫人去世的记载。在这段时间的书信往来中，歌德也同样对此保持着缄默。② 1827 年 1 月 9 日，冯·施泰因夫人在大公墓下葬。为了表示哀悼，歌德派他的儿子奥古斯特作为代表参加了冯·施泰因夫人的葬礼。

---

① FA II, 10, p. 403. 此信写于 1826 年 8 月 29 日。德语原文："Neigung aber und Liebe unmittelbar nachbarlich-angeschlossen Lebender, durch so viele Zeiten sich erhalten zu sehen, ist das allerhöchste was dem Menschen gewährt seyn kann. /Und so für und für! /Goethe."

② 许多研究表明，歌德对死亡有一种莫名的恐惧，严重的时候，哪怕是一想到朋友的去世往往会让他难以自已，丧失工作能力。最典型的案例就是挚友席勒去世对他的打击，家人甚至不敢告诉他这个消息，而他自己在得知席勒病重，预感老友时日无多后，也一直在尽量逃避坏消息，不愿直面最终无法回避的现实，更不愿出现在追悼仪式上。以至于有研究者甚至据此在其编写的席勒传记中揣测，歌德才是杀害席勒的真凶，至少也是因为妒忌席勒的才华而策划了对后者的迫害，其理由便是歌德根本没有表现出应有的悲哀(参见[德]约翰·雷曼：《我们可怜的席勒：还你一个真实的席勒》，刘海宁译，北京：中央编译出版社 2007 年版)。但如果认真研究歌德的生平，便会发现这种"鸵鸟政策"是歌德面对友人去世时的一贯作风。事实上，歌德十分看重他与席勒的友情，甚至在老友去世 20 年之际特地关照魏玛公国督办工程营造的大臣，要为他准备一块墓地，以便将他和席勒埋葬在一起。

　　与此同时，另一件极少为研究者所关注但对歌德而言却同样意义深远的事情正在紧锣密鼓地进行着——魏玛图书馆的借阅记录和歌德的日记都表明，恰恰就在冯·施泰因夫人去世的当天和随后的几周里，歌德借阅了大量有关东方的图书，有些图书还反复借阅了多次。与借阅记录一致，歌德的日记也明确地告知我们，在冯·施泰因夫人去世后的那几天中，他一直沉浸在对蒙古和中国的研究中，似乎除此之外再没有什么更重要的事情需要去考虑。三周后，他的研究延伸向了更加广阔的文化领域，1827 年 1 月 29 日，那本来自澳门的英译中国诗集 *Chinese Courtship* 首次出现在了他的书单上。这部诗集再次将他的创作视野拓展到远远超越欧洲边界的地方，思想的骏马甚至轻易便越过了西亚和中亚，越过了他正在进行最终修订的《西东合集》(*West-östlicher Divan*) 所涉及的波斯世界，驰骋到了欧亚大陆的另一端——中国。

　　然而，令人惊讶的是，这并非歌德首次"远航"中国。1827 年 2 月，歌德在他的《中国作品》草稿中写道：他眼前的材料来源"使我们能够得以再一次更加深入、敏锐地窥见这个如此严密防护的帝国内部"(见第六章)。"再一次"这三个字背后其实有一段很长很长的故事，它始于歌德的青年时代，并在此后的 60 年里延续着一种杂乱无章但又充满好奇的感觉。歌德的目光常常被这个"严密防护"下的国家所吸引，有时是有意识的，更多时候则是无意识的。现在，当他"再一次"将目光对准这个国家时，他将自己在 60 年中所获得的中国知识逐渐凝聚和系统化起来，将一种越来越清晰、越来越坚定的信念作为了《中国作品》的总纲："摘选的笔记和小诗使我们相信，在这个特别的、奇异的国度里尽管有着种种限制，人们依然一直在生活、恋爱、吟咏。"①正是这一信念推动歌德最终下定决

---

① 详见本书第五章对歌德手稿的分析。

心创作了《中国作品》和《中德四季晨昏杂咏》，而它的源头则可追溯到歌德度过童年时光的法兰克福故居。

第二章
从北京厅到魏玛宫廷

一、歌德与中国的早期交流

1749 年 8 月 28 日，歌德出生在位于今天法兰克福市西思格拉本大街(Großer Hirschgraben)23 号的一座豪华住宅里。他的父亲约翰·卡斯帕尔·歌德做过律师，曾在德意志神圣罗马帝国政府、雷根斯堡议会和维也纳帝国枢密院任职，在返回法兰克福故乡后，他取得了一个皇家参议的头衔，又娶了市长之女卡塔琳娜·伊丽莎白·特克斯托尔为妻，一家人靠着丰厚的家产过着衣食无忧的生活。彼时的法兰克福虽然只是一个拥有三万居民的自由市，但这里水陆交通便利，商业发达，南北各地的商品在此集散，使这座城市同时也成为各种文化汇聚交流的地方。而 18 世纪上半叶从法国开始兴起的"中国热"①也同样影响到了这里。如图 2-1 所示，在今天已经被辟为博物馆的歌德故居二楼正中，我们仍然可以看到当年被称为"北京厅"的华丽沙龙，其布局装潢完全依照当时流行于西方的"中国风尚"(Chinoiserie)②，并用"中国风"的壁纸装饰了整个房间墙

---

① 许明龙：《欧洲十八世纪中国热》，北京：外语教学与研究出版社 2007 年版，第 89~126 页。
② 参见 Maisak, Petra/Dewitz, Hans-Georg. *Das Goethe-Haus in Frankfurt am Main*, Frankfurt a. M. : Insel, 1999, pp. 51-52.

壁(见图 2-2),壁纸上那些带有小人、凉亭、花鸟的图案也正符合当时德国人对遥远中国的朦胧想象。而根据歌德在自传《诗与真》(*Dichtung und Wahrheit*)中的记述,他小时候还在约翰·安德烈亚斯·本杰明·诺特纳格尔(Johann Andreas Benjamin Nothnagel)的法兰克福蜡布厂中看到工人如何在准备好的布料上绘出各种时尚图样:"一会儿是中国风格的、梦幻般的图案,一会儿是大自然中的鲜花,一会儿是人物形象,一会儿又是风景,这些图样在工人们灵巧的画笔下逐一被呈现出来。那种无穷无尽的多样性引起了我浓厚的兴趣。"①不言而喻,在歌德的童年时代,"中国风情"对他而言一直就是"梦幻般"(Fantastische)的同义词。但是等到 1768 年从莱比锡大学归来时,已经接受了狂飙突进精神洗礼的歌德开始追求叛逆与创造,他不再看得上那种建立在生硬模仿基础上的"异国时尚",这成为他与长辈爆发冲突的导火索。在自传《诗与真》的第九章中,歌德记述了自己是如何当着父亲的面"对一些有涡形花纹的镜框加以指摘,鄙夷某些中国风的壁纸"。随后,他与父亲爆发了争执,这使得他"早早踏上了去往美丽的阿尔萨斯的旅程"②。

但正是在阿尔萨斯,进入斯特拉斯堡大学攻读法律的歌德结识了日后的良师益友约翰·戈特弗里德·赫尔德(Johann Gottfried Herder,1744—1803)。后者正在研究和搜集欧洲各国

---

① FA I, 14, p. 172. 德语原文:"auf welchen (vorbereiteten Tuch) bald chinesische und fantastische, bald natürliche Blumen abgebildet, bald Figuren, bald Landschaften durch den Pinsel geschickter Arbeiter dargestellt wurden. Diese Mannigfaltigkeit, die ins Unendliche ging, ergetzte mich sehr."

② FA I, 14, pp. 388-389. 德语原文:" einige schnörkelhafte Spiegelrahmen getadelt und gewisse chinesische Tapeten verworfen hatte. Es gab eine Szene, welche […] meine Reise nach dem schönen Elsaß beschleunigte."

图 2-1　歌德故居中装饰着"中国风"墙纸和陶瓷壁炉的北京厅内景(谭渊 摄)

图 2-2　歌德故居北京厅中的"中国风"壁纸局部(谭渊 摄)

民歌，在这位朋友的敦促下，歌德创作了著名的《荒野小玫瑰》(*Sah ein Knab ein Röslein stehen*)等作品。① 同时，歌德在大学中第一次接触到了不再是那么奇异美妙但却异常真实的中国。1770 年，21 岁的歌德阅读了来华耶稣会士卫方济(Francois Noel，1651—1740)编辑出版的拉丁语版《中国典籍六种》(*Sinensis Imperii Libri Classici Sex*，1711)，并在笔记中抄录下了几本著作的译名："年长者的学校、不变的持中、谈话录、孟子、孝敬的子女、年幼者的学校。"② 因为只是匆匆地浏览了书中的内容，歌德与儒家经典的首次接触并没有给他带来更多的思考，相较于莎士比亚、莪相(Ossian)以及新发现的民间诗歌在他心中所燃起的火焰，这些中国儒家经典显得暗淡无光。恰在此时，德国文学中的一个新时代——狂飙突进运动(Sturm und Drang)拉开了帷幕，引领歌德、席勒(Friedrich von Schiller，1759—1805)、克林格尔(Friedrich Maximilian Klinger，

① 赫尔德提出的"民歌"(Volks-Lieder)概念并不仅仅只限于那些来自古代、作者不详的作品，而是更接近于"世界各国歌谣集萃"的概念，在他去世后，后人于 1807 年将其搜集的 194 首"民歌"加以汇总，冠名为《各国人民的歌声》(*Stimmen der Völker in Liedern*)出版，该诗集收录了来自德国、西班牙、法国、爱尔兰等国不同民族的诗歌，其中包括莎士比亚、莪相的作品。其中，赫尔德从民间采风而得的一首"儿童谣曲"(ein kindisches Fabelliedchen)与歌德的《荒野小玫瑰》在主题上完全一致。这也证实了歌德的创作曾深受赫尔德"民歌"的影响。参见 Herder, Johann Gottfried, *Volkslieder*, Erster Theil, Leipzig: Weygand, 1778; Herder, Johann Gottfried, *Stimmen der Völker in Liedern*, Tübingen: Cotta, 1807.

② 歌德这段简短的笔记对应于《中国典籍六种》中收入的《大学》《中庸》《论语》《孟子》《孝经》和《小学》六部儒家经典。拉丁语原文为："*Adultorum Schola, Immutabile Medium, Liber Sententiarum, Memcius, Filialis Observantia, Parvulorum Schola.*" 见 *Goethes Werke. Dritte Abteilung: Goethes Tagebücher*, hg. im Auftrag der Großherzogin Sophie von Sachsen. Weimar 1887-1900 (=WA)，此处为 WA I, 37. 1, p. 83. 译文参见杨武能:《走近歌德》，上海：上海社会科学院出版社 2012 年版，第 325 页。

1752—1831）这一代狂飙突进作家的是法国启蒙思潮，他们向往自由、平等，追求自然，崇尚“天才”（Genie），尤其深受卢梭（Jean-Jacques Rousseau，1712—1778）“回归自然”口号的影响，对于专制愚昧、落后闭塞的德国充满了不满，渴望挣脱一切封建束缚，冲破专制统治秩序下的一切“不自然”，在这一思想背景下，1773 年，歌德的剧本《铁手骑士葛兹·冯·伯利钦根》（Götz von Berlichingen mit der eisernen Hand）问世，主人公是一位决心去改造这个社会的普罗米修斯式英雄，直至在监狱含恨死去时还一直高呼着“自由、自由”。显然，对于狂飙突进运动时代的歌德而言，孔子、孟子所强调的君子礼仪、中庸之道此时都不可能引起他的共鸣。

　　1774 年，歌德的杰作《少年维特之烦恼》（Die Leiden des jungen Werther）横空出世，书中崇尚自然，对生活充满热情，但又因其平民出身而处处碰壁、怀才不遇的主人公维特引起了整整一代欧洲青年的共鸣，在欧洲引发了一场“维特热”，这使 25 岁的歌德一举跻身于当时最著名的小说家之列，连拿破仑在征战中都带上了这本小说。该小说的空前成功也为歌德进一步进入上流社会，施展人生抱负创造了进身之阶。1775 年 11 月，已经名满天下的歌德接受了新继位的魏玛公爵卡尔·奥古斯特（Carl August von Sachsen-Weimar-Eisenach，1757—1828）的盛情邀请，丢下他早已厌倦的律师工作，动身来到文化名城魏玛。魏玛虽然从 1547 年起就已成为萨克森-魏玛公国（后为大公国）的首都，但这个公国当时总人口不过 10 万，首都更只有区区 6000 人口，准确地说，正是维兰德（Christoph Martin Wieland，1733—1813）、歌德、赫尔德、席勒等人的先后到来才使得这座小城在 18 世纪下半叶成为德国最光辉璀璨的文化之都，而德国古典文学也在魏玛进入黄金时代。

　　通过歌德的介绍，1776 年 10 月，赫尔德也接受魏玛公爵的邀请来到魏玛定居，并再次扮演起引路人的角色，带领歌德走向遥远而神秘的东方世界。在 1780—1781 年间，赫尔德出版了《关于宗教学研究的书简》(Briefe, das Studium der Theologie betreffend)，书中引用了 1776 年以来在巴黎出版的传教士报告集《中国丛刊》(Mémoires concernant l'histoire, les sciences, les artes, les moeurs, les usages des Chinois)，这部可以直译为《关于中国历史、科学、艺术、风俗、习惯的备忘录》的著作是 18 世纪来华耶稣会传教士在亲身经历基础上编撰的关于中国国情与文化史材料的总汇。赫尔德书中丰富的内容再度激起了歌德对儒家文化的兴趣。1781 年 1 月 10 日，歌德一边阅读着赫尔德的这部作品，一边在日记中写道："读了《关于宗教学研究的书简》。啊，文王！"①歌德笔下的"文王"(Ouen Ouang)，便是被儒家视为上古贤君的周文王。早在 1735 年，当八篇《诗经》作品首次以西方文字形式在《中华帝国详志》②中与欧洲读者见面时，"文王"就已赫然出现在来华耶稣会士马若瑟(Joseph Marie de Prémare)所翻译的《天作》(A la louange de Ven vang，《一首赞美文王的歌》)中③，他不仅在儒家歌颂周朝开国君主的颂歌《天作》《皇矣》中扮演着核心角色，

———————

① FA II, 29, S. 323. 德语原文："… in den Briefen übers Studium der Theologie gelesen. O Ouen Ouang!"

② 全名《对中华帝国及其所属鞑靼地区的地理、历史、编年纪、政治和博物的介绍》(Description geographique, chronique, politique et physique de l'empire de la chine et de la Tartarie Chinoise)，由耶稣会士杜赫德(Jean Baptiste du Halde, 1674—1743)于 1735 年首次在巴黎出版，共四卷。该书以耶稣会士的通信、报告和译著为基础编撰而成，涵盖中国历史、社会、文化等各个方面，并配有多幅精美的插图，是 18 世纪欧洲人研究中国的标准工具书。

③ Du Halde, Jean Baptiste. Description géographique, chronique, politique et physique de l'empire de la chine et de la Tartarie Chinoise, Tome 2, Paris: Le Mercier, 1735, p. 309.

而且被马若瑟视为上帝派往人间的圣明君主。歌德日记中这几个带有异国风味的词语也成为证明歌德研读过汉学文献的第一份直接证据。①

我们是否能就此断言青年时代的歌德已经被中国历史和文化所深深吸引呢？其实，正如对待他度过了童年时代的"北京厅"一样，狂飙突进时代的歌德对于那些流行于欧洲的所谓"中国风"越来越敬而远之，有时甚至充满敌意。1772 年，青年诗人翁策尔（Ludwig August Unzer, 1748—1774）在《哥廷根缪斯年鉴》（*Göttinger Musenalmanach*）系列的《诗歌集萃 1773》发表了诗歌《武帝在秦娜墓旁——一首中国挽歌》（*Vou-ti an Tsin-nas Grabe. Eine chinesische Nänie*）②，诗人一上来就游戏般地使用了大量中国音节、图像和概念：

> Nicht im Buchstaben Kang
>
> Töne mein Jammergesang!
>
> Ach! in dem weichen Tone Yeou
>
> Suche, Vou-ti, die verlorene Ruh!

---

① 德国学者彼德曼将"啊，文王！"视为歌德阅读过杜赫德编撰的《中华帝国详志》的证据，并认为歌德有可能由此接触到了该书中的《赵氏孤儿》译本。而汉学家德博（Günther Debon）在对"文王"的拼写方式进行详细比较之后认定同时代的《中国丛刊》才是准确的源头，而歌德是通过阅读赫尔德的《关于宗教学研究的书简》注意到了《中国丛刊》。至于歌德是否曾经阅读过《中华帝国详志》一书则缺少直接证据。参见 Debon, Günther. *China zu Gast in Weimar*, Heidelberg: Guderjahn, 1994, pp. 135-140.

② 该诗首先以单行本形式于 1772 年在 Braunschweig 印行，随后又发表在《哥廷根缪斯年鉴》的《诗歌集萃 1773》中。参见 Unzer, Ludwig August. *Vou-ti an Tsin-nas Grabe. Eine chinesische Nänie*, in: *Poetische Blumenlese auf das Jahr 1773*, Göttingen/Gotha: Dieterich, 1772, pp. 57-66.

»Se se ju se seng!«①

译文：

> 不是在"刚"的字符中
> 回响着我的悲歌！
> 啊！在绵软的声调"柔"里
> 武帝寻找着失去的平静！
> "事死如事生！"

　　如果不是翁策尔在诗歌后面加上了不少注释，估计没有哪位德国读者能看懂这个开头。歌德在一篇对《年鉴》的评论中讽刺道："翁策尔先生的作品塞满了中国小玩意儿，倒是适合放在茶盘和化妆箱上作为装点。"②赶时髦的作家们越是不假思索地将中国风格的元素拼贴在欧洲文学作品中，歌德就越是对此感到厌恶。

　　作为对这种俗不可耐的"中国风"的反讽，1778 年 1 月 30 日，歌德在魏玛宫廷的业余爱好者剧场（Das Liebhaber-Theater am herzoglichen Hofe zu Weimar, Tiefurt und Ettersburg）中推出了一部短剧：《感伤主义的凯旋》（*Der Triumph der Empfindsamkeit*）。其中第二幕的舞台被布置为一个"中国风格的黄色大厅，带有五颜六色的人物塑像"③，以一种夸张的形

---

　　① Unzer, Ludwig August. *Vou-ti an Tsin-nas Grabe. Eine chinesische Nänie*, Braunschweig: Vieweg, 1772, pp. 3-4.

　　② WA I, 37, p. 237. 这句话是否为歌德所写仍然存疑，它也有可能出自当时与歌德合作的朋友 Johann Heinrich Merck。参见 Wagner-Dittmar. *Goethe und die chinesische Literatur*, p. 136; Mecklenburg, *China: Goethes letzter, fernster, nächster Osten*, p. 392.

　　③ FA I, 5, p. 80.

式来调侃当时的中国时尚。在第四幕的剧中剧《普罗塞耳皮娜》(*Proserpina*)中①，这种戏仿达到了高潮。在这里，女王的仆人装扮成冥王普鲁托的奴仆，为了隆重迎接普罗塞耳皮娜的到来，他对花园进行了奢侈的改造，并吹嘘这个花园是混合了世上所有文化元素的奇异杰作。此处有"清真寺和塔楼"，有"摩尔人的寺庙"，还有"方尖碑、迷宫、凯旋门"，当然也少不了中国元素："宝塔"与"带浴池的亭台楼阁"，最后这种可怕的混搭达到了极致：

Chinesisch-gothische Grotten, Kiosken, Tings,
Maurische Tempel und Monumente,
Gräber, ob wir gleich Niemand begraben,
Man muß es Alles zum Ganzen haben. ②

译文：

中国——哥特式的石窟、亭榭、小凉亭，
围墙环绕的寺庙、纪念碑，
还有座座坟墓，尽管我们无人可埋，
但也必不可少，因为咱得样样俱全。

冥王普鲁托的奴仆用这幅光怪陆离的拼贴画证明了自己便

----

① 故事取自古罗马神话故事。传说冥王普鲁托(Pluto)看上了谷物女神色列斯(Ceres)女儿的美色，于是将她掠到冥界，并给她改名为普洛塞尔皮娜(Proserpina)。由于普洛塞尔皮娜吃了冥界的石榴，此后不得不长居冥府，成为冥后。但在天神们的努力下，她被允许每年有四分之一时间回到母亲身边团聚，色列斯在这段时间中放下工作陪伴女儿，这就是谷物停止生长的冬天。

② FA I, 5, p. 96, 相关评注参见 FA I, 5, p. 986.

是第四幕开场时介绍的那个怪物:"我称自己是阿斯卡拉福斯,我是地狱的园丁。"(Ich nenne mich Askalaphus, /Und bin Hofgärtner in der Hölle.)①

　　值得一提的是,1778 年上演的这部戏剧在配乐方面也运用了所谓"中国风格",作曲者是魏玛公爵卡尔·奥古斯特的宫廷总管,当时和歌德一起管理着魏玛公爵私人剧院的作家兼作曲家卡尔·西格蒙德·冯·塞肯多夫(Carl Siegmund von Seckendorff, 1744—1785,如图 2-3 所示)。他不仅是一位广受欢迎并受到歌德高度评价的作家,而且还以翻译家的身份在 1776 年出版了他翻译的法语版《少年维特之烦恼》。不久之后,

图 2-3　塞肯多夫肖像(J. E. Heinsius 创作)

---

① FA I, 5, p. 94.

他还正式把中国哲人老子和庄子介绍到魏玛文学圈中。

二、老子与孔子的魏玛之旅

在 18 世纪末的魏玛文学圈中并不缺少对中国元素的真正兴趣。早在 1772 年,在维兰德应女公爵安娜·阿玛利亚之邀来到魏玛教导小公爵的同一年,他就已经将丰富的想象力化为异国情调的国事小说《金镜或社什安的国王们》(*Der goldene Spiegel oder die Könige von Scheschian*, 1772)。维兰德在小说前言中宣称作品原本是用西夏语写成,由一位名叫"湘夫子"(Hiang-Fu-Tsee)的中国翻译家译成汉语,再由一个教士从汉语译成拉丁语,最后由维兰德本人从拉丁语译成德语。"湘夫子"这个名字很容易让人联想到"孔夫子"的名字,而它出现在这里也并非巧合。维兰德在描写贤王梯芳的成长历程时提到了他的榜样——儒家推崇的上古明君——在远离尘世的自然怀抱中,在质朴、勤劳的百姓中成长起来的舜(Chun):"这位中国君王中的佼佼者是在草棚中成长起来的……品德高尚的农民舜怎么能不成为最好的君王呢?关键在于:他的起点决定了他培养的方向是成为一个人。那些从摇篮时代开始就被朝着统治者目标培养的君主中,有几个能夸耀这样的优点呢!"①在"文王"的名字首次出现于歌德日记之后不久,1781 年 8 月 28 日,为了庆祝歌德 32 岁的生日,魏玛宫廷中的同事们再次想到了来自中国的艺术,蒂福尔特的"森林剧院"(Waldtheater)利用迈宁根公爵格奥尔格从巴黎带回来的中国皮影道具,在歌德居住的蒂福尔特公园演出了名为《米涅华的诞生、生平和业绩》

---

① Wieland, Christoph Martin. *Sämtliche Werke* II, Bd. 7, Hamburg: Hamburger Stiftung zur Förderung von Wissenschaft und Kultur, 1984, pp. 105-106.

(*Minervens Geburt, Leben und Thaten*)的皮影戏(如图 2-4 所示)。为此剧作曲的,正是上文提到的魏玛宫廷中的才子塞肯多夫。

图 2-4　皮影戏《米涅华的诞生、生平和业绩》剪影

在皮影戏上演前两星期,在魏玛文学圈中还发生了一件将中国与歌德、塞肯多夫、蒂福尔特联系在一起的事情:1781年 8 月 15 日,卡尔·奥古斯都公爵的母亲——女公爵安娜·阿玛利亚创办了名为《蒂福尔特杂志》(*Journal von Tiefurt*)的文学期刊,歌德和塞肯多夫都成为杂志的撰稿人。从 10 月份开始,塞肯多夫将他对中国的兴趣发展为关于中国的系列故事,开始连载在《蒂福尔特杂志》上。首先出现在读者面前的是一个名为《中国道德家》(*Der chinesische Sittenlehrer*)的故事,作者在此假托为一位"中国哲学家"进行了一番道德说教。对歌德时代的德国人来说,"中国道德"所指的实际上就是儒家学说,早在 1744 年,法兰克福和莱比锡就出版了耶稣会士巴多明

（Dominique Parrenin）所著的《中国人的道德学说》（*Die Sittenlehre der Chineser*），对儒家学说进行了介绍。但在塞肯多夫笔下，在"中国哲学家"的演说中并没有多少儒家伦理的成分，其主要部分实际上仍然是欧洲启蒙思想，同时也有基督教精神和道家思想的影子，只有标题是与中国直接相关。在完成了对儒家智慧的演绎后，兴趣盎然的塞肯多夫又在 1781 年的最后几期《蒂福尔特杂志》上连载了小说《命运之轮》（*Das Rad des Schicksals*）。与前述作品不同的是，作者在此尝试着对道教进行了谨慎的阐述，他所依据的材料主要是发表在《中华帝国详志》中的一篇中国小说：《庄子休鼓盆成大道》。通过塞肯多夫的演绎，德国读者不仅第一次在德语文学中读到了"庄生梦蝶"的故事，而且还读到了一个陌生的名字：老子。而塞肯多夫也许无论如何都无法想到，在 100 多年后，老子这个名字将席卷德国思想界，让 20 世纪初的整整一代德国文学家为之痴狂。[①] 1783 年，塞肯多夫将他最终未能完成的连载小说编辑成书，定名为《命运之轮——庄子的故事》（*Das Rad des Schiksals oder die Geschichte Tchoan-gsees*）予以发表。[②]

在上述这些带有中国元素的作品中，塞肯多夫的未竟之作对激发歌德对中国的兴趣产生了深远影响。正如我们下文将要

① Detering, Heinrich, *Bertolt Brecht und Laotse*, Göttingen：Wallstein, 2008.

② 本书使用的是 *Journal von Tiefurt* 杂志 2011 年重印本。见 Heinz, Jutta/Golz, Jochen（ed.）*Es ward als ein Wochenblatt zum Scherze angefangen：Das Journal von Tiefurt*, Göttingen：Wallstein, 2011, pp. 113-115, 117-118, 126-129, 141-142, 165-167. 关于塞肯多夫的这种"中国浪漫派"（Sino-Romantik）风格参见夏瑞春的研究论文 Hsia, Adrian. *Goethes poetische Chinareise. Unterhaltungen europäischer Chinafahrer*, in：*Goethe-Jahrbuch*, Band 120, 2003, pp. 182-195. 以及 Hsia, Adrian. *Chinesia. The European Construction of China in the Literature of the 17th and 18th Centuries*, Tübingen：Niemeyer, 1998, pp. 115-130.

论及的，老子和他最喜欢的学生庄子的故事——《命运之轮》将在歌德的作品中留下它们的印记。但遗憾的是，1784年，不甘久居歌德之下的塞肯多夫最终转投普鲁士国王，随即被委任为普鲁士驻法兰肯帝国辖区（今巴伐利亚州北部一带）的公使，但他次年便因肺结核去世，未竟之作《命运之轮》也逐渐湮没在历史长河中。

在18世纪将要走向结束的时候，在歌德生活中发生了另一件不仅影响到整个德国文学史走向，而且也影响到他对中国文化印象的大事：1794年歌德与席勒的定交。在此之前，两人作为名满天下的作家虽已相识数年，歌德还为席勒介绍了到耶拿大学担任历史学教授的机会，但彼此交往并不深。直到1794年两人促膝长谈并多次书信往来后，歌德才真正意识到席勒对他的重要意义。在两人正式定交之后，政务缠身多年的歌德终于振作起来，他力邀席勒迁居到魏玛，两人合作写诗、创办杂志，在创作上以古代希腊罗马艺术为榜样，弘扬人道主义和自由精神，在1805年席勒去世前的短短10年间共同将德国古典文学推上了巅峰。歌德在这一时期完成了长篇小说《威廉·迈斯特的学习时代》（*Wilhelm Meisters Lehrjahre*）、叙事长诗《赫尔曼与窦绿苔》（*Hermann und Dorothea*）以及《浮士德》第一部（*Faust I*）等作品，而席勒也完成了戏剧《华伦斯坦》（*Wallenstein*）三部曲、《玛利亚·斯图亚特》（*Maria Stuart*）《威廉·退尔》（*Wilhelm Tell*）等一批杰作，共同铸就了德国文学史上的"黄金十年"。

就在歌德与席勒定交的1794年，正在筹划创作巨著《华伦斯坦》的席勒从纽伦堡学者克里斯托弗·戈特利卜·冯·穆尔（Christoph Gottlieb von Murr, 1733—1811）那里得到了一部中国小说的德语译本，这就是穆尔1766年从英语转译出来的中国小说《好逑传》，它也是历史上第一本被翻

译成德语的中国长篇小说。① 该书主要讲述了才女水冰心和
侠士铁中玉的爱情故事和英雄事迹，同时还将两人都塑造成节
操高尚的道德表率。小说问世后曾在清朝初年名噪一时，有
"第二才子书"的美誉（见图 2-5）。但原作者并未在作品上署
名，后人只知道其笔名为"名教中人"。尽管对汉语一知半解
的穆尔自作聪明，把书名翻译成了《好逑传——好逑先生的快
乐故事》（*Haoh Kjöh Tschwen, d. i. die angenehme Geschichte des
Haoh Kjöh*），但此书仍然引起了席勒和歌德的浓厚兴趣。

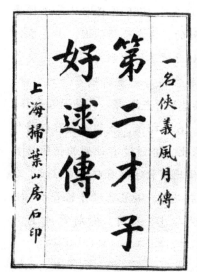

图 2-5　民国版第二才子书《好逑传》封二及书中第六回插图

---

① 　该书的英文版《好逑传或快乐的故事》（*Hau Kiou Choaan, or the
Pleasing History*）于 1761 年在伦敦出版，出版者帕西（Thomas Percy）以编
写《英国古诗遗存》（*Reliques of Ancient English Poetry*）而在英国文学史上
占有一席之地。1766 年，穆尔将《好逑传》其从英语转译为德语出版。此
后还出现过两个德语译本，其中尤以著名汉学家孔舫之（Franz Kuhn）
1926 年出版的译本《水冰心与铁中玉或天作之合的故事》（*Eisherz und
Edeljaspis oder Die Geschichte einer glücklichen Gattenwahl*）最为有名，曾多
次重印。

在接触到《好逑传》后不久，席勒于 1795 年和 1799 年两次
将孔子的教诲演绎成了哲学韵味十足的诗歌《孔夫子的箴言》
(*Sprüche des Confucius*)①，到了 1800 年夏天，席勒进一步萌生
了改编这部中国小说的打算。1800 年 8 月 29 日，席勒在给一
直向他约稿的出版商约翰·弗里德里希·翁格尔 (Johann
Friedrich Unger) 的信中写道，自己正在着手将穆尔的译本修订
为更加通俗易读的简写本：

> "有这样一本名叫《好逑传》或《好逑先生的快乐故事》
> 的中国小说，纽伦堡的穆尔先生 1766 年将它从英语转译
> 成了德语。恰如您可以想到的，译本已然陈旧，书也已经
> 被遗忘了，但是其中却有如此之多的出彩之处，在同类作
> 品中又是如此独一无二，非常值得被重新赋予新的生命，
> 并且肯定能为您的《小说杂志》增光添彩。若是逐字翻译，
> 它会占去《小说杂志》25 或 26 个印张，我相信我可以将作
> 品的精神浓缩在 15 个印张上，并通过有计划的精简使其
> 更加具有趣味，因为有时候故事叙述得有些拖拖拉拉。我
> 本人对完成这项工作非常有兴趣，并且已经开始着手。如
> 果您相信作品能被《小说杂志》采用，它将愿意为您
> 效劳。"②

---

① 见 Schiller, Friedrich. *Schillers Werke. Nationalausgabe*, Bd. 1,
Weimar: Böhlau, 1949 (=NA)，此处为 NA 1, p. 229。席勒 1795 年将诗
名写作 *Spruch des Confucius*，1799 年又写为 *Spruch des Konfuzius*，两者差
别仅在孔子名字的拼写上。这种差别可能源于早期拉丁语、法语汉学著
作中对孔子名字的混乱拼写。
② NA 30, pp. 190-191. 参见 Walravens, Hartmut (ed.). *Chinesische
Romane in deutscher Sprache im 18. und 19. Jahrhundert. Zur frühen Kenntnis
chinesischer Literatur in Deutschland*, Wiesbaden: Harrassowitz, 2015, pp. 13-
25, 27-29.

  然而这项计划始终都未能真正付诸实施。1801 年 4 月 7
日，席勒写信向出版商保证，无论如何他还是会呈上这本中国
小说。① 席勒的工作日志也表明，他似乎直到生命结束都没有
放弃改编计划。② 然而，到了 1801 年的圣诞节，席勒依然没
有拿出任何中国小说的改编本，但是却发表了一部中国题材的
戏剧，这就是席勒以意大利剧作家卡洛·哥齐（Carlo Gozzi，
1720—1806）的童话剧《图兰朵》为蓝本创作的悲喜剧《中国公
主图兰朵》（*Turandot, Prinzessin von China*）。③

  通过席勒的介绍，歌德也接触到了这部中国小说，虽然他
所接触的依然只是席勒眼中"已然陈旧"的穆尔译本。1796 年
初，歌德曾到席勒在耶拿的家中小住，1 月 12 日，在耶拿已
逗留了九天的歌德在日记中写道："早上读小说，谈论到中国
小说。"④这里所说的中国小说依然是指《好逑传》，它也是到这
时为止唯一一部已经被翻译成欧洲语言的中国小说。⑤《好逑
传》的 1766 年德译本还有一个特点，就是注释内容的包罗万
象。早在作为蓝本的 1761 年英语译本中，英译者托马斯·帕
西（Thomas Percy，1729—1811）就已经对《好逑传》进行了详尽
注释，从儒家经典到诗歌俚语、从治国典章到婚丧习俗几乎无
所不包，此外，帕西在附录中还放入了一出中国戏剧的摘要、

---

 ① NA 31, p. 28.

 ② 席勒生前仅完成了对第一章开头部分的改写，这一未完成稿现
收录于 NA 16, pp. 361-363.

 ③ 详见谭渊：《歌德席勒笔下的"中国公主"与"中国女诗人"——
1800 年前后中国文化软实力对德影响研究》，北京：中国社会科学出版
社 2013 年版。

 ④ WA III, 2, p. 38. 此次接触的重要性还在于：由于穆尔在译本
中插入了大量来自《中华帝国详志》的注解，因此歌德至少通过这一译本
间接接触了杜赫德编撰的《中华帝国详志》。

 ⑤ 第二本翻译成欧洲文字的小说《花笺记》要到 1824 年后才出现
在德国。参见下文中对这段翻译史的介绍。

一篇关于中国诗歌的论文以及中国格言和诗歌的选辑汇编，简直就使这本译作成为一部关于中国社会的百科全书。① 而德文译者穆尔又根据自己的研究，进一步为《好逑先生的快乐故事》补充了译自英语、意大利语和法语的原始资料以及针对德国读者的一篇中国语言研究论文。

如果考虑到席勒在此后的岁月中还一直对《好逑传》念念不忘，而歌德在30年后还会与艾克曼再次谈论起这部小说中的情节，那么1796年1月歌德与席勒关于中国小说的谈话绝不可能只停留在泛泛而谈的层面上。《好逑先生的快乐故事》中也显然拥有足够多的亮点，足以让谈话饶有趣味并且给每位参与者都留下深刻印象。光是穆尔在译本前言中列出的九本中国文学作品的名称和概要②就已足以令当时的欧洲人对中国文学刮目相看，而附录中汇编的格言和诗歌选辑，尤其是"智者庄子"的故事③，更不难让魏玛的读者想起塞肯多夫的小说《命运之轮》。除了小说、格言，一出无名戏剧之外，还会有什么来自中国的东西牢牢吸引住了歌德和席勒呢？如果联想到歌德和席勒即将开始的"谣曲之年"，那么人们应该首先想到的便是，作为诗人的歌德无疑通过《好逑传》中包罗万象的附录第一次了解到了中国诗歌的特色。

在穆尔用朴实的散文译出的20余首中国诗歌中，《桃夭》等在中国也颇有名气，是中国古代诗歌中的优秀代表（见图2-6）。穆尔在对《桃夭》注释中写道，这首婚礼上的歌曲可能距

---

① Tan, Yuan. *Der Chinese in der deutschen Literatur. Unter besonderer Berücksichtigung chinesischer Figuren in den Werken von Schiller, Döblin und Brecht*, Göttingen: Cuvillier, 2007, p. 40.

② Murr, Christoph Gottlieb von. *Haoh Kjöh Tschwen, d.i. die angenehme Geschichte des Haoh Kjöh*, Leipzig: Johann Friedrich Junius, 1766, pp. IX-XII.

③ Murr. *Haoh Kjöh Tschwen*, pp. 545-546.

图 2-6　翻译家穆尔肖像，J. E. Haid 创作

今已非常遥远了，"因为连孔夫子都曾引用过它"。出现在歌德眼前的这首《桃夭》呈现为以下面貌：

Auf eine liebenswürdige Braut

Wie schön, wie blühend ist nicht der Pfirsigbaum schon zu Anfänge des Frühlings!

Wie lieblich sind seine Blätter mit Blüte besetzet! O wie angenehm!

Eben so ist die neuvermählte Braut, wenn sie in das Haus ihres Mannes geht,

Allwo sie dessen Hausbedienten ihr Zugehöriges austheilet,

Und alle Pflichten gegen ihn, und seine Leute erfüllet.

译文：

《致一位可爱的新娘》

多么美丽、多么花团锦簇，那不是初春时节的桃
树吗？

叶片包裹中的花朵是多么可爱！噢，多么令人舒适！

这正如新婚的嫁娘，当她踏入夫君的屋舍

就把她的嫁妆分给家中的仆人，

履行一切对他和他家人的职责。①

值得注意的是，《桃夭》在主题上与歌德 1827 年创作的
《中国作品》和《中德四季晨昏杂咏》也遥相呼应（在美学上当然
还相隔遥远），我们在后文还将详细探讨。而并非偶然的是，
在 1796 年初次结识《好逑传》的同时期，歌德的诗歌中也出现
了第一首与中国直接相关的作品——《在罗马的中国人》（Der
Chinese in Rom）。每每只要谈到歌德与中国的话题，大家就会
提到这首诗歌，但如果仔细观察歌德的这首诗歌，便会发现这
里的中国只不过徒具其表：

我在罗马看到一个中国人，

一切建筑无论新老，他都觉得过于累赘和沉重。

哎！他叹息道，可怜的人们啊！

我希望，他们能够理解

---

① Murr, *Haoh Kjöh Tschwen*, p. 536.《桃夭》原诗为："桃之夭夭，
灼灼其华。之子于归，宜其室家。桃之夭夭，有蕡其实。之子于归，宜
其家室。桃之夭夭，其叶蓁蓁。之子于归，宜其家人。"

小小木柱如何能撑起蓬顶。
只有训练有素的眼睛凭借更为敏锐的感官
才能欣赏木条、纸板、雕刻和五彩的金碧辉煌。
看啦，我认为，在他身上可以看到某位幻想家，
他把稀疏的细纱与坚实的自然织就的永恒地毯相提并论，
把真实纯粹的健康者称为病态，
而只有他这个病态的人才堪称健康。①

该诗创作于 1796 年，发表于 1797 年《诗神年鉴》(*Musen-Almanach*)的讽刺短诗栏目中。其起因是让·保尔(Jean Paul, 1763—1825)批评了歌德的朋友克内贝尔(Carl Ludwig von Knebel, 1744—1834)根据古典主义精神翻译的普罗佩提乌斯②的诗作，这令歌德非常生气。就在一年之前，歌德刚刚发表了他在意大利之行后写成的《罗马哀歌》(*Römischen Elegien*, 1795)，为"永恒的罗马"奉献了一组新的德国古典主义赞歌。《在罗马的中国人》无疑昭示了歌德在与让·保尔论战中的鲜明立场，即浪漫主义是"病态"的，而古典主义是"健康"的。但这首诗其实并不涉及歌德与中国的关系，至少中国不是他所

① FA I, 1, p. 706. 德语原文："Einen Chinesen sah ich in Rom, / die gesamten Gebäude Alter und neuerer Zeit schienen ihm lästig und schwer. / Ach! so seufzt'er, die Armen! ich hoffe, sie sollen begreifen/Wie erst Säulchen von Holz tragen des Daches Gezelt, /Daß an Latten und Pappen, und Schnitzwerk und bunter Vergoldung/Sich des gebildeten Aug's feinerer Sinn nur erfreut. /Siehe, da glaubt' ich, im Bilde so manchen Schwärmer zu schauen, /Der sein luftig Gespinst mit der soliden Natur/Ewigem Teppich vergleicht, den echten, reinen Gesunden/Krank nennt, daß ja nur *er* heiße, der Kranke, gesund."
② 普罗佩提乌斯(Sextus Aurelius Propertius, 公元前 48—前 15)，古罗马诗人。

要攻击的目标。如果那个到罗马的旅行者不是来自中国，而是来自暹罗或印度，对于诗歌的效果也不会有任何影响。换言之，就像歌德的另外一些讽刺诗一样，它并非针对某个特定的国家或文化，而仅仅与歌德所憎恶的矫揉造作的风格相关。①

然而，如果在回顾了歌德晚年对中国的研究之后再来看这首诗歌，你就会发现歌德在不经意间自然而然地接受了在欧洲广为流传的对中国文化的偏见。歌德认为，那些狂热者已经近乎病态，他们偏好木制的"小小"柱子而不是大理石柱，喜欢"木条、纸板、雕刻和五彩的金碧辉煌"，而那根本就无法与古罗马的辉煌相提并论。② 在歌德的诗学世界中，再没有什么比这种轻浮的病态化情绪更加难以赢得尊重了。而 30 年后他

---

① 研究者安珂·博瑟(Anke Bosse)指出："这是以诗歌的形式对矫揉造作风格的抨击，并顺手将其与'中国式'风格联系了起来。"让·保尔的作品里"并没有什么能让人想到中国风尚的东西，但却很容易让人想到矫揉造作"。Bosse, Anke. *China und Goethes Konzept der »Weltliteratur«*, in: *Jahrbuch des Freien Deutschen Hochstifts* 2009, pp. 231-251, hier p. 232. 而 Japp 教授也认为："《中国人在罗马》其实与中国毫无关系……也并非是因为对漫画式的宝塔风格有什么特别的偏好，倒是涉及各种古典风格所遭受的不公评价。" Japp, Uwe. *Geistiges Schreiben: Goethes lyrische Annäherung an China*, in: Japp, Uwe/Jiang, Aihong (ed.). *China in der deutschen Literatur 1827-1988*, Frankfurt a. M. u. a. : Peter Lang, 2012, pp. 11-22, hier p. 11. 此外参见 Birus, Hendrik. *Vergleichung. Goethes Einführung in die Schreibweise Jean Pauls*, Stuttgart: Metzler, 1986, pp. 12-15; Schwarz, Egon. *Der Chinese als Vorwand*, in: Reich-Ranicki, Marcel (ed.), *Deutsche Gedichte und ihre Interpretationen*, Bd. 2: *Johann Wolfgang von Goethe*, Frankfurt a. M. : Insel, 2002, pp. 238-240.

② 此处让人联想起他对印度神庙中千姿百态神像的批评，这与他日后对中国文化的论断如出一辙，只是程度有所不同。参见他就《中国与印度诗歌》(*Indische und chinesische Dichtung*, 1821)所做的评论。Lauer, Gerhard. *Goethes indische Kuriositäten*, in: Kunz, Edith Anna/Müller, Dominik/Winkler, Markus, *Figurationen des Grotesken in Goethes Werken*, Bielefeld: Aisthesis, 2012, pp. 159-179.

图 2-7 让·保尔画像（Heinrich Pfenniger，1798 年）

在面对中国文化时所表现出的则是无以复加的敬意，甚至到了以诗歌戏仿的形式来表达认同的地步。事实上，歌德完全清楚，那个遥远的东方国度绝不是建立在纸板和雕刻上的，它与歌德笔下"永恒的罗马"一样拥有"神圣的城墙"，并很有可能也早已以自己的方式奠定了"古典的基石"。① 因此，这首诗其实与歌德心目中的中国形象并没有什么关系，他反对的是让·保尔那种矫揉造作的风格，诗中所说的中国人只不过是中式风格玩偶房子里的一个纸板人，而借用流行于欧洲的傲慢的中国人形象，让他以无知无畏者的姿态踱步于"永恒罗马"，则无

---

① 参见《罗马哀歌》第 1 和第 5 首中的表达。

疑是对让·保尔更为辛辣的讽刺。①

恰在此时，18世纪末发生在中欧交流史上的一件大事使欧洲图书市场上对于中国文化的介绍陡然增多，也使歌德对中国文化的丰富性和多样性有了更为充分的认识，这便是1792—1794年英国乔治·马戛尔尼勋爵（George Macartney of Devock）使团对乾隆皇帝的访问。英国使团的这次访问不仅规模空前，而且在中西交流史上影响深远，使团成员在回国后发表的众多游记一方面全方位记载了他们在出使过程中的见闻，另一方面也使欧洲人对垂暮的中华帝国有了更为直观的认识。这次访问轰动一时，立刻成为一系列旅行报道的中心，这些报道和游记大部分很快被翻译成德文。此外，甚至还有一部游记干脆就是用德语写的，出自使团中的德籍成员赫特南（Johann Christian Hüttner）之手。

在这众多游记中，最为轰动的当属安德逊（Aeneas Anderson）1795年在伦敦出版的报道《1792年、1793年和1794年英国访华大使团的报道；包含使馆的各种情况，以及对中国人的风俗习惯和国家、城镇、城市的描述》（*A Narrative of the British Embassy to China, in the Years 1792, 1793, and 1794; Containing the Various Circumstances of the Embassy, with Accounts of Customs and Manners of the Chinese; and a Description of the Country, Towns, Cities*）。与媒体的强烈反响相比，安德逊在作品开篇所作的说明更像是一个英国式轻描淡写的范例："出使

---

① 歌德后来对让·保尔的观点发生了较大变化。在1819年发表的著作《为更好理解〈西东合集〉而撰写的注解和论文》（*Noten und Abhandlungen zu besserem Verständnis des West-östlichen Divans*）中，他从严肃的比较文学研究视角出发，对让·保尔与哈菲兹及波斯诗人的写作方法进行了严格的比较，1827年，他对该论文还进行了修改，也是在这同一年，他重新开始探索中国世界并获得了丰硕成果。参见 Birus. *Vergleichung. Goethes Einführung in die Schreibweise Jean Pauls*, pp. 12-15.

中国这件事在我国的外交史上还是新鲜事，自然会引起公众普遍的好奇。"①

安德逊将他的游记与对北京宫廷和政治、街头生活和社会状况、艺术和建筑、城市和农业方面的介绍结合起来，详细地进行了全方位描述。在同一年，即 1795 年就已经出现了第一个德语译本，次年还有缩译本将书名的四段标题缩短为两个：《1792—1794 年英国使团访华录。包括对乡村以及中国的风俗和礼仪的报道》（汉堡版，1796）。歌德于 1800 年 3 月 22 日从魏玛图书馆借出了此书，看了三个半月，直到 7 月 5 日才将它归还。②

在安德逊所进行的民族志考察中，他对中国女性在公共场合的表现尤其深感吃惊。为此，他甚至在游记中特辟了一节。歌德当年也正好读到了下面这段文字：

> 中国妇女并不是被关在屋子里不准与外人相见，有此观点之见解，是无甚根据的。会集观看英国使团马车队的大量人群中至少有四分之一的人是妇女，这比例数字大大超过在我们自己国内所遇到的由于观看新奇事物而聚集起来的人群中的妇女的数目：如果说"欧洲妇女的性格中的特点之一是好奇"这见解是正确的，那么我将臆断地说，从我所见到的，当我们在他们面前经过时，她们所表现出

① Anderson, Aeneas. *Geschichte der Brittischen Gesandtschaft nach China in den Jahren 1792-1794. Nebst einer Nachricht von dem Lande, den Gebräuchen und Sitten der Chinesen*, Hamburg: Hoffmann, 1796, pp.4-5. 参见［英］爱尼斯·安德逊：《在大清帝国的航行——英国人眼中的乾隆盛世》，费振东译，北京：电子工业出版社 2015 年版，第 5 页。

② 本书中所有关于歌德借阅图书的信息均出自 Keudell, Elise von. *Goethe als Benutzer der Weimarer Bibliothek. Ein Verzeichnis der von ihm entliehenen Werke*, Weimar: Böhlau, 1931.

来的热烈情绪同刚才所说的爱看新奇的性格是同样地普遍
存在于亚洲妇女之中的。

我们在北京旅行时所见的妇女，一般的容貌极为娇
嫩，面色是自然的优美，但她们尚不满足于此，因此在面
上还擦些化妆品。①

此外还有以下笔记，虽然这些笔记并未标明日期，但可以
确认是歌德从安德逊作品中摘录的："妇女用红布将脚和小腿
紧紧地缠住。"（Frauen Füße und Schenkel mit rothem Bande fest
umwunden）②这可能是歌德了解这个风俗习惯的最早证据。为
了一种独特的理想之美让年轻女性缠足——这种习俗将成为歌
德中国诗歌的主题。

在18世纪90年代，有关东亚历史和文化的其他各种作品

---

① Anderson. *Geschichte der Brittischen Gesandtschaft nach China*,
p. 126. 参见 Anderson, Aeneas. *A Narrative of the British Embassy to China,
in the Years 1792, 1793, and 1794; Containing the Various Circumstances of
the Embassy, with Accounts of Customs and Manners of the Chinese; and a
Description of the Country, Towns, Cities*, London: Debrett, 1795, pp. 107-
108. 此处译文引自 [英] 安德逊：《在大清帝国的航行》，第95~96页。

② 安德逊在其报告中至少两次提到中国女性的缠足风俗。其中一
处为："在这些地方的妇女，我们见到很多。她们的脚和胫大多缠上红
布。据说是为了制止她们的脚长成天足。缠脚布绑得这么紧，使她们走
路极度困难。当我们考虑到这种出乎常规的办法，从女子幼时即开始缠
脚，不禁令人惊奇，这些妇女们会全不能走路了，可以说相当不合理。"
书中另一处写道："北京妇女与我们曾已见过的妇女之间的差别，在我
们看来，是在于前者戴上一只黑丝绒的帽，帽沿上的缨路几乎垂及两眼
之间，她们并不缠脚，像上文已经叙述过的，这阻止脚的自然生长。"
[英] 爱尼斯·安德逊：《在大清帝国的航行》，费振东译，北京：电子
工业出版社2015年版，第67、96页。

也进入歌德的视野，但并不是所有的都能够被准确地识别出来。① 可以肯定的是，它们肯定给了歌德——正如他在1798年1月3日读完哲学对话②后在写给席勒的信中所说——关于"中国人聪明才智"的灵感。歌德许诺给席勒"一位中国学者和一位耶稣会士之间的旧对话的副本，他们一个是完全的理想主义者，一个是彻底的莱因霍尔德主义者。这个发现令我十分开心，并且给了我关于中国人聪明才智的灵感"③。三天后，他发出了许诺的文本。④ 1月12日，席勒回信询问道："你在何处找到了这个美丽的片段?"⑤歌德是在17世纪的一部作品中抄写了这段故事，1797年12月6日至1798年11月10日，他从魏玛图书馆借出这部作品，其内容是耶稣会士利玛窦（1552—1610）与南京佛教僧侣雪浪（或黄洪恩）的对话。⑥

① 例如1792—1794年间在斯图加特出版的《民族画廊》(*Gallerie der Nationen*)中有两卷是关于亚洲，此外他还看过一些介绍中国历史的书籍，但具体名称不详。参见 Chung. *Chinesisches Gedankengut in Goethes Werk*, p. 270.

② Ricci, Matteo. *Storia dell'introduzione del Christianesimo in Cina*, edite e commentate da Pasquale M. D'Elia, sotto ilpatrocinio della Reale Accademia d'Italia, Bd. II, Rom: Libr. dello Stato, 1949, pp. 76-77.

③ NA 37. 1, p. 212.

④ NA 37. 1, p. 214.

⑤ NA 29, p. 187.

⑥ 详见 Francisci, Erasmo. *Neu-polirter Geschickt- Kunst- und Sitten-Spiegel ausländischer Völcker fürnemlich Der Sineser*, Japaner, Indostaner, Jabaner, Malabaren, Nürnberg: Endter, 1670, pp. 42-43. 相关研究参见 Ho, *Kulturtransformationen*, pp. 239-240.

第三章
第二次"逃往中国"

一、逃　离

尽管长期以来歌德对中国历史和文化的了解大多源于一些机缘巧合下的偶然认知，其中有碰巧从友人那里获得的小说、译作，也有一时兴起从图书馆中借来消遣的游记、画册，他的阅读也是时而粗略、时而深入，但多年研究所积累下来的知识依然颇为可观。只有当你认真回顾他的这段经历时，才会发现那段岁月更像是一个厚积薄发前的蛰伏期：仿佛对中国知识的积累就是为了等待一个适当的机遇，以最终将其转化为诗意的产出。

这并非臆测，而是来源于歌德自己的回顾，1813 年，他在给朋友克内贝尔的信中写道："最近一段时间，与其说是真想干点什么，不如说是为了散散心，我着实做了不少事情，特别是努力读完了能找到的所有与中国有关的书籍。我差不多是早就将这个重要的国家保留下来，搁在了一边，以便在危难之际——像眼下正是这样——能逃到它那里去。置身于一个全新的领域中——即使只是在精神上——也是充满治愈的能量。"① 但是为什么要逃往中国？答案就在信中，这一天是 1813 年 11 月

---

① WA IV, 24, p. 28. 译文转引自杨武能：《走近歌德》，上海：上海社会科学院出版社 2012 年版，第 319 页。

10 日,拿破仑在与第六次反法同盟的角逐中遭到失败的日子。

　　而拿破仑与歌德的纠葛还要从七年前说起。1806 年 10 月,拿破仑率 15 万大军攻入图林根和普鲁士,并在耶拿—奥厄斯泰特战役中重创普鲁士—萨克森联军,随即攻占魏玛。幸而法军中也有军官知道《少年维特之烦恼》作者的大名,因而占领军并未刁难歌德。1808 年 10 月 2 日,亲临德国的拿破仑还在埃尔福特召见歌德,亲自与他谈论了《少年维特之烦恼》,颇显礼贤下士之风。因此,歌德对拿破仑的情感相当复杂。当 1813 年 10 月欧洲历史上著名的"民族之战"(Völkerschlacht)——莱比锡大战爆发时,难以置身事外的歌德一时陷入了民族情感的纠葛中。一方是代表着资产阶级革命力量,几年来对他礼遇有加的法国占领军;另一方则是代表着封建顽固势力,但同时又有反抗外族压迫性质的普、奥、俄联军。因此,在那个阴云密布的历史性时刻,处于政治旋涡边缘的歌德选择了精神上的逃避,再次将目光转向遥远的中国,在思想上尽可能地远离战火纷飞的德国,逃向了欧亚大陆的另一端。

　　对歌德与中国的关系而言,这也同样是一个历史性的时刻,多年来他与中国文化一直只有浅尝辄止的接触,然而这一次却真正走向了深入,其动力之强是除了歌德本人之外无人能够预想得到的。就在 1813 年 10 月拿破仑军队在莱比锡遭到彻底失败的这个月份,歌德在阅读和写作中逃到了"纯净的东方"①,写下了一首带有自身写照韵味的诗歌——《逃离》(Hegire)。从歌德按照法语转写的阿拉伯语单词 Hegire 来看,诗歌的主角只能是从麦加出走到麦地那的先知穆罕默德,然而正如大家所熟知的,此处想要逃离令人反感的现实、躲避急剧升腾的民族主义的主人公不是别人,正是歌德自己:

―――――――――

　　① 参见 Seibt, Gustav. *Mit einer Art von Wut. Goethe in der Revolution*, München: Beck, 2014, pp. 195-210.

北方、西方和南方都分崩离析，

皇位在崩裂，王国在颤栗，

你逃向纯净的东方，把宗族的气息品味，

在恋爱、饮酒和歌唱中，

畅享使你永远年轻的源泉。①

虽然众所周知，诗中的东方指向《圣经》故事发生的地域和穆斯林的世界，但"逃离者"的意图却是要奔向地理和文化上尽可能遥远的世界，因此其实际涉及的范围之广就远远超乎想象了。中东的穆斯林文化、旧约中的族长世界以及阿拉伯的风俗，都是歌德早在狂飙突进时期就已经了然于胸的，他甚至还留下了关于穆罕默德的剧作和歌谣手稿。此次，他希冀的目光进一步掠过巴勒斯坦和波斯，转向与欧洲相隔千山万水、近乎遥不可及的东亚。② 因为文化上的避难必须在空间上足够遥远，最好没有任何东西能让避难者联想起近在咫尺的欧洲民族之战，所以歌德将好奇的目光投向了中国。

歌德曾在笔记中这样回顾他的 1813 年：

在这里，必须回顾一下我行为方式中的一个特异之处。当我在政治上面临某种巨大的威胁时，我就会固执地

---

① FA I, 3/1, p. 12；此外参见 Birus 的注解，见 FA I, 3/2, pp. 885-886. 歌德首先写道："天堂的气息"（Paradieses Luft）；但天堂主题直到诗歌的末尾才出现在"天堂大门"的意象中。FA I, 3/1, p. 13.

② 在地理大发现的时代，欧洲人将印度和中国视为欧亚大陆上距欧洲最为遥远的国度，在 18 世纪英国征服印度后，中国逐渐成为德国人眼中最为遥远的国度。这种"遥远"的感觉并不仅仅是地理上的因素所造成的，其背后隐藏着殖民主义的视角：越是远离欧洲殖民者势力范围的国度，也就越是显得遥不可及。

将自己投身到最遥远的地方。为了达到这一目的，自我从卡尔斯巴德回来开始①，我就以最严谨的精神投身在了对中国的研究中……②

在莱比锡爆发的民族之战从 1813 年 10 月 16 日一直持续到 19 日，这是当时规模最大、也最为残酷的一场战争。③ 大战的序幕早在八九月份就已在大贝伦、哈格贝格、库尔姆以及登纳维茨拉开，就如预期的那样，大战以拿破仑军队的失败告终。早在 9 月 2 日，歌德就已离开"用来逃避战乱"的伊尔梅瑙，再次回到了魏玛，而恰在此时，"战争最危险的阶段"来临了。④ 从 1813 年 10 月初开始，歌德从魏玛图书馆中借阅了大量英文、法文、德文版本的关于中国的书籍。这其中一些是歌德多年以前就已接触过的，例如 10 月 4 日和 12 日两天，歌德从魏玛图书馆中借出了四个不同版本的马嘎尔尼使团访华报告和两个不同版本的《马可·波罗游记》，但旧著重温显然已不再单单是出自对东方的兴趣，而是进入了认真比对研读的阶段。而另外一些书籍则将歌德带入了一个在欧洲才刚刚崭露头角的新学科——汉学⑤，自 10 月 2 日开始，"Sinica"——汉学这个词每天都出现在歌德日记本上，延续了整整一周。但中国毕竟还是无法将歌德完全与窗外的隆隆炮声隔离开来，10 月 9

---

① 卡尔斯巴德(Karlsbad)是魏玛附近的一个著名疗养胜地，歌德晚年常到此处修养。但在写这则日记前，歌德并不是从卡尔斯巴德疗养归来，而是从特普利茨(Teplitz)回来。

② *Tag- und Jahreshefte*, *1813*, in：FA I, 17, pp. 255-256. 关于歌德创作《西东合集》的过程，参见 Golz 和 Birus 的相关作品以及 FA I, 3/1, p. 726.

③ Seibt, *Mit einer Art von Wut. Goethe in der Revolution*, p. 199；该书作者在此补充道："对魏玛公爵来说，1813 是战争岁月中最糟糕的一年。"

④ Seibt, *Mit einer Art von Wut. Goethe in der Revolution*, p. 202.

⑤ Wagner-Dittmar, *Goethe und die chinesische Literatur*, pp. 149-150.

日，歌德的日记再次笼罩上战争的阴云："因为奥地利人逼近，整夜都颇不平静。法国人在紧急撤退。中国色彩，汉学。"

1813 年 10 月 8 日，歌德的私人秘书里默尔（Friedrich Wilhelm Riemer, 1774—1845）在日记中写道，"晚上在歌德那儿"，在他的记忆中，两人的谈话涉及"Devigne 的中国之旅。关于中国文字和语言。晚上十点钟到家。法国人在市场集合并于午夜撤离"①。"Devigne"这个名字来自里默尔的记忆错误，他们所谈论的对象其实是法国外交家、语言学家、翻译家小德金，全名路易斯·约瑟夫·德金（Chrétien-Louis-Joseph de Guignes，1759—1845），其父德金（Joseph de Guignes，1721—1800）也是一位汉学家。小德金曾担任法国驻广州领事馆随员等职，并在 1794 年到 1795 年间随同荷兰遣华使节团到北京觐见乾隆皇帝。1808 年，他在巴黎出版了三卷本《北京、马尼拉、毛里西亚岛游记》（Voyages à Péking, Manille et l'île de France faits dans l'intervalle des années 1784 à 1801），并奉拿破仑之命编撰了《汉语、法语、拉丁语词典》（Dictionnaire Chinois, Français et Latin, 1813）。歌德通过这部游记的第一卷就可以清楚地了解到"中国文字和语言"。②战争岁月中这次与中国的愉快邂逅也反映在歌德同一晚的日记上，他简单明了地写道："里默尔，中文'愈发'（语法）。顺便开个玩笑。"③

在整个 10 月和 11 月最初的几天里，歌德一直怀着极大的

---

① Debon, Günther. *Was wußte Goethe von der chinesischen Sprache und Schrift?* in: Golz, Jochen（ed.）, *Goethes Morgenlandfahrten. West-östliche Begegnungen*, Frankfurt a. M.: Insel, 1999, pp. 54-65, hier p. 55.

② Debon, Günther. *Was wußte Goethe von der chinesischen Sprache und Schrift?* in: Golz, Jochen（ed.）, *Goethes Morgenlandfahrten. West-östliche Begegnungen*, Frankfurt a. M.: Insel, 1999, pp. 54-65, hier p. 55.

③ 德语原文："Riemer Sinische Grammatick. Scherze deshalb." 见歌德 1813 年 10 月 8 日的日记。

热情投身在对中国的研究里。其中仅仅关于英国马嘎尔尼使团
的四部访华报道他就借阅了足有五周。带着远远超过 1800 年
首次阅读时的强烈兴趣，歌德再次阅读了安德逊的报告，此外
还进一步借阅了安德逊报告的英文原本，并借阅了使团副使斯
汤东（George L. Staunton）访华报告的德文译本（Zürich 1798）和
马嘎尔尼的秘书巴罗（John Barrow）游记的新译本（Weimar
1804）。① 另外还有居住在普鲁士宫廷的荷兰教士保吾
（Corneille de Pauw）的《埃及人与中国的哲学研究》（*Recherches
philosophiques sur les Egyptiens et les Chinois*，Berlin 1773），两个
版本的《马可·波罗游记》②，以及意大利来华传教士卫匡国
（Martin Martini，1614—1661）开中国地理研究之先河的著作《中
国新图》（*Novus Atlas Sinensis*，1655）。在经过一番深入研究之后，
歌德在 1813 年 11 月 10 日给身在耶拿的克内贝尔信中写下了我
们在本章开头就读到的那段话："最近一段时间，与其说是真想

---

① Barrow, John. *John Barrow's Reise durch China von Peking nach
Canton im Gefolge der Großbrittanischen Gesandtschaft in den Jahren 1793 und
1794*, übersetzt von Johann Christian Hüttner, Weimar: Verl. d. Landes-
Industrie-Comptoirs, 1804. 值得一提的还有英国安森勋爵的《环球航行
记》，该书于 1749 年被 Richard Walter 译成德语。参见 Anson, George,
Des Admirals, Lord Ansons Reise um die Welt [...] in den Jahren 1740-1744,
übersetzt von Richard Walter. Leipzig/Göttingen: Vandenhoeck, 1749. 何淑
静还指出，歌德 1798 至 1799 年读过马嘎尔尼使团成员赫特南的访华回
忆录。Ho, *Kulturtransformationen*, p. 241. 法国学者佩雷菲特在《停滞的帝
国》中臆想，歌德没有读过斯当东的书，这显然是出于对资料把握的不
足。Peyrefitte, Alain, *L'Empire immobile, ou Le choc des mondes*, Paris:
Fayard 1989, p. 422.

② 参见 Chung, *Chinesisches Gedankengut in Goethes Werk*, p. 271. 此
处所涉及的是 Felix Peregrin 于 1802 年出版的《马可·波罗游记》德语译
本 *Marco Paolo's Reise in den Orient während der Jahre 1272 bis 1298*, 歌德于
1813 年 10 月 12 日从魏玛图书馆借出该书，同年 11 月 17 日归还，在同
一时间段里，歌德还借阅了著名剧作家莱辛（Gotthold Ephraim Lessing）
1773 年编辑出版的《马可·波罗游记》。

干点什么，不如说是为了散散心，我着实做了不少事情，特别是努力读完了能找到的所有与中国有关的书籍。我差不多是早就将这个重要的国家保留下来，搁在了一边，以便在危难之际——像眼下正是这样——能逃到它那里去。置身于一个全新的领域中——即便只是在精神上——也是充满治愈的能量。"[1]

上述这几句话具有极为重要的意义。歌德将他与中国文化长达数十年之久的接触解读为一场早已酝酿于心的行动，一种为日后逃离困境而早就做好的精心准备。"在危难之际"逃到早已悄悄留好的地图一隅中去：这与歌德将自己化身为逃离麦加的先知穆罕默德如出一辙，只在表达方式上略有不同。

在这次东方之旅中，尽管歌德的创作灵感更多地流连于波斯、阿拉伯和《旧约》传说的世界，徘徊于《古兰经》、拜火教和《苏莱卡》之间，与哈菲兹(Hafis，约 1315—1390)和《雅歌》中的诗篇相互应和，但相较于同时开始的对《西东合集》(Der west-östliche Divan)的研究，中国研究这一"全新领域"给他所带去的影响要更为深远，他在这片东方土地上流连的时间也要长得多。

二、老子和拜火教徒

在 1781 年的时候，恐怕没有多少人能预见到女公爵安娜·阿玛利亚即兴创办的《蒂福尔特杂志》能在多年以后对《西东合集》甚至是后世的中德文学关系产生何等深远的影响。这本杂志最初仅仅以手抄本的形式在诗社成员之间流传。歌德对其巧加利用，在上面发表了许多记载魏玛岁月的诗歌，例如长篇墓志铭《迈丁挽歌》(Auf Miedings Tod)，同时也使他献给夏洛特·冯·施泰因夫人的诗歌流传于世，例如 1781 年歌德在

---

① FA II, 7, p. 270.

《仿希腊体》(*Nach dem Griechischen*)的标题下献给梦中情人的爱情诗歌。正如歌德在1781年9月22日写给冯·斯泰因夫人的信中所点明的："借助这本杂志，我可以向我最爱的人表达我的爱意。"①

1783年，歌德在给母亲的信中写道："这本杂志创办于一年多以前，当时公爵的母亲刚刚搬到蒂福尔特，它最初只是作为供人消遣娱乐的周刊，后来一直延续了下来。里面有一些非常好的东西，值得您读一读。"②这些"非常好的东西"中便包括了创刊第一年塞肯多夫分三次连载在该杂志上的"中国故事"——《命运之轮》③，1783年以单行本形式再版时，塞肯多夫再次扩充了内容并更名为《命运之轮——庄子的故事》，这也是德语文学中第一次出现道家代表人物庄子的名字，同时出现的还有一位刚一出生便已是白发老者形象的"世界智慧大师"——老子。

通过塞肯多夫的小说，歌德结识了中国道家哲学。④ 书中的老子早年曾游历四方，后来来到山东，在"一片悠闲恬静的青翠山谷"中隐居下来，每日在他那座"简朴的小茅屋"前向他

---

① 见于歌德写于1781年9月22日的信件，WA IV, 5, p. 196. 参见 Heinz/Golz,《*Es ward als ein Wochenblatt zum Scherze angefangen*《, pp. 7-18, 诗歌 *Nach dem Griechischen* 见于该书第86页。

② 见歌德1783年12月7日的信件，WA IV, 6, p. 223。

③ 1781年 *Tiefurter Journal* 杂志第10和11期上作为第一、第二部分连载的内容在两年后作为小说的第七和第八章发表在单行本中，此后在第16期发布的第三部分中暗示了庄子将要开始的冒险，但是并没有继续创作下去，这一部分在单行本中完全被删除。相关说明参见 Heinz/Golz,《*Es ward als ein Wochenblatt zum Scherze angefangen*《, p. 451。

④ Peter Huber 和 Dieter Borchmeyer 在法兰克福版《歌德全集》的评注中将赛肯多夫的小说也视为歌德未竟之作《埃尔佩诺》(*Elpenor*)的可能源头之一，这明显是受到了19世纪学者彼得曼研究的影响(参见 FA I, 5, p. 1137)。

所拣选的弟子们传授道家学说。① 在这些弟子里，最杰出的当属庄子。在塞肯多夫的小说问世时，庄子的故事在欧洲已流传多年，这要追溯到 1735 年杜赫德出版的《中华帝国详志》，庄子不仅被视为道家第二号代表人物，而且还因传教士殷弘绪（Francois Xavier d'Entrecolles, 1664—1741）翻译的小说《庄子休鼓盆成大道》而被伏尔泰等思想家所熟知。在《蒂福尔特杂志》的预告中，《命运之轮》被称为真正的"杂志主题"，发表在该杂志第 10、第 11 和第 16 期上。整个故事从"庄生梦蝶"这一道家最为经典的比喻开始，但在很大程度上还仅仅局限于哲学对话和诗意的场景描写——庄子从"不朽的老子"那里学习了认识论，了解了宇宙万物的联系，还通过对"蝴蝶梦"的阐释洞悉了人生的奥秘。

歌德从没有明确地对塞肯多夫所写的"中国故事"做出过评价。如果说原因在于歌德从没有读过塞肯多夫写的"中国故事"，那几乎是不可能的，因为歌德一直对中国抱有浓厚的兴趣，而且他本人还是这本在女公爵安娜·阿玛利亚圈子里流传的手抄杂志的合著人。② 更为重要的是，《蒂福尔杂志》第 11 期上刊登了安娜·阿玛利亚自己翻译的阿普列乌斯（Apuleius）童话《爱神与普绪克》（*Amor und Psyche*）的第一部分，歌德正是从中获得灵感，创作了脍炙人口的同名诗歌《爱神与普绪克》，而连载在同一期上的《命运之轮》所论及的则恰恰是老子的宇宙论学说。

老子宇宙论的基本原理并不难于理解，它与歌德长期以来的所思所述颇为接近。在该杂志第 10 期上的《命运之轮》第一

---

① Seckendorff, Carl Siegmund Freiherr von. *Das Rad des Schicksals oder die Geschichte Tchoan-gsees*, Dessau, Leipzig: Buchh. der Gelehrten, 1783, pp. 1-5.

② 例如稍早时候于 1781 年 9 月出版的第 6 期上就只有歌德和塞肯多夫两人的作品。

部分中，老子先对水的创造力做了简要的论述，他向弟子解
释，"众所周知，水是创造自然的母亲"，水的力量超越了世
界起初的"巨大混沌"。① 之后，老子将目光从水转向光，就太
阳神圣的光芒向庄子进行了详细的解说：在太阳的光辉中可以
体验到神性本身。因为庄子"具有追求世界智慧（科学之花）的
出色倾向"，老子由此做出推论，他这位弟子也必然可以从冉
冉升起的太阳中感受到欢乐：

> 正因为来自太阳的天火与你不朽灵魂的火花结合在一
> 起，太阳的升起才会让你感受到欢乐，并且每每唤起你新
> 的生命体验。月亮平静的外表在你眼中则是一成不变：它
> 宣示着宁静，构成从黄昏到清晨的屏风，将你从纷繁世事
> 中解脱出来。②

此处，太阳的"天火"并非无关紧要的主题，而是构成了

---

① Heinz/Golz. *»Es ward als ein Wochenblatt zum Scherze angefangen«*,
p. 117. 在 1783 年的单行本第五章，老子的教导进一步明确指向了小说
标题《命运之轮》和《道德经》第 78 章中关于水（柔弱胜刚强）的比喻：
"就像无法测度的轮子一样，时间是它的轮轴，永恒是它的轨道，创造
万物的自然百万次、百万次地碾压过命运，带着它所塑造的万物滚滚向
前。它从生命之泉中创造了它们，将它们带入生命的海洋。它的运动无
可阻挡，因为它凭借至高本原的力量开始，也只能随它而终结。"德语原
文:» Gleich einem unermeßlichen Rad, dessen Achse die Zeit, dessen
Laufbahn die Ewigkeit ist, wälzt sie [die schöpferische Allnatur] das Schiksal
Millionen mahl Millionen, von ihr bekörperder Wesen, mit sich fort. Aus der
Quelle des Lebens schöpfte sie sie, in den Ocean des Lebens bringt sie sie.
Unaufhaltbar ist ihre Bewegung, denn sie begann mit der Kraft des höchsten
Wesens, und kann nur mit ihr enden. « Seckendorff. *Das Rad des Schicksals
oder die Geschichte Tchoan-gsees*, p. 29.

② Heinz/Golz. *»Es ward als ein Wochenblatt zum Scherze angefangen«*,
p. 118. 关于在歌德作品中各母题之间的关系请参见 Detering, Heinrich.
»Metaphysik und Naturgeschichte«: *Goethes Domburger Gedichte*, in: *Merkur*,
（03）2009, pp. 115-125.

两个短小章节的核心。在该杂志第 11 期随后刊出的第二部分中，日出的壮丽景象清楚而直观地出现在欣喜若狂的庄子眼前，也展现在了魏玛读者群的面前：

> 这辉煌的景象一下震惊了庄子。展现在他面前的是高高群山环抱中的一片一望无际的平原。太阳从地平线的边缘放射出耀眼的光芒，给灿烂的田野镀上了一层金光，所有的江河溪流都带着这美丽景象的印记：它们亮闪闪地穿过草地，并以轻柔的低语宣告着友好女神的到来。

> 庄子充满敬畏地将脸贴向地面祈祷着，他几乎不敢直视这个壮丽的地方！他平生第一次责备起他的老师，心醉神迷地呼喊道：老子！老子！你怎么能住在那样一个简陋的小屋里，是什么阻止了你，让你不想每天在这里醒来？让女王炽热的面颊来温暖你冰凉的胸膛！①

此时，只有一个来自花园墙后的陌生人的声音像回声一般回应了庄子的太阳赞美诗，听上去像是在度过了痛苦的一夜后，向日出——来自天上的"拯救女王"的致意：

> 灿烂的太阳，你在哪里？你是失眠者的慰藉，总是热情地用你善良的金色光芒倾洒在急需者的身上。请你回来吧：因为我在黑暗中感到恐惧——请将你的光芒洒向我阴郁的灵魂，让它沐浴在你的光辉之中！……哦，女王，请不要再犹豫！②

---

① Heinz/Golz. »*Es ward als ein Wochenblatt zum Scherze angefangen*«, p. 127.

② Heinz/Golz. »*Es ward als ein Wochenblatt zum Scherze angefangen*«, p. 127.

第二首赞美诗行文流畅且形式优美，它在感叹中达到了高潮："三倍神圣的山谷！你使我感到愉悦！你的爱人到来了，你的爱人啊，那炽热的清晨！"①

太阳赞美诗和流畅的祈祷辞在语调和主题上都很容易让人联想起歌德的自然诗歌——从"狂飙突进"时期的壮丽赞歌到《浮士德》序幕中的天使合唱、从《颜色论》(Farbenlehre)所配的诗歌到他晚年(完成"中国诗歌"一年后)所写的《多恩堡诗歌》(Dornburger Gedichte)。就像塞肯多夫笔下受到安慰的苦闷人一样，在歌德的《佳尼美德》(Ganymed, 1774)开头，青年人曾高呼道："仿佛沐浴在朝霞之中/你的光辉将我环绕/春天啊，我的爱人！"②多年之后，1828年9月，清晨在多恩堡醒来的歌德再次通过诗歌从"宽广慈爱的纯净胸怀"③中向太阳抒发了感激之情，因为她作为凯旋的天上女王将光明和色彩又带回了人间。

然而，在塞肯多夫描绘的中国式场景和歌德创作的关于日出显现的诗歌之间，并非仅仅存在着表面上的相似之处。更准确地说，这种主题组合上的相似性尤其指向了歌德在1813年底开始着手准备的、被他视为"逃往中国"计划组成部分的作品，这就是后来被称为《西东合集》的伟大诗集。1815年3月13日和14日，歌德写出了《西东合集》中的第一部分作品：《古波斯信仰的遗产》(Vermächtniss altpersischen Glaubens)。1819年，歌德又在《西东合集》框架下把这首长诗与一篇较短的题跋组合起来，构成了完整的《拜火教徒之书》(Buch des Parsen)。这首诗的核心是，太阳升起在辽阔的土地上被视为是一种重要的启示：

---

① Heinz/Golz. »Es ward als ein Wochenblatt zum Scherze angefangen«, p. 129.

② FA I, 1, p. 205.

③ FA I, 2, p. 701.

当我们见到国王策马驰过,

裹满金饰、浑身金光灿烂时……

你们为此多少次羡慕过他?

可当太阳张开清晨的翅膀

傲视达马万德的无数高峰

划出一道弧线、冉冉升起时,

你的眼神难道不更加明亮?

谁又能止住那向往的目光?

我感觉到,在生命的日子里,

千万次感到,伴随它的到来

我也一起被至高者所托起。

去认识端坐宝座上的上帝,

尊称他为生命源泉的主宰,

行事要配得上高尚的目光,

在他光芒照耀下继续前行。

但当那团火球完全升起时,

我像在昏暗中目眩、僵立,

我拍打胸膛,俯首前来,

舒展开四肢,拜伏尘埃。①

———————

① FA I, 3/1, pp. 122-124, hier: p. 122. 诗歌的德语原文: "Wenn wir oft gesehn den König reiten, /Gold an ihm und Gold an allen Seiten, [...] /Habt ihr jemals ihn darum beneidet? /Und nicht herrlicher den Blick geweidet, /Wenn die Sonne sich auf Morgenflügeln/Darnawends unzähligen Gipfelhügeln/Bogenhaft hervorhob? Wer enthielte/Sich des Blicks dahin? Ich fühlte, fühlte/Tausendmal in so viel Lebenstagen/Mich mit ihr, der kommenden, getragen. /Gott auf seinem Throne zu erkennen, /Ihn den Herrn des Lebensquells zu nennen, /Jenes hohen Anblicks werth zu handeln/Und in seinem Lichte fortzuwandeln. /Aber stieg der Feuerkreis vollendet, /Stand ich als in Finsterniß geblendet, /Schlug den Busen, die erfrischten Glieder/Warf ich, Stirn voran, zur Erde nieder."

"达马万德山"（波斯语：Qolleh-ye Damavand）是厄尔布尔士山脉的主峰，它将整首诗歌与波斯联系在一起。但除此之外，该诗无论在风景描写还是在主题上都与塞肯多夫的中国故事更为接近，远超乎两篇刻画日出之美的文本通常所具有的相似性。第一，它们不是泛泛地描写日出，而是描绘太阳雄踞在"无数高峰"（歌德）和"高高群山"（塞肯多夫）之上。第二，两篇作品中的太阳都展现出君临天下的形象，冉冉升起的太阳或是像一位金光闪闪、凯旋的国王（歌德），或是像一位光彩照人的女王（塞肯多夫）。第三，这一壮观的天象也倒映在山脚下"所有江河溪流"中（塞肯多夫），就像是最初的"生命源泉"（歌德）：在水与阳光的交相辉映中，大自然展现出了它作为生命之源的魅力。第四，当故事达到高潮时，作为观察者的主人公都不由自主地倾倒在神圣而庄严的景象前，或是虔诚地"拜伏尘埃"（歌德），或是"敬畏地将脸贴向地面祈祷"（塞肯多夫），他们都沐浴在日光中，顶礼膜拜，表达对神性的尊崇——而且并非仅仅停留在某种虔诚的感觉上，而是进行着带有仪式色彩地对话："去认识那宝座上的上帝，称他为生命源泉的主宰"（歌德），或者赞美"三倍神圣"的山谷（塞肯多夫），同时还伴有虔诚的姿势，比如拍打胸脯、四肢伏地（歌德）或者充满敬畏地拜倒（塞肯多夫）。第五，对其关键内涵的解读——将太阳从群山之上升起的整个过程看成国王登基仪式一般光辉夺目、庄严肃穆，同时还带有对作为生命之源的神性自然的尊崇——这并非直接来自年轻的门徒自己，而是得益于他们身边年高德劭的智慧导师，在歌德这里，教导门徒的导师是古老的拜火教徒，在塞肯多夫那里则是古代哲学家老子。

从神话、宗教角度对日出进行刻意拔高的艺术化处理，这在世界各国文化中都并不罕见，希腊神话中有赫利俄斯（Helios）和阿波罗的故事，在古代波斯则有琐罗亚斯德的教

义。但在歌德的时代，至少在题咏太阳的诗歌中，能如此鲜明
地将几个主题熔于一炉的，只有摆在我们面前的这两篇作品
而已。

其实，我们没有必要将这种相似性归结于文本上的渊源，
推测歌德的诗篇是在有意模仿或致敬塞肯多夫的中国故事。歌
德在对《西东合集》的注释中，已特地在《古老的波斯人》一章
中详细说明了关于拜火教徒崇拜光明、火焰的资料是从何而
来；而且不仅是关于日出景象的诗歌，歌德随后就拜火教伦理
学展开的演绎也同样基于这些材料。① 但是，在将拜火教太阳
崇拜中的单个元素融合起来，使之在一首诗歌中汇总为教导年
轻拜火教门徒的教义总和时，歌德所采取的严整结构与塞肯多
夫的中国故事竟如此相近，会不会是源于他在阅读后者作品时
所留下的深刻印象呢？

似乎人们更应该反过来问一下：一个早已对中国留下深刻
印象的人，当他在 1813 年终于下定决心"逃到它（中国）那里
去"，并随后创作出像《西东合集》那样富于东方色彩的作品
时，如果他头脑中最初的东方之旅最终竟没有在那场诗意的
"逃离"中留下丝毫痕迹，那是不是反而更加令人感到奇怪呢？
因此，我们面前的《拜火教徒之歌》很可能正是歌德 1813 年
"逃往中国"计划所留下的印迹之一。②

---

① FA I, 3/1, pp. 148-152.

② 与之类似的还有《西东合集》中的组诗《帖木儿和冬天》(*Timur und der Winter*)，在 1812 至 1813 年冬季遭到惨败的拿破仑在诗歌中化身为称霸中亚的蒙古统治者帖木儿，这也显示出他可能早在这一时期就已经开始在"逃向东方"的框架下酝酿以中国为主题的组诗。此外，两组诗歌在结构上的相似之处也十分明显。无论是《古代波斯信仰的忏悔》(*Bekenntnis alt persischen Glaubens*)还是《帖木儿和冬天》都是由两部分文本所组成，均以长诗为主体，同时又均以一首题跋性质的短诗作为结尾。在整部《西东合集》中只有这两首诗采用了这样的结构。

三、内廷参事克拉普洛特

在 1813 年 11 月 10 日给克内贝尔的信中，歌德不仅谈到了他的"中国之旅"，而且还提到了德国汉学研究的先驱之一——东方学家海因里希·尤里乌斯·克拉普洛特（Heirich Julius Klaproth，1783—1835，见图 3-1）。歌德早在 1802 年就已经结识了他，那时，年轻的克拉普洛特正在魏玛求学，此后，他长期居住在巴黎，并成为沟通德法汉学的重要桥梁。[①] 如今，仿佛受到了秘密邀请一样，克拉普洛特恰巧在歌德"逃往中国"的关键时刻来到了魏玛。歌德激动地在信中写道：

> 内廷参事克拉普洛特到了这里，你可能还记得他早些年的样子。他现在活脱脱就是一个中国人，他向我证实了许多事情，并做了一些补充，这给予我很大帮助。我只打算关注一件事，其他一些事则是在闲谈中断断续续谈到的。我终于能够汇总出这个巨大国家的某种地质学概貌了，其中有些是来自传教士报道中最古老的消息，有些则来自最新的游记。[②]

在此后的日子里，歌德与克拉普洛特有过多次会面。歌德

① 歌德在《四季晨昏之书》（Tag- und Jahresheften）中也提到过他。见 FA I，17，p. 108。关于克拉普洛特作为这一时代"最重要的一位欧洲东方学代表"的介绍参见 Gimm, Martin. Zu Klaproths erstem Katalog chinesischer Bücher, Weimar 1804-oder: Julius Klaproth als > studentische Hilfskraft < bei Goethe? in: Schmidt-Glintzer, Helwig (ed.), Das andere China. Festschrift für Wolfgang Bauer zum 65. Geburtstag, Wiesbaden: Harrassowitz, 1995, pp. 559-599.
② 见 1813 年 11 月 10 日写给克内贝尔的信，FA II，7，p. 270。

JULIUS v. KLAPROTH

图 3-1 克拉普洛特肖像，J. Maier 创作

在日记中记载道：“某种地质学……”他在克拉普洛特帮助下所进行的学术考察指明了“地质学”这个隐喻的具体内涵——他通过对“最古老”和“最新”资料的比较，把中国文化作为历史沉淀、层层堆积和发生变形的结果来进行考察。不久，他又借出了 1804 年在魏玛首次出版，后因克拉普洛特而名声大振的著名汉学书目：《柏林王家图书馆中文、满文书籍和手抄本目录》(Verzeichnis der chinesischen und mandshuischen Bücher und Handschriften der K[öniglichen] Bibliothek zu Berlin)。从 1815 年 1 月 10 日到 11 月 27 日，歌德借阅此书将近一年，此外还借阅了一系列书目中记载的中国书籍。①

---

① 增订后第二版于 1822 年在巴黎出版。参见 Gimm, Zu Klaproths erstem Katalog chinesischer Bücher, pp. 564-566. 1823 年，歌德将克拉普洛特以语言学为重点的论文 Asia Polyglotta 也寄给了秘书里梅尔。

　　1815 年 1 月 23 日，歌德在一封信中回顾道："一年前我勤奋地游历了中国和日本，使得自己对那个巨大的国家相当熟悉了。"①这种努力还一直在持续着。据说，1816 年，歌德在陪伴魏玛公国的公主们时，曾亲笔写下过阿拉伯和中国的文字。"一天晚上"，歌德的朋友海因里希·迈尔（Heinrich Meyer）记述道，"歌德自夸他介绍过东方的各种奇闻轶事，还为玛丽亚公主表演了中国文字和阿拉伯文字的书写"②。虽然这一轶事在歌德研究中仍然存有争议，但看来却颇为符合当时的实际情况。③

　　1817 年 9 月 5 日，当诗集《西东合集》已取得很大进展时，歌德借出了刚刚出版的元剧《老生儿》的英译本——戴维斯爵士（John F. Davis）的《老生儿》或者《晚年的继承人》（*Lao sheng-êrh: Laou-Seng-Urh, or An Heir in his Old Age*）。10 月 9 日，他将这本书转寄给了克内贝尔并评论道："这部中国戏剧，刚开始读它的时候会感到不合口味，但如果静下心来阅读并最终把它读完，便会觉得它是一部非常值得关注和称赞的作品。"④ 1818 年 4 月 3 日至 22 日，科塔出版社发行的《文化阶层晨报》（*Morgenblatt für gebildete Stände*）连载了莫里茨·恩格尔哈特（Moritz Engelhardt）根据英译本完成的德语节译本，很显然歌

① FA II, 7, p. 398.
② 参见他与女大公 Maria Pawlowna 的通信，此处转引自 Goethe, Johann Wolfgang von. *Tagebüchern 1813-1816, Kommentar*, hg. von Wolfgang Albrecht, Stuttgart/Weimar: Metzler, 2007 (= *Tagebücher*, historisch-kritische Ausgabe, im Auftrag der Klassik Stiftung Weimar hg. von Jochen Golz), Bd. V. 2, pp. 912-913.
③ 参见 Debon. *Was wußte Goethe von der chinesischen Sprache und Schrift*, pp. 56-58; Gimm, *Zu Klaproths erstem Katalog chinesischer Bücher*, p. 581, 侯素琴也指出了歌德关于中国知识的可能来源。*Ho, Kulturtransformationen*, pp. 242-243.
④ FA I, 3. 2, pp. 1786-1787.

德也曾读到过这一版本。在创作《为更好理解〈西东合集〉而撰写的注解和论文》（Noten und Abhandlungen zu besserem Verständnis des West-östlichen Divan）的过程中，歌德于1821年在《印度文学》（Indische Dichtungen）一章的草稿中写道：

> 谈到远东地区，我们就不得不说说最近介绍进来的那出中国戏剧，剧中描写了一位没有男性继承人的老人的真切情感，尤其当他想到，将没有子孙按照风俗来举行漂亮的仪式拜祭他这位祖先，而只能心有不甘地将这件事交给他所瞧不起的亲戚时，其情感刻画感人至深。①

然后他就进一步理解作品进行了思考，这些看起来只是顺带提及的思考远远超越了作品本身的特性，真正旨在勾勒出歌德关于"世界文学"概念的基本构想。歌德认为，虽然这部戏剧的背景被设定为"当地习俗""宗教和司法典礼"，这与备受欢迎的德国剧作家们如伊夫兰特（August Wilhelm Iffland，1759—1814）常用的"性情""家庭和市民环境"等设定在文化上迥然不同，但是这种"进行着一般性描绘的家庭油画"却恰恰由于其所具有的人类共通性而值得去阅读和欣赏：

> 这是一幅独具特色，没有特别渲染，而是进行着一般性描绘的家庭画卷，这很容易让人想起伊夫兰德的哈格司

① WA I, 42/2, p. 52. 德语原文："Aus diesem fernen Osten können wir nicht zurückkehren ohne des neuerlich mitgetheilten chinesischen Dramas zu gedenken; hier ist das wahre Gefühl eines Mannes der, ohne männliche Erben abscheiden soll, auf das rührendste dargestellt und zwar gerade dadurch, daß hervortritt, daß er der schönsten Zeremonien, die zur Ehre des Abgeschiedenen landesüblich verordnet sind wo nicht gar entbehren doch wenigstens sie unwilligen und nachläßigen Verwandten überlaßen soll."

多岑，只是在德国人这里一切都是发自性情，或是来自家庭和市民环境的影响。在中国人这里，除了上述动机之外，还有宗教和司法典礼在起作用，那对于一位幸运的一家之主总是相宜的，但是却无休无止地折磨着我们这位风烛残年的老人，使他陷入绝望，直到最后有一个暗中准备但是令人惊喜的转折使全剧有了一个皆大欢喜的结局。①

这一切都可以在有关《西东合集》的资料中找到，它与《西东合集》中的波斯世界并无多大关系，可以说歌德完全是出于对东方和异域的好奇心才特意留下了这段文字。而《老生儿》英译本在他手中的时间足足超过了 10 个月，直到 1818 年 7 月 20 日，他才把这本书还给了图书馆。如果魏玛图书馆的借阅记录正确的话，他在 1818 年年底到 1819 年年初的这段时间里还借出了大量雕刻的汉字印刷活字，那很可能是克拉普洛特带去的，但在后来却神秘地失去了踪迹。②

---

① FA I, 3.1, pp. 643-644. 德语原文："Es ist ein ganz eigentliches, nicht im besondern sondern ins allgemeine gedichtetes Familiengemälde. Es erinnert sehr an Illands [sic] Hagestolzen, nur daß bey dem Deutschen alles aus dem Gemüth, oder aus den Unbilden häußlicher und bürgerlicher Umgebung ausgehen konnte, bey den Chinesen aber außer eben denselben Motiven noch alle religiöse und polizeyliche Zeremonien mitwirken, die dem glücklichen Stammvater zu gute kommen unsern wackern Greis aber unendlich peinigen und einer grenzenlosen Verzweiflung überliefern, bis denn zuletzt durch eine leise vorbereitete aber doch überraschende Wendung das Ganze noch einen frölichen Abschluß gewinnt."

② 由于缺少实物证据及其他旁证，关于这份借阅记录是否准确还存在疑问，目前研究者还只是根据借阅记录中的编号推测歌德可能借出了一批汉字字模。参见 Debon. *Was wußte Goethe von der chinesischen Sprache und Schrift*, pp. 58-59；Beutler, Ernst. *Goethe und die chinesische Literatur*, in：*Das Buch in China und das Buch über China*. Frankfurt a. M.：Hauserpresse, Werner u. Winter, 1928, pp. 54-58；Wagner-Dittmar, *Goethe und die chinesische Literatur*, p. 151.

1822 年 10 月 17 日，歌德在魏玛还遇见了两个中国人，他们是最早来到德国并绝无仅有地长时间逗留在此的两个中国人。根据德国汉学家莱纳·施瓦茨（Rainer Schwarz）的考证，这两人名叫冯亚生（一作亚星）、冯亚学，均生于广东，他们在德国还各有一个德文名字，分别为 Friedrich Wilhelm Asseng 和 Friedrich Wilhelm Carl Aho。他们跟随一个荷兰糕点师来到欧洲，1821 年来到普鲁士。海涅（Heinrich Heine）在 1823 年 4 月 1 日写给汉堡一位友人的信中和他 1826 年发表的《哈尔茨山游记》（Harzreise）中都提到过他们。① 冯亚生和冯亚学在一定程

---

① 据记载，这两个最早在德国引发轰动的中国人曾经像稀有动物一样在柏林贝仁大街 65 号的寓所里被展出，当地人去看这两个穿着长袍的中国人喝茶、拉琴还要收取价格为六格罗申（普鲁士货币单位）的门票。1826 年，当时还在哥廷根大学攻读法学博士的文学家海涅漫游了哈尔茨山等风景名胜，并拜访了歌德，随后写下著名的《哈尔茨山游记》，再次顺带提起了这件事："话题又转向两个中国人，两年前他们在柏林供人观赏，如今已在哈勒被训练成教授中国美学的讲师。于是大家开起了笑话，设想一下这场面：一个德国人到中国给人收费参观；为此还专门做了一块招牌，上面有满大人蜻蟓蟲和嘻嗨呵的鉴定书，证明这是个如假包换的德国人；此外还列举了他擅长的技艺，主要有哲学思辨、抽烟和耐心。最后还要说明，不许在 12 点喂食的时候把狗带来，因为犬类早已习惯于从可怜的德国人那里把他们最好的面包抢走。"德语原文："Hernach kamen die zwey Chinesen aufs Tapet, die sich vor zwey Jahren in Berlin sehen ließen, und jetzt in Halle zu Privatdozenten der chinesischen Aesthetik abgerichtet werden. Nun wurden Witze gerissen. Man setzte den Fall: ein Deutscher ließe sich in China für Geld sehen; und zu diesem Zwecke wurde ein Anschlagzettel geschmiedet, worin die Mandarinen Tsching-Tschang-Tschung und Hi-Ha-Ho begutachteten, daß es ein echter Deutscher sey, worin ferner seine Kunststücke aufgerechnet wurden, die hauptsächlich in Philosophiren, Tabakrauchen und Geduld bestanden, und worin noch schließlich bemerkt wurde, daß man um zwölf Uhr, welches die Fütterungsstunde sey, keine Hunde mitbringen dürfe, indem diese dem armen Deutschen die besten Brocken weg zu schnappen pflegten." Heine, Heinrich. *Reisebilder. Erster Theil. Die Harzreise*, in: *Historisch-kritische Gesamtausgabe der Werke* (Düsseldorfer Ausgabe, Bd. 6), bearbeitet von Jost Hermand, Hamburg: Hoffmann u. Campe, 1973, pp. 81-138, hier p. 121.

度上算是中国人中的移民先锋。① 他们甚至引起了普鲁士国王威廉三世(Friedrich Wilhelm III, 1770—1840)的关注，后来被国王以"波茨坦皇家侍从"的身份派往哈勒大学学习神学和语文，并协助汉学家威廉·硕特(Wilhelm Schott, 1802—1889)进行中文研究。显然，在魏玛的访问对于他们来说也是属于此次学术旅行中的任务。歌德在 10 月 17 日的日记中对这次访问进行了记载："一点钟(见)中国人，三个人共进午餐。"歌德为这次邂逅做了精心准备，借着良好的氛围，歌德让这次不期而遇成为他计划已久的"中国之旅"中的难忘时刻："饭后(讨论)汉学文献。"②

四、魏玛与中国小说

如果我们回顾一下歌德在 1813 年秋季莱比锡大战之后阅读的汉学文献，一定会发现他在这十多年间实际上借阅了几乎所有他在魏玛所能获得的来自中国或者有关中国的文献。③ 在这些书中，除了地理、历史、政治和文化史方面的作品外，仅

---

① 埃里希·居丁格尔(Erich Gütinger)的《中国人在德国的故事》(*Geschichte der Chinesen in Deutschland*)就是以这二人的故事作为开篇。Gütinger, Erich, *Die Geschichte der Chinesen in Deutschland. Ein Überblick über die ersten 100 Jahre ab 1822*, Münster u. a. : Waxmann, 2004, p. 56. 该书在此处还强调：这两个中国人来到德国的时间也是第一批中国移民到达美洲的时间，他们都是中国人大规模向外移民的先驱。

② WA III, 8, p. 251. 德语原文："um ein Uhr die Chinesen. Mittag zu dreyen. Nach Tische Sinica durchgesehen." 马丁·吉姆在其著作中认为，歌德与中国人讨论的很可能是歌德私人图书馆中收藏的一本中国黄历以及这两人赠送给歌德的一些中国钱币。Gimm. *Zu Klaproths erstem Katalog chinesischer Bücher*, pp. 564-565.

③ 歌德在 1791—1827 年阅读过大量与中国相关的游记，有据可查的就有 40 多部。参见 Ho, *Kulturtransformationen*, p. 241.

有极少的书籍略微涉及中国诗歌，这是因为随着资本主义在全球的扩张和中西贸易的升温，19 世纪初欧洲人对中国的兴趣首先在政治和经济方面，然后是宗教和哲学方面。因此，在很长一段时间里，歌德一直只能通过一部作品来了解中国诗歌，这就是 1796 年他与席勒讨论过的中国小说《好逑传》。正是该书附录中对中国语言和文学的介绍为歌德打开了一扇通往中国诗歌世界的大门，这或许可以解释歌德为何对此书一直念念不忘。《格林童话》的作者格林兄弟之间的通信也印证了这一点。1815 年 10 月 14 日，威廉·格林(Wilhelm Grimm)致书其兄雅各布(Jakob Grimm)，讲述了歌德到访海德堡的情况：

> 歌德也来了这里，住在 B 先生家，写了关于绘画的文章，除此之外他还研究波斯的东西，写了一些模仿哈菲兹风格的诗歌，阅读并解释了《好逑传》，还向保罗学习阿拉伯语。①

此时距离歌德首次阅读《好逑传》已经过去了将近 20 年。而歌德与《好逑传》之间的故事此后还在继续。1827 年春天，当 26 岁的法国文学史家和中国爱好者让·雅克·安佩尔(Jean-Jacques Ampère)在魏玛造访备受尊崇的歌德时，这部小说依然还是他们谈论的话题。5 月 23 日，在魏玛逗留两个月后，安佩尔在给女朋友朱莉·雷卡米埃(Julie Récamier)的信中

① Grimm, Jakob/Grimm, Wilhelm. *Briefe der Brüder Grimm*, Jena: Frommann, 1923, p.458. 参见 Debon, Günther. *Goethe erklärt in Heidelberg einen chinesischen Roman*, in: Debon, Günther/Hsia, Adrian (ed.). *Goethe und China-China und Goethe. Bericht des Heidelberger Symposions*, Bern u. a. : Peter Lang, 1985, pp.51-62.

写道①：

> 现在我终于离开了魏玛……我们在一起度过的最后一小时时光颇为隆重而感人。我们一起坐在小花园的一条长凳上，欣赏公园的风景，四十年前他就在那儿写下了《伊菲革涅》。……他很开朗，甚至有点开心，我们从雷慕沙先生翻译的小说谈到了中国人的风俗习惯，他和我谈得很细，还轻微带着点讽刺的意味，这从他的表情上很容易看出来，他还谈到了他半个世纪以前阅读过的其他中国小说，对里面的情节至今记忆犹新。②

法国汉学家雷慕沙（Jean Pierre Abel-Rémusat，1788—1832，见图3-2）是著名翻译家和文化史学家，也是法国和欧洲汉学界的重要先驱。他在1826年翻译出版的中国小说《玉娇梨》（*Iu-kiao-li ou les deux cousines，roman Chinois*，1826）被公认为一部经典作品。③ 1826年12月23日，受到歌德高度评价的巴黎《环球报》（*Globe*）④对雷慕沙的这部译作进行了详

---

① 根据歌德在日记中的记述，此次碰面发生得更早一些，他在5月16日写道："傍晚时分安佩尔来访。"

② Ampère，André-Marie/Ampère，Jean-Jacques，*Correspondance et souvenirs（de 1805 à 1864）. Recueillis par Mme. H. C. I*，Paris：Hetzel，1875，pp. 449-450.

③ 参见 Walravens，Hartmut. *Zur Geschichte der Ostasienwissenschaften in Europa，Abel Rémusat（1788-1832）und das Umfeld Julius Klaproths（1783-1835）*，Wiesbaden：Harrassowitz，1999.

④ 安佩尔在到达魏玛后不久给朱莉·雷卡米埃的信中写道："他和我说起《环球》，它很对他胃口。"Ampère. *Correspondance et souvenirs*，p. 444.

图 3-2　法国汉学家雷慕沙肖像

细报道①，歌德也阅读了这篇报道。也正是这部小说让歌德在谈话中联想到了中国风俗习惯。而歌德与安佩尔在谈话中所提到"其他中国小说"所指的依然是《好逑传》，此时距歌德首次阅读此书已有整整 31 年。

歌德为何会在 1815 年、1827 年一再以新的眼光来重新审视这部旧著，主要是出于他个人的原因，显然他并没有将整件事情背后的隐情告诉威廉·格林或安佩尔。我们不妨再回顾一

---

① 关于同一话题的第二篇文章刊登于 1827 年 1 月 27 日，导言中还提到了歌德已经读过的《好逑传》和《老生儿》。C. M., *Littérature.* »*Iu-Kiao-Li*«, *ou* »*Les deux cousines*«, *roman chinois traduit par M. Abe Rémusat.* 2ème *article*, in：*Le Globe. Journal philosophique et littéraire*, 27. Januar 1827, pp. 380-382.

下歌德在 1813 年拿破仑失败之际给克内贝尔的那封意味深长的信:"我差不多是早就将这个重要的国家保留下来,搁在了一边,以便在危难之际——像眼下正是这样——能逃到它那里去。置身于一个全新的领域中——即便只是在精神上——也是充满治愈的能量。"①

而 1827 年初发生的一个新的紧急情况再次使歌德进入了"危难之际"。歌德像当初一样,再次开始了思想上的逃亡,但与 1813 年逃往中东和波斯世界不同,这一次,他逃到了离德国更加遥远的远东和中国,并且坚持了下来。

五、新的危机

自从 1813 年在思想上"逃往中国"以来,歌德关于这个"巨大国家"的创作计划似乎就一直在等待着一个时机的来临。如今,歌德的"中国年"在 1827 年终于到来了,1 至 2 月间,中国小说和诗歌接踵而至,新的时机已然成熟,3 月,修订好的《西东合集》终于付梓,《中德四季晨昏杂咏》则开始孕育,到了 5 月,当歌德与安佩尔在花园里谈论中国习俗和小说时,他的"中国才女"诗歌出现在《艺术与古代》(*Über Kunst und Altertum*)杂志中,8 月,《中德四季晨昏杂咏》也终于大功告成。

与以往一样,一部文学作品的新译本为歌德进入新的创作领域奠定了文学上的基础。这就是由雷慕沙翻译并在 1826 年圣诞节受到《环球报》推介的小说《玉娇梨》,该书随后就被订购到魏玛,根据 1827 年 1 月中旬冯·穆勒(Kanzler von Müller)首相向赖夏德伯爵(Grafen Reichardt)的汇报,该书在魏玛"备

---

① FA II, 7, p. 270.

受好评"①。但对歌德而言，更为直接的诱因还是 1827 年年初发生的一件事，正是它让歌德再次产生了"出走"的冲动，并将多年以来出于兴趣而积累下的丰富知识转化为自身的文学创造力。

然而，"出走"背后的动力依然是一次巨大的危机。只不过这次促使歌德"逃往中国"的危机并不像 1813 年那样源自于外部的政治风云，而是完全来自于近在身边的私人生活。这道伤口很深，"置身于一个全新的领域中——即便只是在精神上"的需求也更为迫切。这一刻，歌德再一次命令自己投身于浩瀚的中国文化和中国文学知识中。不同的是，十多年来他的中国研究已大为成熟，从信马由缰的接触转向了对中国知识的系统把握，在此基础上，即将踏入 78 岁的歌德将为自己迎来一个新的角色——从出走东方的穆斯林先知化身为一位崇尚儒家精神的"满大人"。

这次危机便是 1827 年 1 月 6 日夏洛特·冯·斯泰因夫人的离世（见图 3-3）。尽管很长时间以来两人之间的关系已经大为冷却，但她对自己挚爱的朋友依然是那么亲近、那么熟悉，她完全理解歌德对一切死亡和消逝的恐惧，这一点在她的遗嘱中展露无遗：她要求葬礼的队伍不按通常的路线行进，而是选择避开歌德居住的圣女广场。这是真爱——"她懂他。"②然而，她的愿望却无法实现；葬礼队伍不得不于 1 月 9 日下午从歌德正在阅读和写作的那栋房子前面经过，而他此时正在阅读着

① 转引自 FA I, 12, p. 1365.
② Schöne, Albrecht. *Der Briefschreiber Goethe*, München: Beck, 2015, p. 301.

图 3-3　位于魏玛的夏洛特·冯·斯泰因夫人墓碑

介绍中国的作品。①

在冯·斯泰因夫人离世的那天晚上，歌德就已经开始研习英国学者约翰·瑞金（John Ranking）的新作——关于蒙古的历史和人种学论文《蒙古人和罗马人的战争与体育历史研究》（*Historical Researches on the Wars and Sports of The Mongols and Romans*），他在 1 月 6 日的日记中如此记录道："研究瑞金的《战争与体育》。"1 月 7 日又写道："属于我的夜晚。继续研读《蒙古人和罗马人的战争》。"1 月 8 日的记载则是："继续前几日的阅读。"仅此而已。对于仅仅几个街区之外的挚友之死，他只字未提。

即使在 1 月 9 日葬礼当天写给挚友泽尔特的信中，歌德也只字没有提到当天经过他家门口的那副灵柩中的女人。然而，仔细阅读这封信，我们却可以发现字里行间都隐藏着精妙的暗示，足以让人联想到无尽的言外之意。歌德在这里含含糊糊地提到自己"用内在的毅力克服"了"事件的外在不幸"："如果这一年能让我有所作为和掌控，那么我会尽己所能做到我期望的。"②这里所说的似乎只是歌德作品集的最终版而已，并不涉及他人。但此时此刻，这项工作也同样使他想到了自己的

---

① 研究者 Düntzer 写道："她在最后的遗嘱中确定了葬礼的细节，因为她深知老朋友歌德的那颗心是何等的脆弱，所以她无微不至的呵护再次溢于言表：她下令不要让她的遗体按照常规的送葬路线经过圣女广场旁的歌德府邸，而要选择另外一条路。但是主管葬礼的官员却认为，要是让如此尊贵的葬礼队伍选择另外一条路将会违反很多规定，因此他在 9 日下午仍旧选择了从歌德府邸门前走过。歌德让他的儿子代替他出席了葬礼，就如同送别维兰德时一样。至于多年好友的去世给他造成了多么大的打击，他选择了对此只字不提，就如同他无法谈起母亲的去世一样。" Düntzer, Heinrich. *Charlotte von Stein, Goethe's Freundin. Ein Lebensbild, mit Benutzung der Familienpapiere entworfen. Zweiter Band. 1794-1827*, Stuttgart: Cotta, 1874, p. 519.

② MA 20. 1, p. 957.

死亡：

　　再过十几个月，我的遗嘱就不必比使徒约翰的那篇传播得更远了。由此，我希望还能以最美、最好的方式生活。

　　如此等等。

歌德①

　　歌德在此所指的是莱辛创作的《使徒约翰的遗嘱》(*Das Testament Johannis*)，在那部作品中，白发苍苍的使徒约翰最后只对门徒们留下了这么一句流芳后世的名言："孩子们，相爱吧。"②但是在展望他诗意的"遗嘱"时，写信者仍然期望能"以最美、最好的方式生活"。此外，歌德在信的开头就给他的朋友提了一个建议——我们不知道这是严肃的讨论还是纯属玩笑："新年过后，我最亲爱的朋友，我被敦促着去提出这样一个问题：您是否有时间去做一个小小的旅行，无论去往世界的何方？"③

　　事实上，歌德此刻已在动身远行了。但仅仅是在思想当中，他逃向了在 1813 年的精神危机中曾前往过的那个地方。他在女友葬礼日这天研究的书卷有着一个巴洛克式的长长标题：《蒙古和罗马人的战争和体育史研究：大象和野兽被雇用或被杀害，引人注目的地方性历史协议，以及在欧洲和西伯利

---

①　MA 20.1, pp. 957-958.

②　歌德曾在 1779 年 10 月 16 日给冯·斯泰因夫人的信中引用过《使徒约翰的遗嘱》中的这首诗。参见 MA 20.3, pp. 419, 783.

③　MA 20.1, p. 956.

亚发现的动物遗迹》(见图3-4)。① 书名已经昭示着旅行者将要到达遥远的异国，而时间上的距离也同样遥远。在这部作品中可以读到：成吉思汗、忽必烈汗和帖木儿(他们都在歌德的

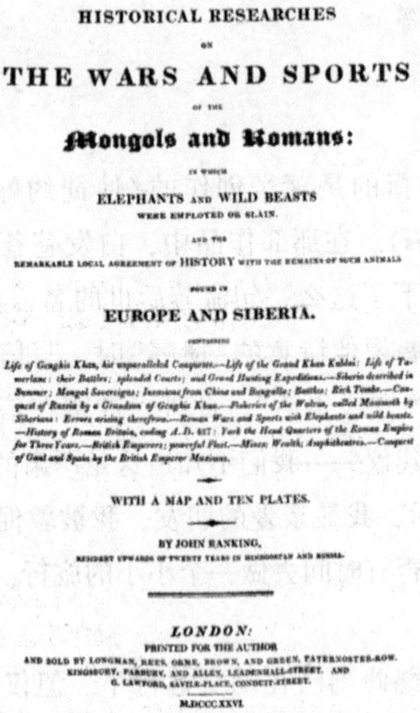

HISTORICAL RESEARCHES

ON

THE WARS AND SPORTS

OF THE

Mongols and Romans:

IN WHICH

ELEPHANTS AND WILD BEASTS

WERE EMPLOYED OR SLAIN.

AND THE

REMARKABLE LOCAL AGREEMENT OF HISTORY WITH THE REMAINS OF SUCH ANIMALS

FOUND IN

EUROPE AND SIBERIA.

CONTAINING

Life of Genghis Khan, his unparalleled Conquests.—Life of the Grand Khan Kublai: Life of Tamerlane: their Battles; splendid Courts; and Grand Hunting Expeditions.—Siberia described in Summer; Mongol Sovereigns; Invasions from China and Bengalla; Battles; Rich Tombs.—Conquest of Russia by a Grandson of Genghis Khan.—Fisheries of the Walrus, called Mammoth by Siberians: Errors arising therefrom.—Roman Wars and Sports with Elephants and wild beasts.—History of Roman Britain, ending A.D. 427: York the Head Quarters of the Roman Empire for Three Years.—British Emperors; powerful Fleet.—Mines; Wealth; Amphitheatres.—Conquest of Gaul and Spain by the British Emperor Maximus.

WITH A MAP AND TEN PLATES.

BY JOHN RANKING,

RESIDENT UPWARDS OF TWENTY YEARS IN HINDOOSTAN AND RUSSIA.

LONDON:

PRINTED FOR THE AUTHOR

AND SOLD BY LONGMAN, REES, ORME, BROWN, AND GREEN, PATERNOSTER-ROW.

KINGSBURY, PARBURY, AND ALLEN, LEADENHALL-STREET. AND

G. LAWFORD, SAVILE-PLACE, CONDUIT-STREET.

M.DCCC.XXVI.

图3-4 《蒙古和罗马人的战争和体育史研究》封二

---

① Ranking, John. *Historical Researches on the Wars and Sports of the Mongols and Romans*: *In Which Elephants and Wild Beasts Were Employed or Slain*, *and the Remarkable Local Agreement of History With the Remains of Such Animals Found in Europe and Siberia*, London: Ranking, 1826. 如果注意此书的出版时间，我们不难发现，与往常一样，歌德对新书的入手之快令人瞠目，相比之下，德国的相关书评要到1831年才刊登于《文学消遣杂志》(*Blätter für literarische Unterhaltung*)中的《英国文学新作》(*Neueste englische Literatur*)栏目下。

《西东合集》中扮演了角色），中国古代在耕作和战争中对大象的应用，中国人和蒙古人之间漫长的战争，最后在一章还介绍了迦太基统帅汉尼拔和古罗马人对大象的运用。瑞金在导言中写道，"作者的目标是"，"在一篇小型指南性文本中尽可能多地提供关于该主题的相关信息"。① 因为他非常了解这类资料的新颖性和奇异性："历史有多少缺陷，这其中一个人所能获悉的又是何等之少！"②这便是正文的第一句，歌德把这句话牢记在心上，仿佛对他来说，在 1827 年 1 月的日子里再没有比这更紧迫的事情了。

从歌德的日记中可以看到，在接下来的日子里，他继续研究着"法国英国报纸"（1 月 12 日），对《浮士德》中的"海伦娜悲剧"一场和《温和的警句》（Zahme Xenien）进行了最终修订，为他的杂志《论艺术和古代》制订了计划，阅读了维克多·雨果（Victor Hugo）的诗歌（1 月 9 日）、莎士比亚的《哈姆雷特》（1 月 14 日）、史学家尼布尔（Barthold Georg Niebuhr）的《罗马史》（Römische Geschichte）（1 月 27 日和 28 日）。在研究刚刚从莱比锡寄来的"塞尔维亚文学资料"期间，他随手记下了关键词"世界文学"（1 月 15 日）。1 月 29 日，他从魏玛图书馆借出了一本附有大量注释的英译中国文学作品——由彼得·佩林·汤姆斯（Peter Perring Thoms）翻译的《花笺记》（见图 3-5）。阅读此书时，歌德多年来研读中国文化所积累下的知识将会与他自己的人生轨迹交织在一起。此刻，正如 14 年前开始创作《西东合集》时一样，他将从眼前的文本中汲取养料，使"世界文学"变为现实，只不过这一次他将完全置身于中国文学的世界里。

---

① Ranking. *Historical Researches on the Wars and Sports of the Mongols and Romans.* p. 7.

② Ranking. *Historical Researches on the Wars and Sports of the Mongols and Romans.* p. 1.

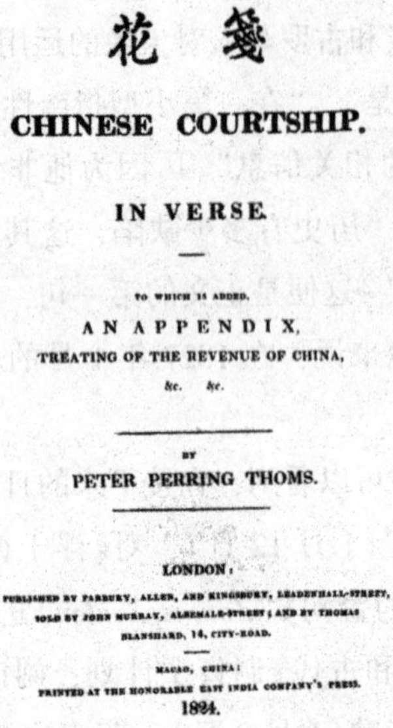

花　箋

CHINESE COURTSHIP.

IN VERSE
—

TO WHICH IS ADDED,
AN APPENDIX,
TREATING OF THE REVENUE OF CHINA,
&c.　&c.

BY

PETER PERRING THOMS.

LONDON:
PUBLISHED BY PARBURY, ALLEN, AND KINGSBURY, LEADENHALL-STREET,
SOLD BY JOHN MURRAY, ALBEMARLE-STREET; AND BY THOMAS
BLANSHARD, 14, CITY-ROAD.

MACAO, CHINA:
PRINTED AT THE HONOURABLE EAST INDIA COMPANY'S PRESS.
1824.

图 3-5　英译《花笺记》(1824)

　　从 1 月 29 日开始，歌德的注意力一下集中到了汤姆斯的这本译著上，他几乎每天都会在日记中记录自己的阅读进展。1 月 31 日的日记中这样记载道："艾克曼博士。之后与他进行一些讨论。关于中国诗歌的特点。"2 月 2 日："共进午餐。研究中国诗歌。"2 月 3 日的记录以一个简洁的标题开始——"《中国人的求婚》"，最后也以此作为结尾："属于我的夜晚，继续研究中国的求婚故事。"接下来的几天都是以同样的方式结束，2 月 4 日的日记中记载："晚上，中国作品。"2 月 5 日，他找来了秘书约翰·奥古斯塔·弗里德里希·约恩(Johann August Friedrich John, 1794—1854)，这标志着歌德已经不动声色地从"研究"转入了创作阶段："与约恩在一起，中国女诗人。"此处所指的是他自己的诗句，歌德不仅依据英语蓝本转译了中国诗歌，而且还随后开始了自由发挥。接下来还是和前两天一样："晚上继续研究中国文学。"随后的一天直接承接前一天的工作，歌德在 2 月 6 日记载："抄写中国女诗人。"那天晚上，歌德同里默尔进行了"一些关于艺术和古代的工作"，这里所说的是歌德创办的杂志《艺术和古代》。2 月 11 日晚上，艾克曼再次登门拜访了歌德，此时，歌德显然已完成了创作，因此在日记中写道："晚上艾克曼博士（来访）……向他朗诵中国诗歌。"在为朋友朗诵了他自由翻译的诗歌后，"中国女诗人"以及《中国人的求婚》退出了歌德的日记，但他仍然无法割舍汤姆斯那本内涵丰富的作品，或者说他久久都舍不得放下此书。直到 6 月 14 日，在这本书被借出 4 个半月之后，他才将书归还图书馆。这究竟是怎样一本书呢？

英国印刷工人彼得·佩林·汤姆斯（Peter Perring Thoms，1791—1855）于 1814 年受东印度公司委派，从伦敦前往当时处于葡萄牙统治之下的殖民地澳门，以协助传教士马礼逊（E. A. Morrison，1782—1834）印刷《华英字典》（Dictionary of the Chinese Language）。为了能完成好历史上首次大规模中英文夹排词典出版工作，汤姆斯随行携带了印刷机以及铸造铅字模的设备，在澳门建立起东印度公司澳门印刷厂。在耗时八年半的出版工作中，汤姆斯通过与众多不懂英语的中国人合作，成长为当时少有的双语翻译人才。① 1824 年，汤姆斯在设于伦敦和澳门的东印度公司印刷厂印行了他第一本雄心勃勃的文学作品译作。"花""笺"这两个汉字也出现在这部作品的封面正上方，英文标

---

① 1825 年，汤姆斯返回英国开设了印刷厂，印刷了数种与中国相关的出版物。1839—1842 年第一次鸦片战争期间，他也曾短暂来华担任翻译。他留在中国的印刷设备此后印刷了 20 多种字典和多种读物，他所铸造的中文字模一直使用，直到 1856 年在广州十三行大火中被毁。

题用在下方。在译本前言中，汤姆斯简要介绍了中国诗歌的起源和特点，同时指出欧洲对中国诗歌的研究还几乎是一片空白，"为帮助欧洲人形成对中国诗歌的正确认识"，他决定将流行于广东地区的"第八才子书"的《花笺记》(the Hwa-tseen, "The Flower's Leaf," the Eighth's Chinese Liberary Work)译成英文。①

但这本杰作并非仅仅包括大标题所指向的中国小说。汤姆斯在标题中清晰地写道：《中国人的求婚，诗歌体，还增加了附录，论中国财政》(*Chinese Courtship. In Verse. To which is Added, an Appendix, Treating of the Revenue of China*)。在流行小说和经济论文之外，这部译著还有第三个较为短小的部分，汤姆斯将这一部分简洁地冠以"传记"(Biography)之名。正如他所解释的那样：这个言简意赅的部分中全部是中国历史上著名女性的奇闻轶事，虽然仅仅有 31 页，但却包含了 32 篇"女性传记"，其中许多故事里配有诗歌，这当中的相当一部分诗歌是由宫苑中的模范、受过教育的贵族女性亲自创作的，另一部分诗歌则是为这些女性所题写的。汤姆斯在大量收集中文资料的基础下做出了自己的拣选，并进行了以下说明：

> 以下这些简明扼要的女性传记摘选自《百美新咏》——《一百位美丽女士的歌》，同样也摘选了部分前言。这部作品问世于乾隆三十二年。下面第一首颂歌是来自于《古诗新韵》。②

① Thoms, Peter Perring (ed.). *Chinese Courtship. In verse. To which is added, an appendix, treating of the revenue of China*, London/Macau: East India Campany's Press, 1824, p. III.

② Thoms. *Chinese Courtship*, p. 249. 英语原文为："The following brief notices of Female Biography, are extracted from the *P'ih-mei-she-yung*, »The Songs of a Hundred Beautiful Women, « as also several of the preceding notes. The work appeared in the 32nd year of Keen-lung. The following [first] Ode is from the *Koo-sze-tsin-yuen*."

汤姆斯关于资料出处的说明有些令人迷惑。进一步阅读这部分传记可以看出，他在将这些来自不同时代、不同文本的中国才女形象糅合到一起时颇下了一番苦功。汤姆斯在绝大多数时候所引用的是《百美新咏》中的传记和诗作，但在开头第一篇《苏惠》中，除了引用《百美新咏》中的传记外，他还引用了《古诗新韵》中的组诗①，而第 32 篇也是最后一篇《邓太后》则引自《后汉书·皇后纪上》。

《百美新咏》是中国文学史上的一部著名文集。如题所示，它是题咏历史上百位美女的诗歌集，共有四卷，分为《新咏》《集咏》《图传》三部分，内封题有"百美新咏图传，袁简斋先生鉴定"字样。袁简斋便是清代著名学者袁枚（1716—1797），书中有他为《百美新咏》题写的前言和诗文。该书编者颜希源，字鉴塘，《新咏》正文部分便是他题咏历史上百位美人的长诗《百美新咏》。从袁枚等人题写的序言来看，该书的出版时间应为乾隆五十二年，即公元 1787 年。书中《图传》部分共有 100 幅精美的肖像画（有三幅图上各有两位女性），其中既有王昭君、杨贵妃、卓文君等赫赫有名的历史人物，也有嫦娥、织女这样的神话形象。同时，《图传》还引用历史文献或者简短的随笔介绍了这百余位社会地位迥异的女性，并在每一幅肖像画上题写了她们的名字。汤姆斯选取了其中 31 位的传记和大部分诗文，并针对欧洲读者做了注释。值得一提的是，这部作品虽然已问世 200 多年，但《图传》部分近年仍在再版。

《百美新咏》中搜集有大量女性历史人物从事文学创作的轶事，并对女性的文学才华大加褒扬。可以说，《百美新咏》的问世是中国古代女性文学发展的一个重要见证：在 17—18

---

① Thoms, *Chinese Courtship*, pp. 249-253. 汤姆斯在其前言中称其苏惠诗歌来源于 *Koo-sze-tsin-yuen*，但笔者尚未找到这一名称所对应的中国文献。

世纪明末清初的那段时间里，中国文坛不仅才女频出，而且发展到了女性诗人组织诗社、出版诗集的阶段，中国文学中兴起了一股女性文学的浪潮。据胡文楷在《历代妇女著作考》中统计，中国古代有史可查的女作家就有 4000 多人，其中仅清代约有 3500 人。① 产生这一现象的根本原因在于 16 世纪以来中国经济得到了长足发展，大量女性得以从体力劳动中解放出来，开始从事文学创作，社会文化生活也随之发生了有利于女性创作的变化，如袁枚就收有许多女弟子。另一重要原因则在于科举制度的巩固，中国社会各阶层都完全接受了儒家的教育思想，将科举考试视为提升家庭地位的重要途径，受过良好教育的女性因其对子女教育的重要性也获得了更多的承认，而女性在文学和诗学方面的能力则正好被视为是具有良好教养的体现。此外，城市的发展和新经济形式的繁荣也极大地推动了女性参与教育和文学创作。这一点也同样体现在文学作品中，从"第四才子书"《平山冷燕》(1658)到名著《红楼梦》(约1761)中"知书达理"的女性人物身上，我们都可以看出女性文学在17—18 世纪的中国所得到的肯定。特别是在《花笺记》所代表的说唱文学形式——弹词中，女作家尤其取得了巨大成功，流

---

① 胡文楷：《历代妇女著作考》，上海：上海古籍出版社 1985 年版，第 5 页。胡适早年也曾注意到过中国古代女性作家数量之庞大，写有《三百年中的女作家——〈清闺秀艺文略〉序》。事实上，女性诗文、诗话、诗评的编选、结集和出版在明代就已不鲜见，如钟惺编《名媛诗归》36 卷、郑文昂编《名媛汇诗》20 卷、张嘉和编《名姝文炜》10 卷。进入清代，女子的文学才能得到袁枚、沈德潜、毕沅、陈维崧、俞樾等一代大家的认可和重视，有力推动了女性文学的发展。而清代女作家沈善宝所编写的《名媛诗话》12 卷收入从清初至道光时期女诗人千余名，对后世研究清代女性文学尤其具有重要意义。此外，清代女作家还编选有《古今名媛诗词选》《名媛文纬》《名媛诗纬初编》《国朝闺秀正始集》《闺秀集初集》《清闺秀正始再续集初编》等诗文集，在世人面前展现出一个庞大的女性文学创作群体。

传下来的名作如《天雨花》《再生缘》《玉钏缘》《笔生花》《玉连环》《凤双飞》《梦影缘》《精忠传弹词》等均出自女性之手。而在许多女性创作的文学作品中也常常出现非凡而自信的女性形象，如女作家陈端生(1751—1796)的《再生缘》(前十七卷)被郭沫若视为走在世界文学的前列，比之十八、十九世纪英法大文学家司考特、司汤达、巴尔扎克也不遑多让。[①] 而且它与《红楼梦》同样诞生于清朝中叶，即德国的"歌德时代"到来之际。

　　这里要特别提到的是 1658 年出版的"第三才子书"《玉娇梨》(见图 3-6)。1826 年，该书由雷慕沙翻译成法语，次年转

IU-KIAO-LI,

ou

LES DEUX COUSINES;

Roman Chinois,

TRADUIT

PAR M. ABEL-RÉMUSAT;

PRÉCÉDÉ D'UNE PRÉFACE

OÙ SE TROUVE UN PARALLÈLE DES ROMANS DE LA CHINE
ET DE CEUX DE L'EUROPE.

TOME PREMIER.

PARIS,

MOUTARDIER, LIBRAIRE,
RUE GÎT-LE-CŒUR, N° 4.

1826.

LES HIRONDELLES.

图 3-6　《玉娇梨》法译本(1826)插图和内封

---

　　① 郭沫若：《序〈再生缘〉前十七卷校订本》，《郭沫若古典文学论文集》，上海：上海古籍出版社 1985 年版，第 933 页。此外，郭沫若在校订《再生缘》时还曾写有《〈再生缘〉前十七卷和它的作者陈端生》《再谈〈再生缘〉的作者陈端生》《陈云贞〈寄外书〉之谜》《有关陈端生的讨论二三事》《关于陈云贞〈寄外书〉的一项新资料》等论文。

译成德语。歌德于 1827 年 5 月曾与来访的安佩尔谈论过这本书，但直到 1827 年夏天，歌德才对《玉娇梨》产生了强烈的兴趣。《玉娇梨》是关于年轻诗人苏友白和两个爱慕他的女孩——红玉和卢梦梨的爱情故事。在小说中，不仅是后来在科举考试里高中二甲第一的苏友白展现了诗歌方面的才华，而且红玉和卢梦梨这两位女性人物也展示出了非凡的文学造诣。小说中对红玉进行了下面的描写：

> 这红玉生得姿色非常，真是眉如春柳，眼似秋波，更兼性情聪慧，到八九岁便学得女工针黹件件过人。不幸 11 岁上母亲吴氏先亡过了，就每日随着白公读书写字。果然是山川秀气所钟，天地阴阳不爽，有百分姿色自有百分聪明，到得十四五时便知书能文，竟已成一个女学士。因白公寄情诗酒，日日吟咏，故红玉小姐于诗同一道尤其所长。家居无事，往往白公做了叫红玉和韵，红玉做了与白公推敲。①

作为小说女主角的红玉早早便展示出诗歌创作方面的天赋。在小说的第一回，16 岁的红玉替父亲白公作了一首《赏菊》，轻轻松松便文惊四座，令在场的翰林、御史都相形见绌，盛赞她为"女中之学士"，"不独闺阃所无，即天下所称诗人韵士，亦未有也"②。《玉娇梨》的第二女主角卢梦梨也同样天赋出众。在第十五回，她的母亲称她是红玉的有力对手："素性只好文墨，每日在家不是写字，就是做诗，自小到如

---

① （清）荑荻散人编次，冉休丹点校：《玉娇梨》，北京：中华书局 2002 年版，第 1 页。

② （清）荑荻散人编次，冉休丹点校：《玉娇梨》，北京：中华书局 2002 年版，第 9 页。

今，这书本儿从未离手。"①等到白公要卢梦梨与红玉比试，她提笔就写成一首《击腕歌》，与红玉相比毫不逊色。

中国女性诗人在清代的崛起即便是在由男性所主导的文坛上也引起了关注。《百美新咏》出版前，应编者颜希源的邀请，清代著名诗人和文学批评家袁枚为《百美新咏》题写了序。他在这篇序言中叹惜，由于历代才女的佳话缺少传播，三千年来很多女性创作的文学作品都已湮没无闻，"传者寥寥无几"，因此盛赞颜希源"以润古雕今之笔，写芳芬悱恻之怀，考订史书属词比事，得闺阁若干人，各以韵语括之，真少陵所谓五字抵华星矣"。袁枚又引《诗经》为例，反驳所谓"贞淫正变，微嫌羼杂"的非议，认为《百美新咏》对女性诗歌和轶事的传承十分重要，并且深信后世将高度评价这部作品，断言《百美新咏》"必传于后无疑钦"。②而事实上，这本书出版后仅仅40年就跨越了欧亚大陆，引起了歌德的关注，成为歌德"中国作品"的重要源头。

《百美新咏》并不仅仅像汤姆斯所说的那样只是一本"传记"的合集，它同时也是一部优美的散文集和诗集。尽管汤姆斯提供的英文书名 The Songs of a Hundred Beautiful Women（《一百位美丽女士的歌》）具有误导性，因为大多数传记下面其实并不包含诗歌，剩下的一部分传记中也并非全然都是女性创作的诗歌。但毕竟还有约20位女性亲自进行过文学创作或者为后世留下了诗作，另外还有30多位女性通过与她们相关的诗作而为人们所知晓。就此而言，《百美新咏》中超过一半的女性人物与诗歌结下了不解之缘。

---

① （清）荑荻散人编次，冉休丹点校：《玉娇梨》，北京：中华书局2002年版，第125页。

② （清）袁枚：《百美新咏·序》，见：颜希源编撰：《百美新咏》，集腋轩嘉庆十年本，序二叶。同时，袁枚还身体力行，率领一众文人、弟子题咏书中美人，得诗百余首，这些诗文都被收入《百美新咏》的《集咏》部分。

尽管"传记"对历史真实性的要求很高，但是在《百美新咏》所搜集的女性轶事中，历史文献与文学虚构之间的过渡其实是非常流畅的。许多传记之后配有一首诗歌，有时甚至是多首，它们或是来自于前文所提到的特定生活场景，或是对人物进行评论。在汤姆斯译著的附录中，有一个最简单、最短小精悍的例子：

LADY KEA-GAE-YING

While Le-sze-ching, a poet, was at an inn on the road to Shen-se,

Lady Kea-gae-ying entered. Le-sze-ching impromptu adressed

her the following lines.

If I could obtain my wish, I would command a hundred thousand men,

Thereby restore peace by hunting the rebels out of their dens.

On my return, I would despise the rank of Duke,

But I would ask my Prince to bestow on me the beautiful Le-sze-ching. ①

（原文：韩魏公为陕西安抚使，李师中遇之。李有诗名，席间为官妓贾爱卿赋诗曰："愿得貔貅十万兵，犬戎巢穴一时平。归来不用封侯印，只问君王乞爱卿。"②）

在欧洲人眼中，这种将简短说明和由此衍生出的诗句组合在一起的形式并不让人感到陌生，它很容易让人想起古代希腊

① Thoms, *Chinese Courtship*, p. 267.
② （清）颜希源：《百美新咏》，嘉庆十年集腋轩刻本，第83页。

罗马的《格言集》(*Apophtegmata*)，在那种说教式作品里，具有教育意义的句子和文章常常源自某些轶事。而在汤姆斯所展示的《百美新咏》中，中国女性全凭自己的魅力或艺术天赋，拥有了仿佛苏格拉底、第欧根尼一般的地位。

在翻译《花笺记》中的弹词时，汤姆斯采取了中英对照的排版方式，将散文风格的英语译文和排列整齐的中文原文排在同一页上，对看不懂中文的欧洲读者而言，译本在排版上如此大费周章其实对于帮助读者理解并无多大意义，但却足以使欧洲人对中国诗歌留下直观的印象。而在同样与中国诗歌有关的《花笺记》附录部分，汤姆斯共选入了 32 位中国女性的轶事或传记，这当中有 10 篇配有出自女性之手或以女性为主题的诗歌①，共包含诗歌 19 首。其中，第一篇传记《苏蕙》(*Soo-Hwuy*)②后面附有 10 首"回文诗"，尽可能生动地刻画出苏蕙这样一位"具有非凡智慧"③的女性诗人形象，而剩下的人则仅仅分到了 9 首。尽管如此，对于歌德来说，一个崭新的中国诗歌世界展现在了他的面前。他几乎完全沉浸在汤姆斯的书中，专注于这些短小的"女性传记"，并从中挑选出了四首心仪的诗歌。

接触《花笺记》两天后，歌德在 1 月 31 日的日记中写道："艾克曼博士(到访)。之后与他进行一些讨论。关于中国诗歌的特点。"而在同一天，艾克曼在"1827 年 1 月 31 日星期三"下

---

① 在《百美新咏》中共有古代女性轶事 100 则，其中在《图传》部分配有相关诗文的共 45 篇，但其中包括其他人题咏或赠送给女性的诗篇，真正配有女主人公本人诗作的共 21 篇，约占总数的 1/5。可见，在汤姆斯的选择中，诗歌(共 19 首)和女诗人的比例都明显高于原著《百美新咏》。参见本书附录中对汤姆斯所选 32 位中国女性传记与《百美新咏》对应关系的说明。

② 苏蕙在《百美新咏》中原本只排在第 61 位，参见本书附录说明。

③ Thoms. *Chinese Courtship*, p. 253.

面详细地记述了这次讨论。人们至今仍然可以从这份笔记中感受到他最初的惊讶之情以及此后的探讨又是何等出乎意料的深入。值得注意的是，歌德首先向艾克曼热情夸赞了汤姆斯译著中所包含的"诗歌体小说"（弹词），正是这部形式独特的小说推动了他对中国诗歌的研究①：

　　　　在歌德家吃晚饭。歌德说："在没有见到你的这几天里，我读了许多东西，特别是一本中国小说，我现在还在读它，觉得它非常值得注意。"我说："中国小说？那看上去一定显得很奇怪呀。"歌德说："并不像人们所猜想的那样奇怪，中国人在思想、行为和情感方面几乎和我们一样，你很快就会感到他们是我们的同类人，只是在他们那里一切都比我们这里更明朗、更纯洁，也更合乎道德。在他们那里，一切都是可以理解的，平易近人，没有强烈的情欲和做作的激昂，因此和我写的《赫尔曼和窦绿苔》以及英国作家理查生写的小说有很多相似之处。他们还有一个特点，就是人和大自然总是生活在一起的。你经常可以听到金鱼在池塘里跳跃，鸟儿在枝头不停地歌唱，白天总是阳光灿烂，夜晚也总是风清月明。人们总是谈论月亮，只是月色并没有使景物发生改变，它的光芒被想象成像白昼般的明亮。房屋的内部像中国画一样整洁雅致。比如'我听到可爱的女孩们在笑，当我看见她们时，她们正坐

---

　　① 克里斯托弗·米歇尔（Christoph Michel）在法兰克福版《歌德全集》（FA II, 12, p. 1201）的评注中认为此处所指的是 1826 年 12 月 26 日《环球》杂志上对雷慕沙译著《玉娇梨》的介绍，但是从歌德对中国舞蹈的叙述来看，这只可能是来自对薛瑶英的印象，而这也证明他所谈论的"中国小说"只可能是汤姆斯翻译的《花笺记》，歌德在手稿中则同时提到了《花笺记》和《玉娇梨》的译本，参见本书后续章节对歌德手稿开头段落的分析。

在精致的竹椅上'，您可以从在这段话中看到一个美妙无比的情景，因为竹椅足以让人联想到最最轻柔的事物。故事里穿插着无数的典故，同时还起着格言一样的作用。比如说有一个身材纤细、步履轻盈的少女，她可以站在花朵上而不压伤它。又比如说有一个青年，他的德行非常高尚，因此在 30 岁的时候就有幸与皇帝谈话。还有一对钟情的男女，他们交往了很久，但一直很克制自己，有一次他俩不得不在同一间房中过夜，可他们只是在一起谈了一夜的话，碰都没碰对方一下——还有很多这类关于道德和礼仪的故事。正是由于这种在各个方面的严格节制，中华帝国才能延续数千年，并且还会继续长存下去。"①

---

① FA II, 12, pp. 223-224. 德语原文："Bei Goethe zu Tisch. »In diesen Tagen, seit ich Sie nicht gesehen, sagte er, habe ich vieles und mancherlei gelesen, besonders auch einen chinesischen Roman, der mich noch beschäftiget und der mir im hohen Grade merkwürdig erscheint. «²³ Chinesischen Roman? sagte ich, der muß wohl sehr fremdartig aussehen. »Nicht so sehr als man glauben sollte, sagte Goethe. Die Menschen denken handeln und empfinden fast eben so wie wir und man fühlt sich sehr bald als ihres Gleichen, nur daß bei ihnen alles klarer, reinlicher und sittlicher zugeht. Es ist bei ihnen alles verständig, bürgerlich ohne große Leidenschaft und poetischen Schwung und hat dadurch viele Ähnlichkeit mit meinem Hermann und Dorothea, so wie mit den englischen Romanen des Richardson. Es unterscheidet sich aber wieder dadurch daß bei ihnen die äußere Natur neben den menschlichen Figuren immer mitlebt. Die Goldfische in den Teichen hört man immer plätschern, die Vögel auf den Zweigen singen immerfort, der Tag ist immer heiter und sonnig, die Nacht immer klar; vom Mond ist viel die Rede, allein er verändert die Landschaft nicht, sein Schein ist so helle gedacht wie der Tag selber. Und das Innere der Häuser so nett und zierlich wie ihre Bilder. Z. B. »Ich hörte die lieblichen Mädchen lachen, und als ich sie zu Gesichte bekam, saßen sie auf feinen Rohrstühlen. « Da haben Sie gleich die allerliebste Situation, denn Rohrstühle kann man sich gar nicht ohne die größte Leichtigkeit und Zierlichkeit denken. Und nun eine Unzahl von (转下页)

然后，歌德将中国诗歌在感情上的节制有度与法国香颂诗人皮埃尔·让·德·贝朗热(Pierre Jean de Béranger)的激情进行了对比，艾克曼知道并非常欣赏这位法国诗人，而歌德最近也刚刚才与弗雷德里克·索雷特(Frédéric Soret)谈论过他：

> "与这部中国小说形成强烈对比的是贝朗热的诗歌"，歌德继续说："他那些诗全都以不道德的、淫秽的素材作为基础，倘若这些题材不是由贝朗热那样的大才子来处理的话，就会引起我的极度反感。但经过了贝朗热的妙手，就不仅令人可以忍受，甚至引人入胜。可您自己说说看，中国诗人的选材完全符合道德，而法国当代第一流诗人却正相反，这难道不应当引起高度重视吗？" ②

（接上页）Legenden, die immer in der Erzählung nebenher gehen und gleichsam sprichwörtlich angewendet werden. Z. B. von einem Mädchen, das so leicht und zierlich von Füßen war, daß sie auf einer Blume balancieren konnte, ohne die Blume zu knicken. Und von einem jungen Manne, der sich so sittlich und brav hielt, daß er in seinem dreißigsten Jahre die Ehre hatte, mit dem Kaiser zu reden. Und ferner von Liebespaaren, die in einem langen Umgange sich so enthaltsam bewiesen, daß, als sie einst genötigt waren, eine Nacht in einem Zimmer miteinander zuzubringen, sie in Gesprächen die Stunden durchwachten, ohne sich zu berühren. Und so unzählige von Legenden, die alle auf das Sittliche und Schickliche gehen. Aber eben durch diese strenge Mäßigung in allem hat sich denn auch das chinesische Reich seit Jahrtausenden erhalten und wird dadurch ferner bestehen. «本书译文参考了朱光潜的译文，参见《歌德谈话录》，艾克曼辑录，朱光潜译，北京：人民文学出版社 1978 年版，第 111~112 页。

② 德语原文："Einen höchst merkwürdigen Gegensatz zu diesem chinesischen Roman, fuhr Goethe fort, habe ich an den Liedern von Béranger, denen fast allen ein unsittlicher, liederlicher Stoff zum Grunde liegt und die mir im hohen Grade zuwider sein würden, wenn nicht ein so großes Talent wie Béranger die Gegenstände behandelt hätte, wodurch sie denn erträglich, ja sogar anmutig werden. Aber sagen Sie selbst, ist es nicht höchst merkwürdig, daß die Stoffe des chinesischen Dichters so durchaus sittlich und diejenigen des jetzigen ersten Dichters von Frankreich ganz das Gegenteil sind?"

　　但艾克曼现在有点怀疑这种比较的合理性，因为这位中国诗人或许属于高于一般水准的某种特例。歌德没有接受艾克曼的反对意见。相反，他以回答这一问题为契机，更坚决地断言了"中国人"所具有的文化优势：

　　　　我说，但或许这部小说恰恰是中国小说中最优秀的作品之一呢？歌德说："绝对不是，当我们的祖先还生活在森林里的时候，中国人就已经有成千上万部这样的作品了。"①

　　歌德将《花笺记》和英国作家理查生（H. Richardson）的伤感爱情小说②进行了对比，并回忆起了自己的叙事诗《赫尔曼与窦绿苔》（*Hermann und Dorothea*）。在将诗意的叙述与诗歌的形式相结合方面，后者与《花笺记》的确有不少相似之处。而经过汤姆斯的加工后，中国诗歌体小说（弹词）在章节和段落方面所具有的清晰结构还进一步得到了突出。所有这些特点都强烈暗示着它的读者：它非常适合被翻译或吸收进本国诗歌，而最适合的改编形式则正是歌德所擅长的组诗。研究者艾瑞克·布莱克尔注意到"这部小说中的世界是一个与《达芙妮和克洛伊》不同的有序宇宙，尽管文化背景完全不同，但同样尊重形式和美德"，并因此提到了歌德自己的古典爱情小说，还从这一视角对理查生的小说和《赫尔曼与窦绿蒂》进行了

---

　　① FA II, 12, p. 224. 德语原文："Aber, sagte ich, ist denn dieser chinesische Roman vielleicht einer ihrer vorzüglichsten? » Keineswegs, sagte Goethe, die Chinesen haben deren zu Tausenden und hatten ihrer schon, als unsere Vorfahren noch in den Wäldern lebten. «"
　　② 歌德自己的成名作《少年维特之烦恼》也同样属于伤感文学。

对比。①

在歌德向艾克曼所展示的那些中国小说场景中，最后真正被他吸收进"中国作品"的其实只有"花朵上的舞蹈"这一主题。他将在诗作中对其加以深化，使之成为"中国才女"组诗中最富诗意的一部分。虽然他曾充满激情地阅读和探讨过《花笺记》以及其他来自中国的文学作品，但一旦他从阅读转入创作时，他就只对诗歌和与诗歌相关的"中国才女"感兴趣了。因此，歌德在1月31号的日记中唯一记下的谈话主题就是"中国诗歌的特点"。

汤姆斯在《花笺记》译本的序言中特别就中国诗歌艺术的历史和特征进行了介绍，并强调了诗歌（poetry）艺术本身所固有的特征。他评论道，欧洲人对中国诗歌的了解还几乎是一片空白：

> 道歉似乎没有必要，因为虽然有很多关于中国人的文章，但他们的诗歌还几乎从没有被人注意过。这主要是由于语言给外国人带来的困难所引起的，它阻碍了这方面的每一次尝试，只有那么一两个名句，或者极其偶然的几首诗冲破了障碍。②

歌德对中国诗歌的了解又何尝不是一片空白呢？他虽然已经阅读了所有他能找到的中国文献，但几乎全部都是小说和游记。如今，汤姆斯承诺将填补这项空白，"他将向大家展示下面这部中国通俗文学作品的译本"。他指出，在中国，无论在何种地位、等级的人当中，抒情诗都享有很高的声誉，这不仅

---

① Blackall. *Goethe and the Chinese Novel*, p. 34. 作品比较参见该书第 35~40 页。

② Thoms. *Chinese Courtship*, p. III.

仅是因为诗歌在官员教育中具有重要意义（"在公务考试中，候选人被要求以诗歌形式完成一道命题作文"），而且是因为任何想要即兴写点什么的人，都会想到写诗："每个有能力写字的（中国）人，他都会有作诗的冲动。"（Every one who has any pretentions to letters, indulges himself in writing verses）①尽管汤姆斯在作出这一断言时使用的是特指男性"他"的 himself 一词，但从他在后文中对女诗人的介绍可以看出，他已经忽视了自己最初的观点。

从译本前言可以看出，作为业余汉学家的汤姆斯此时比较熟悉的只有面前这部诗歌体小说《花笺记》，尽管如此，他还是尝试着进一步对中国文学展开了整体上的介绍，同时强调了诗歌创作的地位。对于那些并未在眼前这部文集中出现的诗歌形式，汤姆斯用想象代替了研究："他们大多数的诗歌是由少量诗行组成，不妨推测，这些诗节很可能都是一时兴起所写下的。"其原因在于："中国人更倾向于对主题进行轻微的暗示，而不是对其进行详述。"②

轻微的暗示和影射而不是广泛的生动描写：汤姆斯对中国诗歌特点的刻画也同样适用于歌德晚年的诗歌，似乎他对汤姆斯的论述一直铭刻在心。③ 可以想象，当歌德在 1827 年 1 月 31 日与艾克曼讨论"中国诗歌的特点"时，头脑中一定还回想着汤姆斯的这段评论。根据歌德自己的说法，这样一种"缩减形式"的诗学只要有一个"眼神"就足够了，而不必像其他人那样非要写上一个章节、一个场次或者是一段诗节，自从开始

---

① Thoms. *Chinese Courtship*, p. III-IV.

② Thoms. *Chinese Courtship*, p. III-IV.

③ 参见歌德晚年对"词话"（Aperçu）形式进行了多方面的探索，研究者施密茨（Hermann Schmitz）对歌德晚年作品中"词话"（Aperçu）形式多样化的研究尤为富于启发，参见 Schmitz, Hermann, *Goethes Altersdenken im problemgeschichtlichen Zusammenhang*, Bonn: Bouvier, 2008, pp. 168-179.

《西东合集》的创作以来，这种风格就已经成为歌德诗歌创作中的基调。①

　　"中国诗歌"在歌德这段时间的日记中出现了三次。1月31日，他首次与艾克曼谈到"中国诗歌的特点"（Charakter des chinesischen Gedichts）时，所指还只是那部诗歌体小说《花笺记》的译本，2月2日，歌德在日记中提到"研究中国诗歌"（Studium des chinesischen Gedichts）时，他使用的依然还是单数形式，但关注的重点却已经转向了汤姆斯的论述。不久，"中国诗歌"从单数变成了复数，歌德在2月11日的日记中写道："晚上艾克曼博士（来访）……向他朗诵中国诗歌。"（Abends Dr. Eckermann［…］Ihm die chinesischen Gedichte vorgetragen.）他向艾克曼朗诵的"中国诗歌"已不再是《花笺记》，而是变成了一群人的作品——中国女诗人们的诗作。更确切地说，此时，它们已不再是他在汤姆斯译本中读到的英语译诗，而是歌德自己的诗歌了。歌德本人并没有就表述中的细微差别进行过任何详细的解释，但人们从字里行间却可以体会到同一组中国诗歌在这位德国诗人手中的变化过程。与数年前开始创作《西东合集》时一样，歌德在阅读、翻译和自己的创作之间不断地交叉转换。而新的诗学创造力则再次呈现在了对异国诗歌的改写中。纵览歌德这段时间的日记，我们不难发现，在不到短短两周的时间里，歌德是多么努力并且多么卓有成效地吸收了中国诗歌的优点，并将其转化为了本人创作的有机组成部分。

　　从1月的最后三天到2月中旬，歌德在与中国诗歌的接触中所获得的成果要远比他在日记中的寥寥数笔更为激动人心。

---

　　① Meredith Lee 认为："歌德将这种'中国式'的影射技巧作为结构原则运用在了组诗（《中德四季晨昏杂咏》）中。" Lee, Meredith. *Goethes Chinesisch-Deutsche Jahres- und Tageszeiten*, in: Debon, Günther/Hsia, Adrian（ed.）. *Goethe und China-China und Goethe. Bericht des Heidelberger Symposions*, Bern u. a.: Peter Lang, 1985, pp. 37-50.

在一个螺旋性上升的创作过程中，《中国作品》(*Chinesisches*)产生了。第一步也是最小的一步，歌德从《花笺记》的附录中挑出了他所心仪的诗行，随手在一张预算的背面起草了一系列在当时尚无标题的诗句和诗节，供自己阅读所用，其中一点都看不出有中国诗歌的影子，仿佛是一首自成一体的三段式诗歌。第二步，他先对初稿进行了扩充，根据《花笺记》中的一处注解创作了一首新诗，而后再次从《花笺记》附录所提供的诗歌素材中抽取了两节，并将自己的诗歌和两节译文誊抄在另一张纸上，使之看上去似乎同样具有了三段式的格局。最后，歌德又创作了两行诗句，添加在最后一首诗歌下面(内容上也存在关联)。第三步，他用粗粗的两笔划去了已经翻译和创作好的诗行，将其重新设计为内容更为丰富的组诗，并加上了总标题和每首诗的小标题。第四步，他叫来秘书，向他口授了组诗前面的导言以及与每段诗歌构成完整体系的轶事和评论。第五步也是最后一步，歌德再一次修订了开头部分和若干细节，并让秘书将完整的导言、轶事(评论)、诗歌誊写在四张纸上，这便是 1827 年 5 月发表在《艺术与古代》杂志上的《中国作品》。

　　人们可以通过歌德的手稿很好地还原这一螺旋上升的创作过程。同时，如果你仔细研究歌德在自由改译中所依据的英语译本，还可以看出歌德是如何在典型欧洲式、典型中国式和人类普遍传统及主题之间小心翼翼地保持着微妙的平衡关系，并又如何将三大范畴成功整合在了一起。同时应该被考虑到的还有：歌德并没有逐字逐句地翻译中国诗歌，而是对其进行了大刀阔斧的改编，在这一过程中无可避免地会出现殖民主义的视角。中文原诗、英文翻译和歌德的改写组成了有时和谐、有时冲突的诗歌三重奏，而在从中国到英国再到魏玛的文本旅行过程中，诗歌内容也无疑发生了显而易见的变形。

　　因此，我们在重新审视歌德的作品手稿时，将会从三重视角出发，一节一节地进行仔细地阅读：从不同阶段手稿的详细比对来还原歌德笔下《中国作品》的演变过程；通过歌德的译文与他所依据的英文蓝本的详细对比来审视歌德的创造力；从歌德的再创作与中国材料之间的关系来探索中国文学、中国风俗走入欧洲的方式。在下面的章节中，我们将以这三重视角的分析为基础，审视歌德是如何创造性地开辟出了一条"世界文学"的道路。

第四章
《中国作品》初稿

　　由于在文学史上的特殊地位，歌德、席勒去世后，他们的作品手稿一直备受珍视，如今，它们被收藏在位于魏玛的歌德席勒档案馆（Goethe- und Schiller-Archiv）。1827 年歌德创作的《中国作品》手稿被收藏于 GSA25 分部，共有 12 页①，其中最早写下的一页初稿（XXXVII-22a）呈淡绿色，上面共有三段译文，前两段由歌德用黑色墨水写成，并用红笔进行了修改，第三段则是直接用红墨水写成，没有修改的痕迹。手稿背面则是秘书约翰开列的一份预算，有歌德亲笔进行补充的痕迹。显然这是歌德在翻译时顺手拿起的一张草稿纸。第二页手稿 XVIII-25 则写在一张灰色稿纸上，上面是长短不一的四节诗歌（分别有 10、4、4、2 行）。按照歌德修改文稿的习惯，在两页初稿都誊抄完毕后，他在稿纸上各画了一条纵贯全文的粗线，表示初稿已经可以放在一边了。这两页手稿共同构成了《中国作品》的第一稿。

一、初稿第一节——冯小怜还是阿米娜？

　　歌德第一页手稿上的首节共有九行诗句（见图 4-1），有多

---

　　① 歌德席勒档案馆还将第一页手稿背面的预算表和一页完全模糊不清的手稿（笔迹、用纸与同卷手稿均有差异）也归入 XXXVII-22 卷宗。但笔者认为，这两页材料严格来讲都与《中国作品》手稿无关，因此不在《中国作品》研究课题的讨论范围之内。

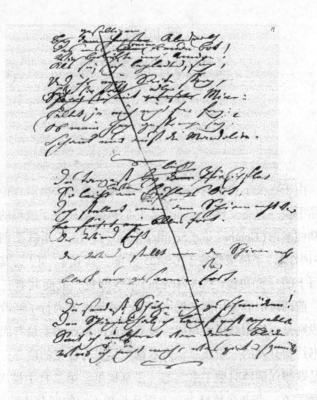

图 4-1　歌德《中国作品》手稿第一页（XXXVII-22a）

处修改的痕迹（本书中用中划线标示原稿中被歌德删去的文字，用下划线标示歌德后来补入的文字），具体内容如下：

Bei dem freysten geselligem Abendroth,

Das uns allen reine Freude bot,

Wie betrübte mich Amine!

Als sie, sich begleitend, sang,

Und ihr eine Saite sprang,

Sprach sie Fuhr sie fort mit gefaßter edler Miene:

Haltet ja mich nicht für frei;

Ob mein Herz gesprungen sey

Schaut nur auf die Mandoline.

译文：

> 最自由的欢快的晚霞，
> 为我们所有人带来纯粹的快乐，
> 而阿米娜却令我多么的忧伤！
> 当她自弹自唱，
> 一根琴弦在手中崩断，
> 她说，带着一脸冷静高贵，她继续唱道，
> "不要以为我自由自在，
> 要知我是否已经心碎——
> 只需看看这曼陀铃。"

这就是歌德在手稿首页（XXXVII-22a）中写下并修改的第一段中国诗歌，它与最后发表的版本仍有细微的差异。而歌德在汤姆斯的《花笺记》译本中读到的是下面这样一段文字：

LADY FUNG-SEANG-LIN

After being in the harem for five months, during which time she sung, danced, and played on various stringed instruments to amuse the Emperor, being pleased with her person, he made her Assistant-queen. She sat at table with him and accompanied him on horseback. While on a hunting excursion with the Emperor, the army of Chow entered his territory. Lady Fung-seaou-lin was discovered in a well, and was presented to their Sovereign Fuh. One day while playing on her favorite instrument Pe-pa（guitar）, she broke one of its strings, on which occasion she impromtu recited the following stanza.

Though I thank you for the kindness which you daily manifest,

Yet when I remember the love of a former day;

If desirous of knowing whether my heart be broken,

It is only for you to look at the strings of my Pe-pa.

译文：

《冯小怜夫人》

她在后宫中唱歌、跳舞、弹奏各种拨弦乐器以取悦皇帝，皇帝对她很满意，于是在进宫五个月后册封她为副皇后。她与皇帝一起坐在桌旁，出行时则骑马相伴。当她与皇帝在一起狩猎时，周国军队入侵了这个国家。冯小怜夫人在一口井中被发现，并被送给了统治者福。有一天，当她弹奏她最喜爱的乐器琵琶（吉他）时，一根琴弦断了，在这种情况下，她即兴吟诵了下面这节诗：

尽管我感谢你每天表现出的仁慈，

然而当我想起昔日的恩爱；

如果渴望知道我的心是否破碎，

你只需要看看我的琵琶弦。①

在中国历史上，冯小怜的命运虽然令人同情叹息，但这个人物并非什么女英雄，而是同历史上的妲己、褒姒、杨贵妃一样，常常被当成"红颜祸水"，作为反面典型。在中国正史当

① Thoms. *Chinese Courtship*, p. 259. 英文译者在文中对冯小怜名字的拼写并未与标题统一。

中，她们经常成为替罪羊，被描绘为末代统治者走向灭亡的重
要推手，因为她们的美色诱惑了皇帝，从而导致君主误入歧
途、不理朝政，最终国家灭亡，王朝倾覆。虽然汤姆斯当年所
看到的《百美新咏》已经大幅删减了正史中的负面描写，但我
们今天还是可以看出史官的大致倾向：

> 《北齐记》：穆后爱衰，以从婢冯小怜五月五日进之，
> 号曰续命。慧黠，能弹琵琶，工歌舞。后主惑之，立为淑
> 妃，后立为左皇后，同坐席，出并马，愿得生死一处。周
> 师取平阳，帝猎于三堆。晋州告急，帝将还，妃请更杀一
> 围，帝从之。后，周师入邺，获小怜于井中，以赐代王
> 达。弹琵琶，因弦断作诗曰：虽蒙今日宠，犹忆昔时怜。
> 欲知心断绝，应看胶上弦。①

---

① （清）颜希源：《百美新咏图传》，嘉庆十年集腋轩刻本，第39
页。对比《北史·卷十四·列传第二》上的原文可以看出颜希源在编辑过
程中对冯小怜的形象多有回护："冯淑妃名小怜，大穆后从婢也。穆后
爱衰，以五月五日进之，号曰续命。慧黠，能弹琵琶，工歌舞。后主惑
之，坐则同席，出则并马，愿得生死一处。命淑妃处隆基堂，淑妃恶曹
昭仪所常居也，悉令反换其地。周师之取平阳，帝猎于三堆，晋州亟告
急。帝将还，淑妃请更杀一围，帝从其言。识者以为后主名纬，杀围言
非吉征。及帝至晋州，城已欲没矣。作地道攻之，城陷十余步，将士乘
势欲入。帝敕且止，召淑妃共观之。淑妃妆点，不获时至。周人以木拒
塞，城遂不下。旧俗相传，晋州城西石上有圣人迹，淑妃欲往观之。帝
恐弩矢及桥，故抽攻城木造远桥，监作舍人以不速成受罚。帝与淑妃度
桥，桥坏，至夜乃还。称妃有功勋，将立为左皇后，即令使驰取袆翟等
皇后服御。仍与之并骑观战，东偏少却，淑妃怖曰：军败矣！帝遂以淑
妃奔还。至洪洞戍，淑妃方以粉镜自玩，后声乱唱贼至，于是复走。内
参自晋阳以皇后衣至，帝为按辔，命淑妃著之，然后去。帝奔邺，太后
后至，帝不出迎；淑妃将至，凿城北门出十里迎之。复以淑妃奔青州。
后主至长安，请周武帝乞淑妃，帝曰：朕视天下如脱屣，一老妪岂与公
惜也！仍以赐之。及帝遇害，以淑妃赐代王达，甚嬖之。淑妃弹琵琶，
因弦断，作诗曰：虽蒙今日宠，犹忆昔时怜。欲知心断绝，应看胶上
弦。达妃为淑妃所谮，几致于死。隋文帝将赐达妃兄李询，令著布裙配
舂。询母逼令自杀。"

汤姆斯将标题改为《冯小怜夫人》（*Lady Fung-seang-lin*），这一方面表明他在理解原文方面并不准确，另一方面汤姆斯将人名拼写为"Fung-seang-lin"，也与中文发音有所出入，这也许是因为当时他居住在澳门，所以按照他所熟悉的粤语方言转写了读音，歌德没有沿用这个具有异国情调的名字，而是将其改为欧洲化的阿米娜（Amine）。

对比《百美新咏》和英译本可见，汤姆斯不仅提炼、简化和重新阐释了冯小怜的故事，而且有些部分也误解了它。例如他采用"进宫五个月后"的说法，而原文则是说冯小怜在"五月五日"被进献给皇帝，这一天是端午节，也是中国古代的妇女节，女孩们会为她们的幸福和长寿祈祷，并在手臂上缠上五色丝祈福，称之为"续命丝"，正因为如此冯小怜才得到了"续命"的称号。同时，汤姆斯删去了冯小怜在国难当头之际仍恃宠贪玩、请求皇帝无视警告继续狩猎寻欢的一段话，使得欧洲读者完全无从得知她的反面形象。

正因为汤姆斯在英译本中所进行的调整和删节，冯小怜现在才有可能呈现出可怜甚至是感人的形象，从而激起歌德对冯小怜悲剧命运的怜悯。在歌德改编的诗歌中，这一点成为唯一的决定性主题。他从自己的角度出发，对汤姆斯的版本进行了进一步的压缩和调整，只挑选了其中最为感伤的元素：崩断的琴弦与破碎的内心之间的类比。同样值得注意的是他如何对已被汤姆斯大为缩减的信息再次进行了删节：导言部分中的爱情故事，在昔日皇帝和新统治者宫廷中的生活都消失无踪，只剩下了一点点对当年幸福时光的暗示；"宠""怜"等表达对统治者依附性的词汇先在汤姆斯译本中被弱化为"善意"（kindness）和"恩爱"（love），到了歌德笔下则彻底消失；尤其是女歌手的中国名字也消失了，歌德将它置换成完全欧洲式的"阿米娜"（Amine）。

"阿米娜"这个人物在歌德的作品世界中并不令人感到陌生。"阿米娜"是他最早几部戏剧中女主角的名字，如戏剧《恋人的情绪》(*Die Laune des Verliebten*, 1767/68)，在已经失传的第一个版本中，这出短剧的标题甚至就直接是《阿米娜》(*Amine*)。剧中的阿米娜和这首诗歌中的阿米娜都是与被打断的音乐这个母题联系在一起：在那部戏剧中，阿米娜有一个不受控制的情人埃瑞登——戏剧标题中的"情绪"指的就是他的暴躁与嫉妒，他想要唱的歌曲乐谱，被他在情绪高涨时撕碎甚至咬碎；而在此处，女歌手破碎的心清晰地折射在突然崩断的琴弦上，音乐则因此突然中断。与剧中场景更为相近的是，歌德在诗歌中还使用了欧洲人所熟悉的曼陀林(同时也与"阿米娜"押韵)，从而取代了会使人联想起中国的东方乐器——琵琶。

如果我们对歌德所依据的中文底本一无所知，一定会认为这是一首古老的欧洲小曲。创作时间可能并非 1827 年，而是整整 60 年前歌德在莱比锡学习期间，与《安妮特之书》(*Buch Annette*)中那些洛可可风格的诗句产生于同一时期。只是诗中按照 aab、ccb、ddb 建立起的三行交叉韵模式与它们在构造上多少有些差异。总之，如果读到歌德这首诗歌的读者对其中国源头一无所知，那么文本中的任何一个音节都丝毫不会让他想到中国。

除了这些深刻的变化之外，还有另外一处引人注目的细节，那就是一个参与其中的观察者角色的引入。在《百美新咏》和汤姆斯的译本中，都首先由一段散文性的导言对故事和场景进行了描述，而后是因为琴弦崩断而突然停止演奏的女歌手开始吟诵她的诗作，但歌德笔下的"我们"却指向了一场晚霞下的聚会，"我"作为一名参与者想起了女歌手的遭遇，于是转向听众或读者，向他们倾诉了自己的怜悯之情。但是这个人究竟是谁呢？只有将这组诗全部读完后，答案才会从它们彼此的关联中呈现出来。

二、初稿第二节——中国诗？德国诗？

在歌德的初稿中，第二节的修改幅度最大，从最终定稿来看，这段后来被移至《中国作品》开头的诗歌也是他花费心血最多的一节。歌德显然在多个方案之间反复犹豫，在初稿中甚至同时给出了最后两句的两种不同翻译方案，这在整个《中国作品》的创作过程中是绝无仅有的：

> Du tanzest leicht bei ~~dem~~ Pfirsichflor
>
> So ~~leicht~~ am besten luftigen Frühlings Ort:
>
> Doch stellt man den Schirm nicht vor.
>
> ~~Er führt ein~~ Der Wind führt alles fort
>
> Der Wind, stellt man den Schirm nicht vor
>
> Blast euch zusammen fort.

译文：

> 你轻盈地起舞在这桃花锦簇下，
>
> 如此轻盈在最风和日丽的春天一隅：
>
> 若非有人撑伞遮挡，
>
> 它会吹走风儿会将一切吹走。
>
> 风儿，如果人们不撑伞遮挡
>
> 恐将你们也一起吹走。

这段诗歌中出现的轻盈的舞蹈家形象和弱不禁风的主题，使我们可以轻松地分辨出这首诗也同样出自汤姆斯译本中的中国女性传记合集。这位女士在那里被称为"Lady See-yaou-hing"，即"薛瑶英女士"，在汤姆斯的译本中，这首诗歌前面同样也有一段关于她的故事。汤姆斯的英语译文如下：

LADY SEE-YAOU-HING

was the beloved concubine of Yun-tsae. She was handsome, a good dancer, and a poetess. A person on hearing her sing and seeing her dance addressed her the following lines.

When dancing you appear unable to sustain your garments studdied with gems,

Your countenance resembles the flower of new-blown peach.

We are now certain, that the Emperor Woo of the Han dynasty,

Erected a screen lest the wind should waft away the fair Fe-lin.

译文：

《薛瑶英女士》

她是元载的宠妾，美丽，舞技出色，并且是个女诗人。一个听到她歌声、欣赏到她舞姿的人写了下面的诗并献给她：

你起舞时似乎无力负起镶有珠宝的衣裳，

你的面容犹如刚刚绽放的桃花。

我们现在方才相信，汉朝的武帝

造起屏障以免风将美人飞琳吹走。①

---

① Thoms. *Chinese Courtship*, p. 263.

汤姆斯所引述的这一段完全来自《百美新咏》，但有很多删节，《薛瑶英》的中文原文为：

> 《杜阳杂编》：元载宠姬薛瑶英，能诗书，善歌舞，仙姿玉质，肌香体轻，虽旋波、摇光、飞燕、绿珠不能过也。载以金丝帐、却尘褥处之，以红绡衣衣之。贾至、杨炎雅与载善，时得见其歌舞。至乃赠诗曰：舞怯珠衣重，笑疑桃脸开。方知汉成帝，虚筑避风台。炎亦作长歌美之，略曰：雪面澹娥天上女，凤箫鸾翅欲飞去。玉钗翘碧步无尘，楚腰如柳不胜春。①

这篇关于薛瑶英的故事来自唐末苏鹗所著的笔记小说集《杜阳杂编》，主要记载了从唐代宗到唐懿宗十朝的轶闻趣事②，但这里出现的一系列中国人名无疑令欧洲读者感到疑

---

① （清）颜希源：《百美新咏图传》，嘉庆十年集腋轩刻本，第57页。

② 苏鹗，字德祥，武功（今属陕西）人，生卒年不详，由于居住在武功杜阳川，书名题作《杜阳杂编》。此书共三卷，收集了唐朝中后期很多口口相传的轶事，对于了解当时的政治、社会情况有一定价值。近代有1958年中华书局上海编辑所排印本，《百美新咏》中只是节录了该书中部分有关薛瑶英的记载。与《北史》中的冯小怜形象相似，《杜阳杂编》也将元载的腐化堕落部分归咎于他对薛瑶英的宠爱。完整原文如下："载宠姬薛瑶英，攻诗书，善歌舞，仙姿玉质，肌香体轻，虽旋波、摇光、飞燕、绿珠不能过也。瑶英之母赵娟，亦本岐王之爱妾，后出为薛氏妻，生瑶英。而幼以香啖之，故肌香也。及载纳为姬，处金丝之帐、却尘之褥。其褥出自句骊国，一云是却尘之兽毛所为也，其色殷鲜，光软无比。衣龙绡之衣，一衣无一二两，抟之不盈一握。载以瑶英体轻，不胜重衣，故于异国以求是服也。唯贾至、杨公南与载友善，故往往得见歌舞。至因赠诗曰：'舞怯铢衣重，笑疑桃脸开。方知汉武帝，虚筑避风台。'公南亦作长歌褒其美，略曰：'雪面蟾娥天上女，凤箫鸾翅欲飞去。玉钗碧翠步无尘，楚腰如柳不胜春。'瑶英善为巧媚，载惑之，怠于庶务。而瑶英之父曰宗本，兄曰从义，与赵娟递相出入，以构贿赂，号为'关节'。更与中书主侍卓倩等为腹心，而宗本辈以事告者，载未尝不领之。天下赍宝货求大官职，无不恃载权势，指薛卓为梯媒。及载死，瑶英自为俫妻矣。论者以元载丧令德而崇贪名，自一妇人而致也。"

惑，这些名字背后究竟是怎样的一些历史人物呢？璇波、摇光、飞燕、绿珠都是古代著名的美人。元载（713—777）是家财万贯、贪奢淫逸的唐朝宰相，他于天宝初年出仕，曾先后协助唐代宗诛杀李辅国、鱼朝恩两个掌权宦官，最后因贪贿被杀。《旧唐书·元载传》称"载在相位多年，权倾四海，外方珍异，皆集其门，资货不可胜计，故伯和、仲武等得肆其志。轻浮之士，奔其门者，如恐不及。名姝、异乐，禁中无者有之"。贾至（718—772）、杨炎（727—781）也是同时代的政治家，杨炎日后还成为宰相，因推行两税法在中国历史上占有一席之地。政治家们应邀去宰相府上做客，席间相互作诗应和，并当场题诗送给朋友的宠妾，这不仅代表着一种政治上的靠拢倾向，也是有教养的儒家士大夫之间诗文往来的典型场景。

如同众多中国古诗一样，《百美新咏》中引用的这首诗歌对读者的文化素养提出了很高要求。因为诗中运用了多种华丽的修辞手法，短短四句诗中出现了大量的排比、暗喻、典故。例如诗中引用了佛教中关于"六铢衣"的典故："铢"是古代重量单位，汉朝时为一两的1/24，约合0.65克，《长阿含经》中说佛所穿的衣服为"六铢衣"，只有4克不到，这是极言佛衣轻若无物。而"避风台"则来自汉成帝宠妃赵飞燕的典故，王子年《拾遗记》中说："赵飞燕体轻恐暴风，帝为筑台焉。"这是用夸张手法描写女子身形飘逸、舞姿轻盈，仿佛会随风飘去一般。类似于此的暗喻、典故，即便是对当代汉学家而言也不易理解。汤姆斯显然下了一番工夫去进行考证，他将赵飞燕拼写成"飞琳"（Fe-lin）也许可以从粤语发音中得到解释，但为何将汉成帝换成汉武帝就不为人知了。但汤姆斯对原作的处理原则还是可圈可点的，他把握了众多人名背后所蕴藏的含义，删去了大多数复杂的人物、器物名字和典故，向欧洲读者传递了一个简洁而清晰的故事。

　　歌德在处理这首诗时则使作为政治家和诗人的贾至变成了一位无名的崇拜者。诗歌也不再是送给朋友的应和之作，而是像在欧洲沙龙中一样，直接献给了在他眼前翩翩起舞的女舞蹈家，这不仅超越了他和舞者在社会地位上的差距，也拉近了情感上的距离。同时，歌德进一步删去了包括舞者、皇帝在内的所有中文名字。换言之，与前一段诗歌一样，歌德又一次抹去了任何可以直接指向中国的标志！

　　值得注意的是，歌德再次显示出了对"桃花"这一主题的浓厚兴趣。早在 1796 年，歌德就已经通过穆尔翻译的《好逑传》与中国诗歌中的"桃花"主题产生过交集。在穆尔译本对中国诗歌的介绍中，第五个例子便是来自《诗经》中的《桃夭》："桃之夭夭，灼灼其华。之子于归，宜其室家。"出现在歌德面前的德译本则是："多么美丽、多么花团锦簇，那不是初春时节的桃树吗？／叶片包裹中的花朵是多么可爱！噢，多么令人舒适！／这正如新婚的嫁娘……"①在歌德看来，桃花并不仅仅是用来比喻女舞蹈家的娇柔，它同时也是一个的的确确存在的场景。我们通过歌德与艾克曼的谈话已经知道，在歌德心目中，中国诗歌的特点就在于"人和大自然总是生活在一起的"，因此，桃花锦簇的自然场景变成了人类翩翩起舞的自然舞台——"最风和日丽的春天一隅"。虽然这里和风习习，但是诗人仍然担心，如果没有人来撑伞遮挡的话，瓣瓣桃花将被风儿吹走，而那如桃花般轻柔的女士也将会与花瓣一起随风而去。歌德显然非常钟情于最后这一点睛之笔，因此在处理上格外小心翼翼，这也就是为什么他会在初稿中列出两种可能的译法。但正如我们看到的，歌德眼前其实已经浮现出了第三种表达舞蹈家身姿曼妙、舞姿飘逸的可能性，他在后续的手稿中将"最轻盈的舞者"主题更为具体地呈现出来，而人与自然的紧

---

① Murr. *Haoh Kjöh Tschwen*, p. 536.

密结合也将达到一个难以企及的巅峰。

三、初稿第三节——愤怒的才女

与前两节不同，手稿 XXXVII-22a 上的第三节几乎没有任何修改的痕迹，除个别标点和拼写，它与最终发表的版本几乎完全一致。从艺术性上看，其工整的四步抑扬格格律和完美的尾韵使得这首译诗朗朗上口，即便与歌德的原创诗歌放在一起也毫不逊色，丝毫看不出翻译的痕迹，同时它还完整地再现了原诗的主题，因此，这节诗歌在翻译研究中获得交口称赞①也就不足为奇了。在歌德的初稿中，这四行诗句呈现如下：

Du sendest Schätze mich zu schmücken!
Den Spiegel hab ich längst nicht angeblickt:
Seit ich entfernt von deinen Blicken
Weis ich nicht mehr was ziert und schmückt.

译文：

你赠我珍宝让我妆扮！
我却已很久不照镜子，
自从我远离你的目光，
再不知什么打扮梳妆。

---

① 如南京大学张威廉教授称赞其为意译诗中的佳作。参见张威廉：《对歌德译〈梅妃〉一诗的赏析》，载《中国翻译》1992 年第 6 期，第 41~42 页。此外，查尔讷、卫礼贤等汉学家在 20 世纪上半期也都对这首诗进行过语文学方面的详细研究。

　　由于歌德在初稿中没有任何对上下文语境的说明，因此第三节显得颇为神秘。谁在向谁讲话？在讲述什么？又为什么这样说？我们只能看出这是一个悲伤的爱情故事：诗歌所指向的那个"你"无疑曾经是"我"的爱侣，但这位爱人如今仅仅只出现在女主人公的脑海中，他给原本应该在镜子前"打扮与梳妆"的女主人公带来了无尽的失望，因为他已经离开了女主人公或者说某种不幸驱使他们彼此分离，他那迟到的礼物（珠宝）只是勾起了女主人公想要忘却的回忆。

　　只有当我们看到《百美新咏》和歌德作为底本的《花笺记》英译本时才能理解这首诗的来龙去脉。汤姆斯的译文要比歌德的四行诗丰富得多：

LADY MEI-FE

　　Concubine to the Emperor Ming, of the Tang dynasty, was able when only nine years old, to repeat all the Odes of the She-king. Addressing her father, she observed, "Though I am a girl, I wish to retain all the Odes of this book in my memory". This incident much pleased her parent, who named her Tsae-pun, "Ability's root". She entered the palace during the national epithet Kaeyuen. The Emperor was much pleased with her person. She was learned and might be compared with the famous Tseay-neu. In her dress she was careless, but being handsome, she needed not the assistance of the artist. On lady Yang-ta-chung becoming a favorite with the Emperor, Mei-fe was removed to another apartment. The Emperor, it is said, again thought of her; at which time a foreign state sent a quantity of pearls, as tribute, which his Majesty ordered to be given to Lady Mei-fe. She declined receiving them, and sent his Majesty by the messenger, the following lines.

The eyes of the *Kwei* flower, have been long unadorned：

Being forsaken my girdle has been wet with tears of regret.

Since residing in other apartments, I have refused to dress,

How think by a present of pearls, to restore peace to my mind?

译文：

《梅妃女士》

明皇的妃嫔。年仅九岁就能背诵《诗经》中的所有诗歌。她向父亲表示："虽然我是一介女子，但是我希望自己能够记住这本书中的所有诗歌。"这件事令她父母非常高兴，因此给她取名"采苹"，意为"慧根"。开元年间，她进入宫廷，深得皇帝喜爱。她博学多识，堪比著名的谢女。她穿着简单的服饰，即使这样也很漂亮，根本不需要艺术家的帮助。当杨太真女士成为皇帝最宠爱的人时，梅妃被搬到另一座宫殿中。据说，皇帝后来又想起了她，那时外邦进贡了一批珍珠，皇帝下令将珍珠交给梅妃女士。她拒绝接受，并委托信使将下列诗句送给了皇帝：

桂花般的双眼已经很久没有修饰：

被遗弃后，我的腰带被悔恨的泪水浸湿。

自从居住在其他的宫殿，我就不再打扮，

怎会认为珍珠作为礼物能恢复我内心的平静？①

---

① Thoms. *Chinese Courtship*, p. 254.

歌德从梅妃的"人生故事"中看到了一个"爱情故事"。①
但是，他不仅再次省略掉了对事件的解释，而且也省略掉了一
切指向中国的特定信息。文中没有什么皇帝和妃子，也没有不
幸的女诗人的名字。然而歌德这一做法也省略掉了一个原文中
格外强调的事实：自幼聪慧的梅妃不仅熟读古代诗歌，而且能
够用一首诗歌来回复君王。

对于十八九世纪的中国读者来说，单单"谢女"这个名字
就足以唤起他们对中国女性文学传统的记忆，但汤姆斯却把
"谢女"(Tseay-neu)当成了人名，这无疑是因为他并不熟悉"咏
絮才女"的著名典故。"咏絮才女"指的是东晋女诗人谢道韫
(349—409)，她堪称中国历史上最有天赋和最受尊敬的女诗
人之一②，在古代几乎就是才女的代名词。不过，汤姆斯在将
《梅妃》排列于附录中 32 位中国女性里的第二位时(仅次于附
有十首诗歌的《苏蕙》)，显然已经注意到了梅妃在中国女性文
学传统中的地位，他甚至在翻译时还略微夸大了梅妃的才能，
例如他将梅妃九岁时背诵《周南》《召南》的轶事夸大为她能背
诵整部《诗经》。③ 这一点可以通过与《百美新咏》原文材料的
比较清楚地呈现出来：

---

① Bers. *Universalismus*, p. 180.

② 谢道韫是东晋名相谢安的侄女，书圣王羲之的儿媳。《世说新
语·言语》记载："谢太傅寒雪日内集，与儿女讲论文义。俄而雪骤，公
欣然曰：'白雪纷纷何所似？'兄子胡儿曰：'撒盐空中差可拟。'兄女曰：
'未若柳絮因风起。'公大笑乐。"《晋书·烈女传》也记载有谢道韫的事
迹。她著有诗集、文集两卷，后散佚，今存文一篇，诗两首。

③ 《诗经》有 15 国风，《周南》《召南》排在最前面，共有 25 篇，
《采蘋》是《召南》中的名篇，这也就是梅妃名字的来历。《论语·阳货》
中记载："子谓伯鱼曰：女为周南、召南矣乎。人而不为周南、召南，
其犹正墙面而立也与。"因此"二南"历来为儒家所重视。注疏家马融甚至
将《周南》《召南》视为"三纲之首，王教之端"。

《梅妃传》

妃姓江氏，年九岁能诵二南。语父曰：我虽女子，期以此为志。父奇之，名曰采蘋。开元中，选侍明皇，大见宠幸。善属文，自比谢女。淡妆雅服而姿态明秀，笔不可描画。后杨太真擅宠，迁妃于上阳宫。上念之，适夷使贡珍珠，上以一斛珠赠妃，妃不受，以诗答谢曰：桂叶双眉久不描，残妆和泪污红绡。长门尽日无梳洗，何必珍珠慰寂寥？上命乐府以新声度之，号"一斛珠"。

此处比较有趣的是汤姆斯对"桂叶双眉久不描"一句的翻译。唐朝时，优雅高贵的妇女中盛行阔眉，也称桂叶眉，我们在晚唐名画《簪花仕女图》中便可以看到这种又短又阔的眉毛（见图4-2）。汤姆斯并不知道这个传统，也无法理解桂叶眉的美，因此把"桂叶"换成了"桂花"，将诗歌的第一句翻译成了

图4-2 晚唐画家周昉的《簪花仕女图》局部

"桂花般的双眼已经很久没有修饰"。汤姆斯并不知道桂花有
多小，因此也就意识不到"桂花般的双眼"这个比喻对于中国
读者来说有多么可笑。尽管如此，当歌德从汤姆斯的译本中读
到"桂花般的双眼"时并不会感到不妥——因为他和同时代欧
洲读者一样对桂花一无所知，因此头脑中只会产生出浪漫而美
丽的联想。

四、初稿第四节、第七节——宫女与皇帝

在歌德席勒档案馆中，歌德《中国作品》初稿的第 2 页被
收藏在《浮士德》手稿的卷宗里，编号 XVIII-25（见图 4-3），其
原因在于它的背面是歌德为《浮士德》中《海伦娜》一场添加的
两行点睛之笔，这二者之间在思想上的联系将随着分析的深入
逐步呈现在大家面前。而十分明显的是，第二页手稿开头部分
的笔迹显得十分匆忙，甚至句末都没有来得及加上标点。这是
一首由十行诗句组成的诗节，背后也有着一个相对较为复杂、
难以一眼就看明白的故事：

> Aufruhr an der Gränze zu bestrafen
> Fechtest wacker aber nachts zu schlafen
> Hindert dich die strenge Kälte beißig
> Aber dieses Krieger Kleid ich näht'es fleißig
> Wenn ich schon nicht weis wer s tragen sollte;
> Doppelt hab ich es wattirt und sorglich wollt
> Meine Nadel auch die Stiche mehren,
> Zu Erhaltung eines Manns der Ehren.
> Können Werden hier wir wir auch hier hier uns nicht
> verbinden zusammen finden

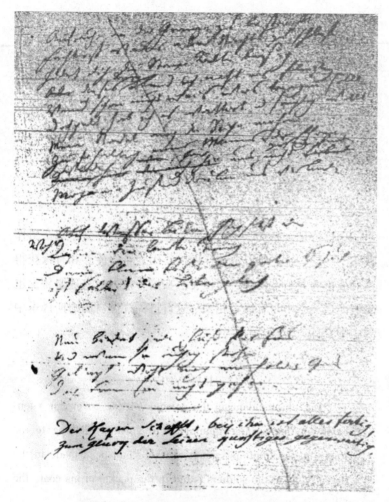

图 4-3　歌德《中国作品》手稿第二页（XVIII-25）

Mag ein Zustand droben uns verbinden.

译文：

> 为了征讨边境上的叛乱
> 你奋勇作战，但严寒刺骨

令你夜夜难以安眠

但我辛勤地缝制这件战袍

尽管我已无从得知谁会将它穿上

我还是加倍地絮上棉花

我的针儿也细细添上针脚

只为呵护一位战士的荣耀

如果我们不能彼此结合倘若我们在地上不能相逢

但愿在天上我们能结连理

  这首诗是一名女织工写给一位正在边塞上忍受严寒奋勇作战的士兵的。她之所以会这样做，是因为希望能够和有缘获得这件战袍的人结下良缘，即便无法在这个世界上实现愿望，也盼望能在天堂中与有缘人相聚。这首诗同样源自汤姆斯译本中的中国女性传记：

KAE-YUEN

  was an attendant on the palace. On the Sovereign Yuen-tsung sending a large quantity of regimental clothing to the troops on the frontiers, much of which had been made in the harem; one of the soldiers found in the pocket of his coat, the following stanza.

  While in the field of battle contending with the enemy,

  And unable to sleep from intense cold,

  I make you this garment,

  Though I know not who will wear it.

  Being anxious for your preservation, I add a few extra stitches,

  And quilt it with a double portion of wadding.

Though in this life we are unable to dwell together,

I desire we may be wedded in a future state.

译文：

《开元》

本是宫中一名女仆。元宗皇帝曾赠送了大量军服给边疆的部队，其中大部分都是在后宫中缝制的。有一名士兵在他的衣袋里发现了下面这首诗：

你在战场和敌人战斗，

却因为严寒无法入眠，

我为你缝制这件衣裳，

尽管不知道谁会穿上。

因为心忧着你的安全，

我加密针脚，双倍增添棉絮。

尽管此生不能与你厮守，

但愿我们来世能结连理。①

但这并不是整个故事的结尾，在第二页手稿最下端，歌德续写了汤姆斯的故事——只有短短两行，且并非来自任何他用于参照的中文或英文蓝本：

Der Kaiser schafft, bei ihm ist alles fertig,

Zum Wohl der Seinen, Künftiges gegenwärtig.

译文：

---

① Thoms. *Chinese Courtship*, pp. 270-271.

　　皇帝施为，万事都在他那里成就，
　　为了子民幸福，使未来变为现实。

　　歌德用这最为短小的第七节勾画出了前一故事的结局：一
个既强大而又睿智、既仁慈而又富于前瞻的皇帝知道如何创造
一个臣民期待的未来。这两行同时也是一首独立的颂歌，点明
了一位理想的统治者应该为他的国家带来怎样的影响。与前面
各节一样，歌德在此处也没有给出关于中国源头的任何线索。
只有对比汤姆斯的译本，才能发现这是歌德为女织工开元的轶
事所续写的一节，构成了手稿中第四节诗的延续。在汤姆斯的
英译本中，在开元宫人的诗歌后面紧接着这样一段话：

　　The soldier on finding the ode presented it to his office.
His commanding officer presented it to his Majesty. His Majesty
ordered an attendant to make strick enquiries throughout the
harem, to ascertain who wrote it; whoever did was not to deny
it. On the enquiry being made, an individual said, "I am the
person, and am deserving of ten thousand deaths." The
Emperor Yueu-tsung pitied her, but married her to the person
who obtained the ode, when his Majesty jocosely observed,
"We notwithstanding have been wedded in this life."

译文：

　　士兵把发现的诗上交给了他的长官。这个指挥官又把
它交给了皇帝。皇帝命令一位宫人对整个后宫进行严格侦
讯，以查明是谁写的。无论是谁写的都不得否认。正当询
问进行的时候，有一个人说："我就是那个人，我罪该万
死。"元宗皇帝可怜她，把她嫁给了获得那首诗歌的人。

同时，这位君主还诙谐地说道："尽管如此，我们还是在今生结为连理了。"①

这段故事给了歌德以新的灵感，因此他顺着汤姆斯这段故事的基调，在手稿的最后创作了一首新诗。② 使人们相信，在一位开明君主的统治之下，一切变革和幸福都是可能的。

然而，汤姆斯在这里犯了一个明显的错误——在《百美新咏》的版本中，这个女工是没有姓名的。汤姆斯虽然注意到"开元宫人"并非宫廷中的贵妇，而只是一位普通的女工，因此并没有称她为 lady。但汤姆斯对"开元"的理解却是错误的，这个名字所指的根本不是女工，而是她所处的时代——唐玄宗李隆基(685—762)在公元713—741年使用的年号，这一时期，中国封建王朝的文治武功达到了一个巅峰，开创了"开元盛世"。前文所提到的女诗人梅妃也同样生活在这个时代。但因为在清朝时要避讳康熙皇帝玄烨的名讳，所以唐玄宗经常被改称为"唐元宗"，或者用帝号"唐明皇"来称呼他，出版于乾隆年间的《百美新咏》自然不会例外。

如果更加精确地审视这个故事的历史背景，我们还可以注意到：国力的强盛加上皇帝的好大喜功，导致唐帝国版图的扩张在唐玄宗时期达到了极致，甚至已经直接与西亚的阿拉伯帝国接壤，其结果是唐朝军队要大量驻守在茫茫戈壁草原中。同时由于唐玄宗后期贪于享乐，后宫规模也在不断扩大，仅在宫中为杨贵妃做衣服的就有700多人，由于三千宠爱集于杨玉环一身，其他成百上千得不到皇帝宠爱的宫人(如梅妃)只能在后宫中耗尽青春、郁郁一生。汤姆斯在《百美新咏》中发现的

① Thoms. *Chinese Courtship*, p. 271.
② 张威廉：《中德文化交流史上的一段佳话——歌德为开元宫人续诗》，载《南京大学学报(哲学·人文·社会科学版)》1992年第4期，第161~162页。

这个浪漫故事恰恰把这两方面的发展结合到了一起。

《本事诗》

> 开元中，颁赐边军纩衣，制于宫中。有军士于袍中得诗曰："沙场征戍客，寒苦若为眠。战袍经手作，知落阿谁边？畜意多添线，含情更着绵。今生已过也，愿结后身缘。"军士以诗白于帅，帅以上闻。元宗命遍示后宫，曰："有作者勿隐，吾不罪汝。"一宫人自言万死。元宗深悯之，以嫁得诗者，曰："我与汝结今生缘。"

一边是寒苦难成眠的边疆士卒，另一边是寂寞深宫愁的绝望宫女。整个故事充满了小人物因无法把握自己命运而产生的悲凉气氛，虽然唐玄宗正是悲剧之源，但他最后毕竟体现出一位贤明君主的体贴下情，通过一个大度的决定改变了两个小人物的命运。对于在封建统治的漫漫长夜下煎熬的人来说，除了救世主之外哪有比出现这样一位开明君主更令人惊喜的呢？显然，歌德在翻译完开元宫人的哀婉诗歌后还意犹未尽，觉得原作中的两个小人物最后没有感谢一下圣明君主的慷慨大度未免有些美中不足。

无独有偶，在《钦定四库全书》所收的《本事诗》中，开元宫人的故事也并非在"我与汝结今生缘"一句后结束，而是加入了一句"边人皆感泣"，以示皇恩浩荡，令边疆士卒都感激涕零。同样，明代作家在把这一轶事改编为短篇小说《唐玄宗恩赐纩衣缘》时也同样加上了颂扬皇帝恩典的诗句，其中写道："痴情欲结未来缘，几度临风泪不干。幸赖圣明怜槛凤，天风遥送配青鸾。"①对一位开明君主的期盼显然也是东西文化

---

① 见天然痴叟著《石点头》第十三卷，抱瓮老人编《今古奇观》第二十二卷。参见林笳：《歌德与〈百美新咏〉》，载《东方丛刊》2000年第1期，第122页。

所共通的。

五、初稿第五节、第六节——轻盈的舞蹈家

《中国作品》初稿的第五、第六节表明歌德又转向了第五位中国女性。这两节在内容上有直接的关系，并且共同指向了一个新的主题：

> Auf Wasserlilien hüpftest du
> Wohl hin <s>Dahin</s> den bunten Teich,
> Dein winziger Fuß, dein zarter Schuh
> Ist selbst der Lilie gleich.
>
> Nun bindet jede Fuß für Fuß,
> Und wenn sie ruhig stehn,
> Gelingt wohl noch ein holder Gruß,
> Doch können sie nicht gehn.

译文：

> 跳跃于朵朵莲花上，
> 悠悠然步入踏进彩池中，
> 你纤巧的脚，柔软的鞋，
> 与那莲花浑然一体。
>
> 众女子也纷纷将脚缠起，
> 纵使她们尚能怡然而立，
> 或许还能优雅行礼，

但却万难逶逦前行。

这位舞者是如此的轻盈，以至于竟能站在水中的莲花上翩翩起舞，其他女人将她那莲花一样的玉足视为榜样，纷纷效仿起来，然而却无人能达到她的境界。这个故事充满了动感，令人浮想联翩。不过，在汤姆斯《花笺记》译本附录的传记中其实并没有出现这样一位中国女性。换言之，它与前面四首诗都不相同，从来就不是译作，而是歌德自己创作的新诗。尽管如此，歌德的创作灵感依然还是来自于眼前这本译著。只是这一次所依据的原型并非附录中的轶事，而是诗歌体小说《花笺记》中描写 18 岁的女主人公瑶仙的一处文字。歌德读到的是汤姆斯用散文体翻译的这样一段描写：

Every ode that she composes, astonishes mankind,

And when she dictates laws to the harp, it sounds louder and louder;

Being thoroughly versed in every affair in life,

Doubtless she surpasses the whole province, and knows no equal.

For politeness and gentle manners, I think a second is not to be found,

Her golden lilies (her small feet) * do not measure three inches.

原文：吟诗每出惊人句，瑶琴指法更高强。

世上千般能尽晓，聪明压省料无双。

人品想无居第二，的息金莲二寸长。①

---

① Thoms. *Chinese Courtship*, p. 29.

括号中的解释是由译者汤姆斯自己补充的，说明"金莲"喻指女主人公那双娇小的脚。星号则指该页下方的脚注(见图4-4)。在这个长长的脚注中，汤姆斯不仅解释了缠足的风俗，还说明了"金莲"称呼的起源。他讲述了一段关于女性人物潘妃的轶事：

The golden lilies has reference to lady Pwan, who was concubine to prince Tung-hwan, who lived about A. D. 900. She was considered an excellent dancer. The prince, it is said, had the flower of the water-lily made of gold, six cubits high, from which was suspended precious jewels. The wall and ceiling of the room, was painted to resemble the clouds. He caused lady Pwan to bind her feet in the shape of a half moon, by means of tape, over which she wore a stocking, and requested her to dance on the top of the flower of the water-lily, which she did, and appeared as whirling in the clouds, the effect, it is said, was grand. From this [...] originated the singular custom, with the women of China, of binding their feet, and causing them to be small; for many of their customs, or fashions, such as painting their eyebrows, and dressing their hair to represent birds, have originated from similar trivial circumstances. In poetry, their small feet (the smaller the more genteel) are generally styled the *flower of the water lily*.

译文：

金莲指的是潘女士(潘妃)，她是东昏侯的妃子，大

29

心在紅閨身在堂
梁生對金蓮罷心神不住
人品想晤居都二長
世上千般更高強
瑤琴指法般能盡曉
吟詩每出驚人句
二八芳年躇姓人
搖仙正係梁芳表

Her fragrant name is known to be that of Yaou-seen,
She is of the family Yang, and is just turned the age eighteen.

Every ode that she composes, astonishes mankind,
And when she dictates laws to the harp, it sounds louder and louder;
Being thoroughly versed in every affair in life,
Doubtless she surpasses the whole province, and knows no equal.

For politeness and gentle manners, I think a second is not to be found,
Her golden lilies (her small feet) * do not measure three inches."
Young Leang's spirits, on hearing what passed, were bewildered,
For while he remained in the hall, his heart was in the female apartments.

---

* The golden lilies has reference to lady Pwan, who was concubine to prince Tung-hwan, who lived about A. D. 900. She was considered an excellent dancer. The prince, it is said, had the flower of the water-lily made of gold, six cubits high, from which was suspended precious jewels. The wall and ceiling of the room, was painted to resemble the clouds. He caused lady Pwan to bind her feet in the shape of a half moon, by means of tape, over which she wore a stocking, and requested her to dance on the top of the flower of the water-lily, which she did, and appeared as whirling in the clouds; the effect, it is said, was grand. From this, 'tis probable, originated the singular custom, with the women of China, of binding

图4-4 《花笺记》英译本第29页

约生活在公元 900 年。她被视为一个优秀的舞蹈家。据说，这位侯爷有一个用黄金打造成的莲花，高六尺，上面悬挂着珍贵珠宝。房间的墙壁和天花板被漆成类似云彩的图案。他让潘妃用布帛将双足裹成半月形，再穿上袜子，并要她在莲花上跳舞，她照此做了，跳舞时就仿佛在云中旋转，据说效果很好。从此……便产生了这个奇特的风俗，中国妇女把脚缠起来，使它们变得娇小；因为他们的许多风俗习惯或时尚，比如描眉、将头发梳成鸟的形状，都源于类似的琐碎事情。在诗歌中，她们的小脚(越小越优雅)通常被称为水中莲花。①

当然，我们在前面已经提到过，歌德在阅读英国人安德逊的访华游记时早已注意到了中国女性的缠足风俗。但实际上，他知道这一风俗的时间可能更早，线索就隐藏在歌德与席勒、安佩尔都谈论过并在海德堡当众朗读过的《好逑传》德译本里。穆尔译本的第 7 页上就有一个注脚，为缠足风俗的来源提供了一个同样与王朝衰败联系在一起的传奇说法："中国的史学家使我们确信，女性小脚的时尚正是由纣王的妃子妲己引入的。她的脚非常之小，其他女性则用布条把脚部紧紧捆绑起来，以求获得一种特别的美感，但这实际上只是一种偶然产生的生理缺陷。"②值得注意的是此处注解中的说法：纣王妃子所具有的小脚是天生的，并不需要通过缠足来使之变小，而其他女性则是在刻意模仿她，从而使自己的脚接近于一种有生理缺陷的状态。当歌德在 1827 年的初稿中写下第六节中的诗句时，也同样在揶揄着其他女子笨拙地模仿莲足，最后却"万难迤逦前行"，他那时是不是正好从这段描写中得到了灵感呢？

_____

① Thoms. *Chinese Courtship*, p. 29-30. 虽然《百美新咏》中的第四位便是"金莲步步移"的潘妃，但汤姆斯并没有将她的故事收录在《花笺记》译本的附录里。"金莲"源出《南史·废帝东昏侯本纪》：南齐末代皇帝东昏侯萧宝卷(483—501)专宠潘妃，为其建三座宫殿，极尽奢华，又令人"凿金为莲花以帖地，令潘妃行其上，曰：'此步步生莲花也。'"缠足则源出于南唐后主李煜(937—978)，据元人陶宗仪《南村辍耕录》卷十《缠足》引《道山新闻》一文说："李后主宫嫔窅娘，纤丽善舞。后主作金莲，高六尺，饰以宝物细带缨络，莲中作品色瑞莲，令窅娘以帛绕脚，令纤小，屈上作新月形，素袜舞云中，回旋有凌云之态。……由是人皆效之，以纤弓为妙。以此知扎脚自五代以来方为之。"汤姆斯的脚注显然混合了这两段记录。

② Murr. *Haoh Kjöh Tschwen*, p. 7.

　　以上文献说明了歌德关于轻盈的舞蹈家在水中莲花上起舞（第五节）以及中国女性缠足习俗来历（第六节）的八行诗的源头。可以看出，歌德在写下关于潘妃（Lady Pwan）的诗歌时第一次没有依托任何中国诗歌作为蓝本。这首诗也是为这位轻盈的舞蹈家而作的，准确地说，他从中国素材中汲取灵感重新创作了两节诗歌——对一位优雅而自然的舞蹈家的描绘，以及与之对立的一种极度不自然的风俗。他将它们统称为自己的《中国作品》（Chinesisches）。

六、小　　结

　　歌德《中国作品》的初稿从冯小怜的故事开始，接下去分别是薛瑶英、梅妃、开元宫人、潘妃，最后以献给君主的两行赞颂之词结束：总共七节，分为六段诗歌，没有上下文的说明，除了对德国读者来说难于理解的缠足风俗外，手稿中没有任何涉及中国的地方。如果人们只是偶然发现这份手稿而不知道其出处的话，一定会认为这里涉及的是欧洲文化圈中的女性：那是一个女性唱歌、跳舞、弹奏着曼陀铃，被呼唤为"阿米娜"的世界。唯一会让欧洲人觉得突兀的是这里有女性为了变美把脚缠成纤细的形状。因为缺少注解和导语，《中国作品》此时还只有欧洲诗歌的外形。即使我们能够确信，歌德在创作这份手稿时早就计划好把眼前的诗句与后来口授的散文式的导语结合在一起出版，这些手稿本身也展现了歌德对于诗歌本身的高度专注。同样保存下来的誊抄稿也表明，他在第二轮修订中进行的文字改动很少。相反，他打算将诗歌再次压缩重组，使之成为一篇抒情的三部曲。

第五章
新的开始：《最可爱的女子》

　　歌德《中国作品》的第二稿（XXXVII-22b）由誊写工整的两页稿纸组成。从其细节来看，歌德起初无意将初稿中的六首诗歌全部抄下来，因为在字迹工整的第一页下方标有完成时间"1826 年 2 月 4 日"，此处的"1826"应为"1827"，我们查阅歌德的日记就可以轻易纠正这个错误，因为 1827 年 2 月 4 日的日记中明确记载："晚上《中国作品》。"在这一页的最后一行诗句与日期之间还有一个表示终结的弧形括号，所以毫无疑问，歌德当时一定认为，他的翻译作品已经完成。而且这一页最初还有一个独特的标题："最可爱的女子"（*Die Lieblichste*）①，如图 5-1 所示。

　　在歌德对二稿再次进行修改并对译本格局进行大调整之前，手稿上的文本是这样：

Die Lieblichste

译文：《最可爱的女子》

Fräulein See-Yaou-Hing.

Du tanzest leicht bey Pfirsich flor

---

　　① 一些研究者认为这一标题仅仅只指向组诗中的头一首，但是从手稿布局可以看出，当时歌德已经完成了诗歌的翻译，并为四首诗都加上了标题，而且这一标题的字号明显大于后续的小标题，因此可以断定"最可爱的"为组诗的总标题无疑。

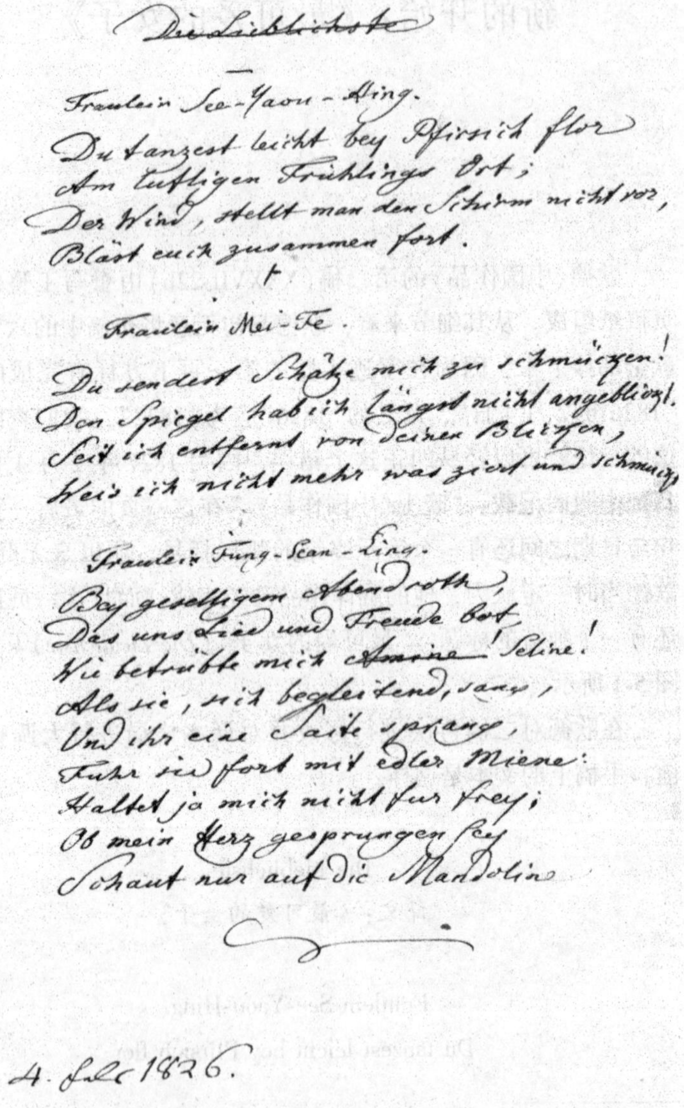

Die Lieblichste

Fräulein See-Yaou-Hing.

Du tanzest leicht bey Pfirsich flor
Am lustigen Frühlings Ort;
Der Wind, stellt man den Schirm nicht vor,
Bläst euch zusammen fort.

Fräulein Mei-Fe.

Du sendest Schätze mich zu schmücken!
Den Spiegel hab ich längst nicht angeblickt.
Seit ich entfernt von deinen Blicken,
Weis ich nicht mehr was ziert und schmückt.

Fräulein Fung-Scan-Hing.

Bey geselligem Abendroth,
Das uns Lied und Freude bot,
Wie betrübte mich Amine — Seline!
Als sie, mit begleitend, sang,
Und ihr eine Saite sprang,
Fuhr sie fort mit edler Miene:
Haltet ja mich nicht für frey;
Ob mein Herz gesprungen sey
Schaut nur auf die Mandolin

4. Febr. 1826.

图 5-1　歌德手稿第三页(XXXVII-22b《最可爱的女子》第一部分),
创作于 1827 年 2 月 4 日

Am luftigen Frühlings Ort,

Der Wind, stellt man den Schirm nicht vor,

Bläst euch zusammen fort.

《薛瑶英小姐》

起舞于桃花锦簇下,

翩然于春风吹拂中,

若非有人撑伞遮挡,

风儿恐会将你吹走。

Fräulein Mei-Fe.

Du sendest Schätze mich zu schmücken!

Den Spiegel hab ich längst nicht angeblickt.

Seit ich entfernt von Deinen Blicken,

Weis ich nicht mehr was ziert und schmückt

《梅妃小姐》

你赠我珍宝让我装扮!

我却已很久不照镜子,

自从我远离你的目光,

再不知什么打扮梳妆。

Fräulein Fung-Sean-Ling.

Bey geselligem Abendroth,

Das uns Lied und Freude bot,

Wie betrübte michAmine Selina!

Als sie, sich begleitend, sang,

Und ihr eine Saite sprang,

Fuhr sie fort mit edler Miene:

Haltet ja mich nicht für frey;

Ob mein Herz gesprungen sey

Schaut nur auf die Mandoline

4. Febr 1826.

《冯小怜小姐》

欢快的晚霞，

为我们带来歌声与欢乐，

阿米娜赛丽娜却多么令我忧伤！

当她自弹自唱，

一根琴弦在手中崩断，

带着一脸高贵，她继续唱道：

不要以为我自由自在，

要知我是否已经心碎

只需看看这曼陀铃。

1826 年 2 月 4 日

三位女性，三首诗歌，三个故事——可爱的三部曲。与汤姆斯英译本中的"某某女士"（lady）相一致，歌德笔下的三位女主角都成为有中文名字的"小姐"（Fräulein），也就是未婚的贵族女士。从诗歌中的叙述视角来看，在第一首诗歌中，作者并没有出现，他直接将薛瑶英称为"你"；第二首诗歌的作者便是"我"——梅妃，她将情人称为"你"；第三诗歌的作者是旁观者"我"，他将故事的主人公冯小怜称为"她"。同时，这里的每一位女士都代表一种艺术：舞蹈——薛瑶英小姐、诗歌——梅妃小姐、音乐——冯小怜小姐。

"最可爱的女子"这个标题有些神秘，或许我们可以把它理解为一个谜语,而答案则留给了读者。这个标题似乎在影射希腊神话中帕里斯王子的评判。① 显然,三位女士中只有一位是最可爱的,那应当是哪位呢?这场竞赛的评判标准应当是什么呢?我们马上想到的是,形容词的最高级或许暗示着三位女士各自所代表的艺术种类之间存在着高下之争。但也许这场竞争与艺术本身无关,而只与三位女性投入艺术的方式相关:舞蹈家忘我的翩然舞姿;女诗人引人哀叹的诗句;演奏者表达心痛的断弦之声。我们不仅可以把这三位女性理解为三种艺术的代表,也可以将其理解为三种不同感情类型的代表。

但正如歌德的一贯风格,他在誊抄完稿子后不久又放弃了已然完成的三部曲,用墨水笔划掉了"最可爱的女子"这个标题。这一改动可能就发生在他重新将目光投向手稿第二部分的时候。此刻,他将尚未抄写的四节诗歌重新进行了排序,一个最重要的调整发生了——他将描写潘妃在莲花上翩翩起舞的第二节和叙述缠足风俗起源的第三节提到了前面,但与手稿中的其他段落不同,这两段并没有自己的标题,而是通过一个符号"/-"表明这八行诗句将连接到前面第一首诗的末尾,成为对在桃花锦簇下翩然起舞的薛瑶英的补充描写。就这样,歌德顺带删去了并非选自汤姆斯译本中女性传记部分的潘妃这个人物,而将他特别留意的"金莲"融入了"桃花下的舞女"形象,并在随后补充的传记中特地点明了这是中国"缠足"风俗的起源。

因此,手稿 XXXVII-22b 的第二页稿纸上只剩下同样精心

① 在希腊传说中,纷争女神厄里斯悄悄将一个金苹果放到众神的宴席上,上面刻着"给最美的",结果天后赫拉、智慧女神雅典娜、爱神阿芙洛狄忒三位女神都认为自己是最美的女人,一直闹到宙斯面前,宙斯让她们三人去找特洛伊王子帕里斯评判。三女神都向帕里斯许下美好的前景,王子更为憧憬爱情,于是最后将金苹果判给了爱神。几年后,帕里斯王子在爱神阿芙洛狄忒的帮助下诱拐了希腊第一美人海伦,结果引发了著名的特洛伊之战。

抄写的《开元》，它包括女织工开元写给无名战士的十行诗句
以及向皇帝表达感谢的两行题词。在经过修订后，诗句呈现为
以下状态（见图 5-2）：

/—

Auf Wasserlilien hüpftest du
Wohl hin den bunten Teich,
Dein winziger Fuß, dein zarter Schuh
Sind selbst der Lilie gleich.

~~Nun bindet jede~~ Die andern binden Fuß für Fuß
Und wenn sie ruhig stehn
Gelingt wohl noch ein holder Gruß
Doch können sie nicht gehn

/—

跳跃于朵朵莲花上，
悠悠然步入彩池中，
你纤巧的脚，柔软的鞋，
与那莲花浑然一体。

众女子也纷纷将脚缠起，
纵使她们尚能怡然而立，
或许还能优雅行礼，
但却万难迤逦前行。

Kae-Yven.

Aufruhr an der Graenze zu bestrafen

Fechtest wacker, aber Nachts zu schlafen

Hindert dich diestrenge Kälte beißig.

Dieses Kriegerkleid ich naeht es fleißig

Wenn ich schon nicht weiß wers tragen sollte;

Doppelt hab ich es wattirt und sorglich wollte

Meine Nadel auch die Stiche mehren,

Zur Erhaltung eines Manns der Ehren.

Werden hier uns nicht zusammen finden

Mög' ein Zustand droben uns verbinden.

———

《开元》

为了征讨边境上的叛乱

你奋勇作战,但严寒刺骨

令你夜晚无法安眠

但我辛勤地缝制这件战袍

尽管我已无法知道谁会将它穿上

我加倍地絮上棉花

我的针儿也仔细地添上针脚

只为呵护一位战士的荣誉

倘若我们在地上不能相逢

但愿在天上我们能结连理

———

Der Kayser schafft, bey ihm ist alles fertig

Zum Wohl der Seinen, Künftiges gegenwärtig.

皇帝施为,万事都在他那里成就,

为了子民幸福，使未来变为现实。

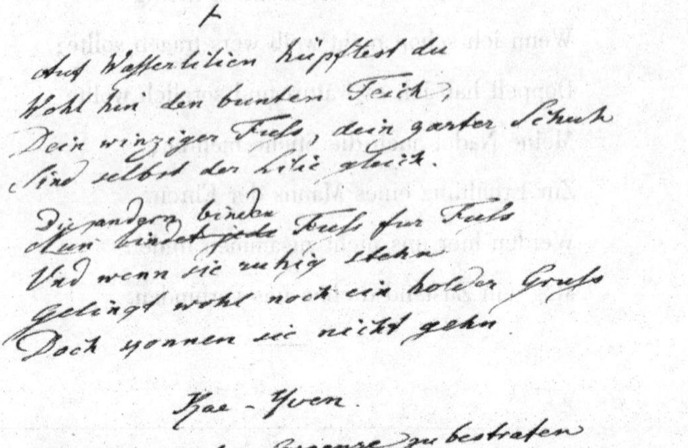

Auf Wasserlilien hüpfest du
Wohl hin den bunten Teich,
Dein winziger Fuß, dein zarter Schuh
Sind selbst der Lilie gleich.

Die andern binden Fuß für Fuß
Nun bindet jede Fuß für Fuß
Und wenn sie ruhig stehn
Gelingt wohl noch ein holder Gruß
Doch gönnen sie nicht gehn

Kae - Yven.

Aufruhr an der Graenze zu bestraten
Fechtest wärer, aber Nachts zu schlafen
Hindert dich die Strenge Kälte besser.
Dieses Kriegerskleid ich nacht es fleißig,
Wenn ich schon nicht weit wers tragen sollte;
Doppelt hab ich es watt ist und sorglich wollte,
Meine Nadel auch die Stiche mehren,
Zu Erhaltung eines Mannes der Ehren.
Werden hier uns nicht zusammen finden
Mög ein Gustand droben uns verbinden.

Der Kayser schafft, bey ihm ist alles fertig
Zum Wohl der Seinen, zukünftiges gegenwärtig.

图 5-2 歌德手稿第四页（XXXVII-22b《最可爱的女子》第二部分）

标题《最可爱的女子》最终在手稿中被划去，但一组内容
更为丰富的诗篇诞生了，它们将获得一个什么样的新标题呢？
新标题的阙如、诗节之间的符号都意味着新的设计尚未完成。

然而，从这一誊抄稿中可以看到，诗节的重新排列组合是遵循某种秩序的：一开始是关于轻盈的舞蹈家和缠足风俗的加长版诗歌，而后是身份高贵的梅妃和冯小怜皇后的抒怀诗歌，最后以宫中织女的轶事作为结尾。这已然是 1827 年 5 月歌德发表于《艺术与古代》杂志的《中国作品》中的全部诗歌内容。

对比初稿和誊抄稿，可以看出《最可爱的女子》中的这些诗歌与初稿相比已有明显不同，只有在这两页手稿中，诗歌的源头——中国才被清晰地呈现出来，那些不知名的女性才变成了中国才女。小标题里被刻意居中突出的中国女性人名使诗篇明确地定位于中国，由此改变了整个诗歌的文化参照系和语义场。因此，诗歌世界中所呈现的每一个元素都将它的读者乃至作者本人的思绪带向一个遥远的世界——薛瑶英、梅妃、冯小怜和开元生活、恋爱和题咏的东方。

虽然这里出现了具有异域风情的中国人名，但歌德在从汤姆斯的蓝本中挑选主题时，显然非常注重共通性而不是陌生性。无论是桃花还是莲池，无论是傍晚的欢宴还是守边的战士，都在东亚和欧洲同样存在。为了使西方读者在阅读时减少陌生感而增添亲和感，歌德在处理中国元素时还尽力使其不再显得那么"中国化"。在他的诗歌中，冯小怜弹奏起了曼陀铃，那是伦敦和魏玛人都熟知的乐器，虽然它一直是曼陀铃而不是琵琶，但正因为是冯小怜在弹奏，所以它又显示为一个中国式的曼陀铃，在欧洲读者心目中有着中国式的外形，同时也弹奏出了异域的乐声，这便足够了。在这一翻译及改写的过程中，归化和异化结合了起来，熟悉的变得陌生，陌生的变得熟悉。这种辩证性的张力正是歌德翻译和改编活动的核心思想。恰如研究者安珂·博瑟在归纳歌德处理世界文学素材的基本倾向时所总结的那样，可以用四个系统化的概念将歌德的改写工作归纳为四个步骤：诗化(Versifikation)、凝聚(Kompression)、选择(Selektion)和杂交(Hybridisierung)。①

歌德的第二稿只在一个地方打破了他小心翼翼呵护着的这种平衡，那就是歌德为中国演奏家保留的欧洲式名字。虽然他删去了初稿中的"阿米娜"(Amine)，但取而代之的却是另一个洛可可式的名字"塞丽娜"(Seline)。这一修改使诗歌失去了与莱比锡时代的作品《阿米娜》之间的联系，但并没有使其诗歌更加中国化。为什么歌德会打破人名上的中国氛围，添加"塞丽娜"的名字呢？

根据歌德在1767年10月14至16日间写给他姐姐柯内妮的一封信中可知，他曾在1767年10月烧毁了一部与《阿米娜》相似的舞台剧手稿以及其他一些青年时期的作品，这部作品就叫作《塞丽玛》(Selima)。歌德是不是又想起了自己60年前消失的作品？而另一种与青年歌德时代欧洲文学传统紧密相关的解释也许更为合理："塞丽娜"这个名字应该是留存在歌德记忆中的关于洛可可诗歌的一个代号。歌德同时代的诗人雅可比(Johann Georg Jacobi，1741—1814)曾有一首诗歌《致塞丽娜》(An Selinen)献给叫这个名字的女情人，② 他在与诗人格莱姆(Johann Wilhelm Ludwig Gleim，1719—1803)的书信往来中也提到了她，而他们的书信正是歌德在《诗与真》中的研究对象。其实歌德大可采用其他任何一个洛可可式的名字。但这里的"塞丽娜"可以让一位欧洲读者联想起"塞勒涅"(Selene)，即希腊神话中的月亮女神，她对应于拉丁语中的月亮女神Luna。不久后，在歌德的组诗《中德四季晨昏杂咏》中，这个拉丁语的月亮Luna就会照亮东方："树影伴风婆娑起舞，月的魔光随

---

① Bosse. *China und Goethes Konzept der »Weltliteratur«*, pp. 244-245.

② Jacobi, Johann Georg. *Sämtliche Werke. Erster Theil*, Halberstadt: Gros, 1770, p. 181.

之摇曳"①, 成为将东西方联结在一起的重要元素。除此之外, "塞丽娜"(Seline)在读音上也有别于"阿米娜"(Amine), 它与中文"小怜"的发音更为相似, 于是冯小怜得到了一个与中文发音相似的欧洲式昵称。通过呼唤这个昵称, 那位在中文蓝本里并不存在的叙述者在故事进程中融入了更多的个人情感: "塞丽娜使我如此忧伤!"阅读到这一句, 歌德的朋友们完全可以将这位叙述者想象成一个恰好生活在中国宫廷里的欧洲人。

---

①　WA I, 4, p. 113.

第六章
《中国作品》中的叙述性导语

　　到誊抄稿 XXXVII-22b 为止，歌德的手稿中依然只有诗歌，没有对上下语境的任何说明。其中只有中国女性的名字和诗句中易于理解的情节将其与异国文化联系起来。当位于第一页上的《最可爱的女士》已然被视为完整的作品时，《薛瑶英小姐》还只有四行，歌德对缠足这一中国习俗只字未提。但随着誊抄的继续、诗节的重组，神秘的"金莲"出现了，随后是第四位女性"开元"的登场，她也是四人中唯一一位并非贵妇名媛的角色，小标题中的"女士"随之消失，由于这些新变化的出现，对诗歌产生的背景和人物所处的社会等级进行说明就显得很有必要了。而从位于誊抄稿第二页中《开元》两段诗节之间的符号也可以推断，最晚在誊写初稿、对诗节重新进行排列组合的时候，歌德就已经决定着手补充叙述性的说明。

　　无论如何应当注意的是，在 2 月 4 日誊清初稿后的第二天，歌德丝毫没有放慢脚步，他再次研究了《花笺记》英译本中已经被汤姆斯简化过的中国女性传记，并向秘书约恩和抄写员约翰·克里斯蒂安·舒哈特（Johann Christian Schuchardt）口授了经他进一步简化的传记译文。歌德在 2 月 5 日的日记中写道："和约恩在一起，中国女诗人们。"因为歌德在前一天已亲手将诗稿誊抄完毕，所以他和约恩在一起完成的只可能是对传记中叙述性文字的翻译工作。这份由歌德口授、约恩执笔的草稿也保存在歌德席勒档案馆 GSA25 号卷宗里，编号为 XXXVII-

22c，共三页(手稿第五至七页，见图6-1~图6-3)，上面包括与四首诗歌相匹配的全部文字说明，并有歌德亲手修订的痕迹。

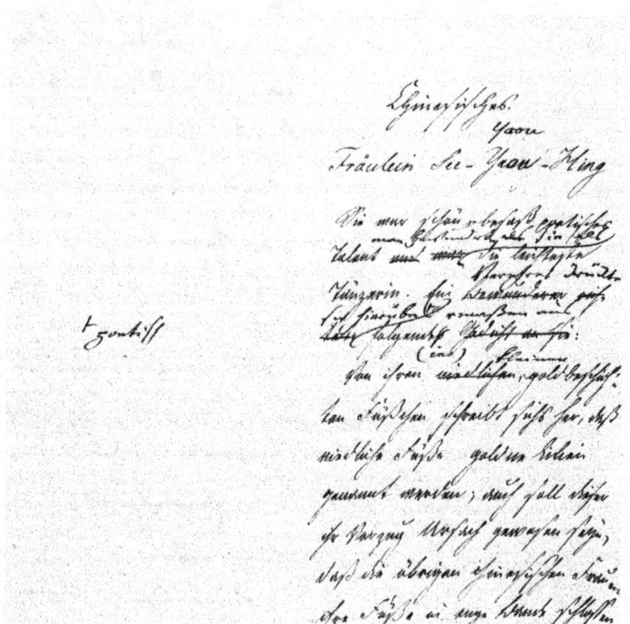

图 6-1　手稿第五页(XXXVII-2c 第一部分)
秘书为歌德所誊抄译稿的第一部分，上有歌德再次修订的笔迹。

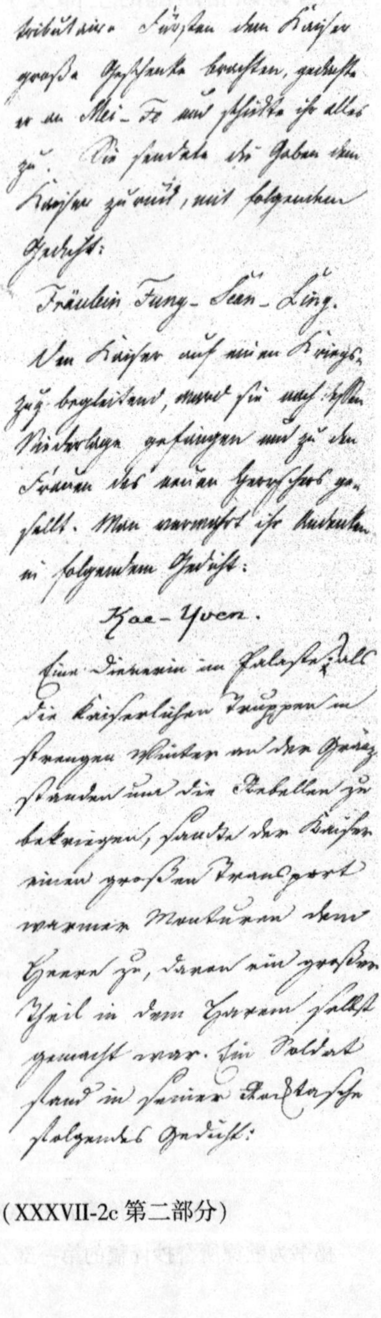

Fräulein Tung-Seen-Ling.

Kae-Yven.

图 6-2　手稿第六页(XXXVII-2c 第二部分)

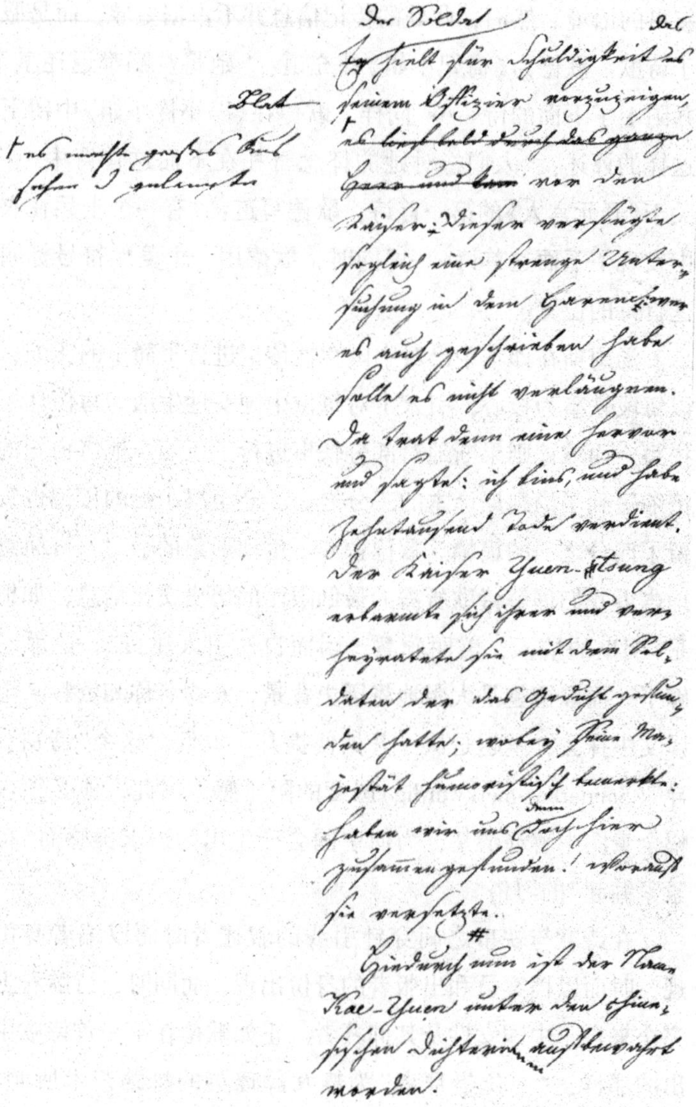

图 6-3 手稿第七页(XXXVII-2c 第三部分)

诗歌和新补充的文字融合在一起，创造出一种半散文、半叙事的语境。然而，此处的传记信息并不占据主导，而是服务于诗歌。歌德为《梅妃小姐》补充道："她将赏赐都退还皇帝，并附上了下面的诗……"同样，歌德在《冯小怜小姐》中留下了这样的评述："人们将对她的怀念寄托在下面这首诗中……"关于《开元宫人》的第一首诗，歌德写道："有一个士兵在衣袋中发现了下面这首诗……"同时，歌德用一个菱形符号标明了这首诗的位置。

汤姆斯在译本中已对中国女性传记进行了简单的压缩，他以每段轶事为核心，引入了对每位中国女性生活和写作环境的描写。而歌德则果断地对部分轶事进行了压缩，他将梅妃的传记缩短到了汤姆斯译本的三分之一，甚至冯小怜的传记也只保留了四分之一的篇幅。歌德舍弃了生动形象的描写，言简意赅地告诉我们理解诗歌所需的最低限度的历史文化信息，如梅妃是"明皇的情人，美丽聪慧，因而自幼引人注目"，这就已经够了。而歌德越是大胆地将历史背景、人物名称和资料来源从译文中抹去，就越是从一开始便提升了人们对这个"特别、奇异"（Sonderbar-merkwürdig）国度的陌生感，因此，他必须在这幅全景图中解释清楚，为何中国会产生出为追求美感而"将脚紧紧缠起"的习俗。

在诗歌与轶事之间穿针引线的叙述者时而以编者身份出现，时而以档案员和出版者的身份出现。而同时，诗歌看上去完全来自于中国女性及其仰慕者。正如歌德在第一首诗歌中指出的那样，"一位崇拜者"为舞女薛瑶英的舞蹈艺术所倾倒，"将他的崇敬表达在下面这段中……"（Ein Verehrer drückte sich hierüber folgendermaßen aus）。然后，歌德又决定让他的抄写员在"表达"前面插入"诗意地"（Poetisch）一词。这就足以突出诗歌与为其服务的叙述性导语之间的区别了。

现在，诗歌和轶事部分的文本已经成为一个新的整体，这就需要一个新标题来对其加以阐释。这个新标题所关注的不再是女性形象，而是文化要素之间的联系，它们构成了女性生活的文化背景，并且只有将两部分文本结合起来阅读才能被完全理解。这一新标题还必须具有客观、普遍的特点。因此，之前的标题"最可爱的女性"消失了，现在这部作品有了一个新名字：《中国作品》(Chinesisches)。

由于重新命名后的作品还需要一篇导言，所以歌德又向他的誊写员舒哈特口授了一段文本。在文中，他首先提到了中国文学作品及其新出版的英语、法语译本，他感谢这些刚刚接触到的作品所带来的新知识：如雷慕沙翻译成法语的小说《玉娇梨》（虽然歌德还只是从《环球报》上了解到这本杰作）以及汤姆斯翻译成英语的《花笺记》，还有同一卷书中的《百美新咏》——歌德将其翻译成了《百位美人的诗》，但歌德并没有交代清楚《花笺记》和《百位美人的诗》在同一本译著中，因此人们更容易产生这样一种印象，即《中国作品》涉及三本译著——这也是歌德在引言初稿（手稿 XXXVII-22d，见图 6-4）中所说的：

Ein Roman *Ju Kiao Li* und ein großes Gedicht: *Chinesische Werbschaft (Chinese Courtship)*, jener französisch, durch Abel Remusat, dieses englisch, durch Peter Perring Thoms, setzten uns in den Stand, abermals tiefer und schärfer in das so scharf streng bewachte Land hinein zu blicken. Auch nachstehende, aus einem chrestomathisch-biographischen Werke, das den Titel führt: *Gedichte hundert schöner Frauen*, ausgezogene Notizen und Gedichtchen, geben uns die Überzeugung, daß sich trotz aller Beschränkungen in diesem

sonderbar-merkwürdigen Lande Reiche noch immer leben,
lieben und dichten lasse.

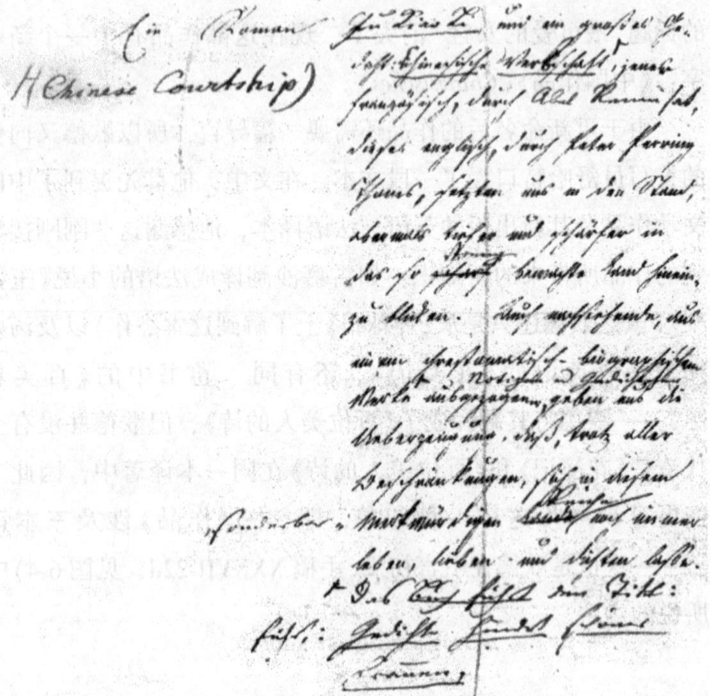

图 6-4　手稿第八页（XXXVII-22d），歌德为《中国作品》所作序言

（译文：一部名叫《玉娇梨》的小说和一部伟大的诗作《中国人的求婚》——前者由阿贝尔-雷慕沙译成法文，后者由佩林·汤姆斯译成英文——使我们能够得以再一次更加深入、敏锐地窥见这个如此严格严厉防护的国度的内部。而以下从一部名为《百位美人的诗》的文摘及传记性的作品摘选的笔记和小诗使我们相信，在这个特别、奇异的国家帝国里尽管有着种种限制，人们依然一直在生活、恋爱、吟咏。）

正如歌德不久前在《环球报》上读到的那样，"大众对'中国式'这一概念的理解是不准确的"，欧洲读者认为中国"是可怖的，那儿的一切都符合人们对最怪诞、最矛盾和最不可思议的事物的想象"，相对于欧洲旅行者的怪诞游记，雷慕沙这样的学者所做的翻译无疑提供了更好的思路："只有从这个民族对自己的陈述中我们才能获得准确的信息；换言之，我们需要翻译和研究他们的文学作品。"①

歌德在他的《中国作品》开头表达了相同的意思，只是更为简洁：这部作品"使我们能够得以再一次更加深入、敏锐地窥见这个如此严密防护的国度的内部"，正如人们必须从上下文语境中去理解事物一样，欧洲人也应从中国的立场出发、通过中国人的眼睛来观察世界，因为他们同样在"生活、恋爱、吟咏"，也在用与欧洲人一样的声音说话。

在完成这一部分后，歌德在2月6日的日记中写道："抄写《中国女诗人》。"从手稿XXXVII-22e中（见图6-5~图6-8）完全可以看到这次抄写的内容：歌德让约恩将导言、诗歌和叙事

① C. M., Littérature. »Iu-Kiao-Li«, ou »Les deux cousines«, roman chinois traduit par M. Abe Rémusat [...]. 1 er article. In: Le Globe. Journal philosophique et littéraire, 23. Dezember 1826, pp. 299-301.

性的导言(评论和轶事)按照最终发表的顺序整整齐齐地抄写在一张大纸上。但翻译工作并没有就此结束，歌德在这份完整的誊抄稿上又一次留下了细微的修改痕迹；而在发表时，他还再次进行了简化，其在导言中对译作来源的说明(包括整个第一句话)在正式发布的版本中都被删除了。三种文献中，只有诗集《百美新咏》的德语译名被保留了下来：

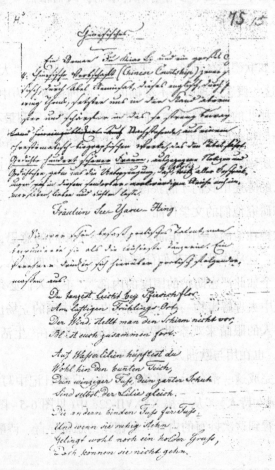

图6-5　手稿第9页，秘书为歌德所誊抄的完整译稿(XXXVII-22e 第一部分)，上有歌德修改痕迹

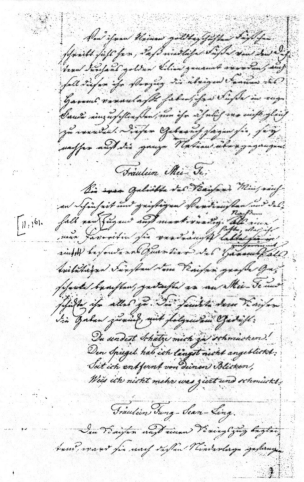

图 6-6　手稿第 10 页，秘书为歌德所誊抄的完整译稿（XXXVII-22e 第二部分），上有歌德修改痕迹

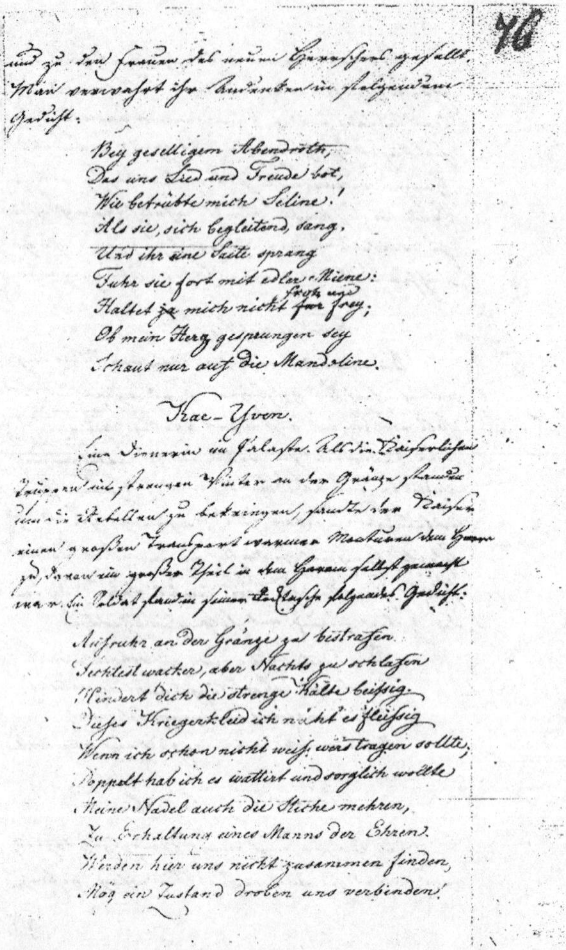
76

und zu den Frauen des neuen Herrschers gesellt. Man verwahrt ihr Andenken in folgendem Gedicht:

Bey geselligem Abendroth,
Das uns Lied und Freude bot,
Wie betrübte mich Seline!
Als sie, sich begleitend, sang,
Und ihr eine Saite sprang
Fuhr sie fort mit edler Miene:
Haltet mich nicht froh und frey;
Ob mein Herz gesprungen sey
Schaut nur auf die Mandoline.

Kao-Yven.

Eine Dienerin im Palaste. Als die kaiserlichen Truppen im strengen Winter an der Gränze standen um die Rebellen zu bekämpfen, sandte der Kaiser einen großen Transport warmer Montirung dem Heere zu, davon ein großer Theil im Harem selbst gemacht war. Ein Soldat fand in seiner Rocktasche folgendes Gedicht:

Aufruhr an der Gränze zu bestrafen
Fechtest wacker, aber Nachts zu schlafen
Hindert dich die strenge Kälte beißig.
Dieses Kriegerkleid ich nähte es fleißig
Wenn ich schon nicht weiß wer's tragen sollte;
Doppelt hab ich es wattirt und sorglich wollte
Meine Nadel auch die Stiche mehren,
Zu Erhaltung eines Manns der Ehren.
Werden hier uns nicht zusammen finden,
Mög ein Zustand droben uns verbinden!

图 6-7　手稿第 11 页，秘书为歌德所誊抄的完整译稿（XXXVII-22e 第三部分），上有歌德修改痕迹

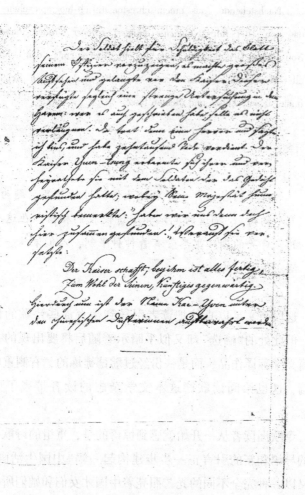

图6-8　手稿第 12 页，秘书为歌德所誊抄的完整译稿（XXXVII-22e 第四
　　　部分）

Nachstehende, aus einem chrestomathisch-biographischen Werke, das den Titel führt: *Gedichte hundert schöner Frauen*, ausgezogene Notizen und Gedichtchen geben uns die Überzeugung, daß es sich trotz aller Beschränkungen in diesem sonderbar-merkwürdigen Reiche noch immer leben, lieben und dichten lasse.

译文：

以下内容出自一部文摘及传记性的作品，题为《百位美人的诗》。摘选的笔记和小诗使我们相信，在这个特别的、奇异的国度里尽管有着种种限制，人们依然一直在生活、恋爱、吟咏。①

这段引文足以直接把读者引导到孕育那些诗歌的情境中去。但此处的"摘选"却又似乎暗示着随后将要出现的并非是一篇文学翻译作品，而是一份经过歌德提炼的、有侧重的趣味文摘，这也给阅读歌德这本文学杂志的读者带来了更多的悬念。②

令欧洲读者从一开始就感到惊讶的是，重组的诗歌、压缩过的导语和新的引言正一步步建构起一幅"中国生活画"，而它又以一种完全不同的光芒照亮着中国才女们和她们所生活的世界，一种连贯的、涵盖所有细节，并将其整合为一体的"叙述模型"开始变得明显起来。歌德在这篇发表在《艺术与古代》杂志的文章中向德国读者们讲述了令人失望的、遭到禁止的爱情，但也讲到了从压迫中解放出来的可能性——通过非凡程度

---

① WA I, 41/2, p. 272.
② 参见 Bers. *Universalismus*, p. 169.

的才华和艺术手段：舞蹈、音乐、诗歌。这种艺术才华成为新的核心，在一节节、一段段中越来越清晰地展现出影响现实的可能性。同时，从一开始，这些以异国情调呈现的陌生故事也指向了作者本国的状况：生活在宫廷中的女性不得不在宫廷强权和艺术自由之间艰难地寻找自我定位。

为了更清晰地看到这种叙事模式，我们还需要静下心来，再次走过歌德笔下的中国才女的世界，审视这一在短时间内发生的有力转变。

第七章
歌德与中国才女

在从汤姆斯的《花笺记》译本取材时，歌德的目标非常明确，他从一开始就将关注点集中在四位（起初是五位）中国女性与生活、艺术的联系上。尽管诗歌体小说为他提供了大量资料，但他从一个脚注中借鉴了"金莲"的故事，其他素材则完全取自译本附录中的《传记》，在汤姆斯刻画的 32 位女性中，他选择在宫廷及贵族圈中生活的才华出众的四位女性，她们要么是成为崇拜者诗歌中的主角（薛瑶英和冯小怜），要么自己就是诗歌的作者（梅妃和开元宫人）。描写三位才女的组诗《最可爱的女性》虽然最初获得了成功，但随着诗歌的扩充与重组，新的构想应运而生，这一标题被"中国作品"所取代。最后，随着诗歌与评论的融合，一个新的叙事模型逐渐呈现在我们面前。它以一种独特的方式让我们看到诗歌产生之际的社会状况，或者说通过《中国作品》这扇窗口让我们了解到了宫廷、艺术和女性传奇三者之间的奇妙联系。

一、《薛瑶英小姐》

在歌德最早的一页手稿 XXXVII-22a 中，诗歌是以演奏音乐的冯小怜开始的，接着是表演舞蹈的薛瑶英（但那时还只有三段中的第一段，见图 7-1）、借诗抒怀的梅妃；初稿的第二页（XVIII-25）则以开元宫人的诗歌为开始，接下来两段是潘妃的故事(见图 7-1),最后是开元宫人的致辞。到了第二稿 XXXVII-22b 中,《最可爱的女性》则是由《薛瑶英小姐》的第一段、梅妃的诗歌以及冯小怜的诗歌所组成。直到此时,歌德才将他起初创作的第五首诗——关于潘妃的两段合并到薛瑶英的诗歌中(见图 7-2)。

图 7-1 《百美新咏》中"金莲步步移"的潘妃肖像

图 7-2 《百美新咏·图传》中的薛瑶英肖像

　　通过将关于舞蹈家薛瑶英的诗歌放到开头并将冯小怜的伤怀诗移到第三位，歌德在《中国作品》的开头用一个欧洲读者所熟悉的优雅场景替换了这一系列中最具陌生感的"断弦"。这一做法的优点还在于，第一首诗中的"金莲"也最有力地指出了隐藏的压迫，印证了引言中所说的社会制度和身体上的

"种种限制"，但诗歌和歌德在作品最后所补充的评论则恰恰证明，尽管如此，人们依然在"生活、恋爱、吟咏"。

　　只有从歌德在手稿中新加入的导言出发，再一次阅读《中国作品》最终发表的版本，一首诗、一首诗地认真审读，我们才会发现歌德如何在1827年初那段最为压抑的日子里建构起了一种被后世称为"世界文学"的新叙事模式。我们首先阅读到的是：

《中国作品》

　　以下内容出自一部文摘及传记性的作品，题为《百位美人的诗》。摘选的笔记和小诗使我们相信，在这个特别的、奇异的帝国里尽管有着种种限制，人们依然一直在生活、恋爱、吟咏。①

《薛瑶英小姐》

　　她美丽，拥有诗人天赋，人们惊叹她是最为轻盈的舞女，一位崇拜者为此作了下面这段诗：

　　　　起舞于桃花锦簇下，
　　　　翩然于春风吹拂中，
　　　　若非有人撑伞遮挡，
　　　　风儿恐会将你吹走。

　　　　跳跃于朵朵莲花上，
　　　　悠悠然步入彩池中，
　　　　你纤巧的脚，柔软的鞋，
　　　　与那莲花浑然一体。

---

① 　WA I, 41/2, p. 272. 德语原文参见上一节内容。

> 众女子也纷纷将脚缠起，
>
> 纵使她们尚能怡然而立，
>
> 或许还能优雅行礼，
>
> 但却万难迤逦前行。①

中国女士的名字以及对莲花一般双足的暗示赋予了这幅早春花园的风景画——盛开的桃花、彩池和莲花——一种特定的中国色彩，使之与洛可可时期的中国风尚联系起来。关于这个"奇异的帝国"中还有让年轻女士缠足导致畸形的风俗，歌德则是到最后的评论中才向德国读者进行了补充说明：

> 据说，由于她那双金鞋中的小脚，诗人们就干脆将小巧的脚称为金莲。同时她的这一过人之处使得后宫里的其他女人都用布把自己的脚紧紧地包裹起来，就算不能跟她一样，至少也能和她相像。据说，这一风俗后来就这样传遍了全国。②

如果读者对歌德这番阐述的来源并不熟悉，一定会认为这

---

① 德语原文："Fräulein See-yaou-hing/Sie war schön, besaß poetisches Talent, man bewunderte sie als die leichteste Tänzerin. Ein Verehrer drückte sich hierüber poetisch folgendermaßen aus: Du tanzest leicht bei Pfirsichflor/Am luftigen Frühlingsort./Der Wind, stellt man den Schirm nicht vor./Bläs't euch zusammen fort./Auf Wasserlilien hüpftest du/Wohl hin den bunten Teich,/Dein winziger Fuß, dein zarter Schuh/Sind selbst der Lilie gleich./Die andern binden Fuß für Fuß,/Und wenn sie ruhig stehn,/Gelingt wohl noch ein holder Gruß,/Doch können sie nicht gehn." WA I, 41/2, p. 272.

② 德语原文："Von ihren kleinen goldbeschuhten Füßchen schreibt sich's her, daß niedliche Füße von den Dichtern durchaus goldne Lilien genannt werden, auch soll dieser ihr Vorzug die übrigen Frauen des Harems veranlaßt haben, ihre Füße in enge Bande einzuschließen, um ihr ähnlich, wo nicht gleich zu werden. Dieser Gebrauch, sagen sie, sei nachher auf die ganze Nation übergegangen." WA I, 41/2, p. 273.

段流畅、优雅的故事大致与中国风俗的起源相符。但若是真正了解了故事源头，就会发现实际上完全是另外一回事情。将其与汤姆斯译著中丰富的论述稍加对比即可发现，歌德在这里所说的并不对，甚至是完全不对。首先，歌德并非通过《百位美人的诗》而是通过诗歌小说《花笺记》英译本里的一个补充说明获悉了缠脚风俗的起源。而且那里所谈的也不是薛瑶英，而是歌德在修订过程中所放弃的潘妃，也就是那位甚至"可以站在花朵上而不压伤它"的"身材纤细、步履轻盈的少女"（就如歌德在谈话中向艾克曼所描述的那样）。但这位女士绝对不是在池塘里的莲花上轻盈起舞，就像她在桃花锦簇之下起舞一样，而是在一个用金子和宝石打造的艺术品上。她跳舞的地方也不是在春风习习的露天，而是在一个经过人工装饰的华丽大厅里；歌德把画有形形色色云朵图案的房间描绘成了"彩池"，将宫廷的装饰艺术置换成了大自然中的风光。

正如布莱科尔评论的那样，这种身体与风景题材的结合正是歌德所想要的：

> 这是关于"外部自然与作品人物共存"的一个极佳范例。这位女孩在莲花上翩翩起舞的画面和迷娘在鸡蛋之间起舞是一样的。两者都是可以真实存在的。尽管莲花拥有自己独特的生命，却与人类并不疏远。莲花与小脚共舞。……正如我们所看见的，自然不再是参考的对象或者背景，而是一个平等的搭档。[1]

---

[1] Blackall. *Goethe and the Chinese Novel*, p. 52. 另一位学者 Norbert Mecklenburg 指出，歌德"对伊斯兰和印度的东方世界的描写都围绕宗教和诗歌领域展开，而对中国的描写则出于本能直觉——中国和他本人在自然思想方面的相似性"。Mecklenburg, Norbert. *Goethes letzter, fernster, nächster Orient*, in: Hess-Lüttich, Ernest W. B./Takahashi, Yoshito (ed.), *Orient im Okzident, Okzident im Orient. West-östliche Begegnungen in Sprache und Kultur, Literatur und Wissenschaft*. Frankfurt a. M. u. a.: Peter Lang, 2015, pp. 169-177.

在大自然中，歌德笔下的中国舞女与自然和谐地融为一体，翩翩起舞，就像《威廉·迈斯特的学习时代》中的迷娘在威廉·迈斯特面前跳舞一样。但中国历史上的潘妃却如汤姆斯在《花笺记》脚注中所写的那样，在跳舞前先用布帛缠上双足，从而成为这一痛苦习俗的始作俑者。与此相反，歌德诗歌里的女主角在踏上莲花前却根本不需要这样做。在中文文本里，女观众们都以潘妃为榜样，纷纷效仿她将脚缠起。在歌德的版本里却完全不同，甚至是恰恰相反。① 因为歌德笔下的薛瑶英天生就有一双如此纤细的脚，以至于柔软的鞋子也丝毫不会束缚它们，她走起路来自然而然，就像舞姿一样，是天生的舞蹈艺术家。而她的双脚跳跃起来又是如此轻盈，甚至可以使朵朵莲花成为她的舞池，因此那双完全无需使用蛮力来操控的脚就如同莲花一般。因为她的脚和舞鞋天然浑为一体，所以行走与跳舞之间、本质与外壳之间、身体与衣服之间、自然与艺术之间并不存在区别。相反，效仿者们如同在东昏侯那个版本中一样，想要机械地制造出她们天生就不具备的小脚，这种尝试甚至阻碍了她们进行简单的行走：当舞蹈艺术家在池塘的莲花上如履平地、翩翩起舞时，效仿者们却由于虚荣心作祟而进行着自我摧残，以至于连行走都不能做到了（万难迤逦前行）。换言之，舞蹈艺术家的小脚天生就与自然一致，而当效仿者想要扭曲自己去复制这种自然之美时，他们却永远无法接近那种真正自然天成的美。

从诗歌的字面上来理解，歌德笔下的舞蹈家是无拘无束的。这样一来就产生了一个问题：歌德对缠足究竟是在进行批评还是肯定的描述？对于拙劣的效仿者来说，缠足完全是怪诞

---

① 参见 Mecklenburg, Norbert. *Wasserlilien und Lilienfüsse*, in: Reich-Ranicki, Marcel（ed.）, *Frankfurter Anthologie. Neunundzwanzigster Band. Gedichte und Interpretationen*, Frankfurt a. M.: Insel, 2006, pp. 32-34.

的束缚，但是舞蹈艺术家的脚却完全与自然融为一体，不受任何约束。① 关于这一点，中国诗歌和小说里都没有提及，汤姆斯的译著中也没有。在创作过程中，歌德按照英文的《薛瑶英女士》对第一节诗歌进行了自由改写，第二、第三节则是从潘妃传记中选取素材进行的全新创作。人们从歌德写下的导言中可以了解到，歌德没有允诺要忠实地翻译《中国作品》，他要呈现的仅仅是一系列"摘选的笔记和小诗"，这是一则宣言，表明在他的自由改译与文学创作之间并没有一条决然的界线。②

但歌德并非没有留下解答这一疑问的线索，其思路不在于作品的内容，而在于它所具有的外形——诗歌的韵律。如果你大声朗读这三节，就不会漏掉歌德通过这门独特的艺术所要展现的内容。在诗中，四步、三步抑扬格与优美的交叉韵交替形成了有规律的抑扬格诗句，其中只被格律上的跳跃打断过两次，变成了四分之三节拍的扬抑抑格。这发生在两个具有决定性意义的定语上：首先是在三音节的"吹拂"（luf-ti-gen）的春风中，然后是在同样三音节的"纤细"（win-zi-gen）的小脚上。它

---

① 美国学者高彦颐（Dorothy Ko）曾对缠足进行了文化人类学方面的研究，就其产生、发展、消亡和争议进行了梳理，她最后总结道："对美、地位、性感、文化、金钱的追求：缠足牵涉到人类的每一个欲望，但就其本身而言，追求美好或满足的驱动力并不能解释缠足传播势头的猛烈，一系列令人惊讶的文学表述和物质文化由此应运而生。嫉妒、残酷、暴力、物化：男性对异性的这些可怕行径也是故事的一部分，但它们不足以解释这种习俗何以能如此长期的存在以及妇女们何以如此顽固地拥抱和维护这一习俗。……作为本书的结论，我无法简单化地交出一个罪魁祸首，也无法提供简明扼要的解释或简洁的叙述。"Ko, Dorothy. *Cinderella's Sisters. A Revisionist History of Footbinding.* Berkeley/Los Angeles/London：Univ. of California Press，2005，p. 227.

② 德语版《歌德字典》（*Goethe-Wörterbuch*）指出，歌德在其作品中使用的"摘录"（ausgezogen）一词有选编（exzerpiert）、缩写（abgezogen）、概述（resümiert）等多种含义。参见 Bers. *Universalismus*，p. 169.

们虽分别处于第一、第二节，但彼此之间在韵律上紧密关联。其实，歌德在此处可以很容易就"处理好"不和谐的音步，比如通过使用省音符的办法将句中的两个词汇改写为双音步的luft'ge 和 winz'ger，这完全难不倒歌德这样的诗人。因此，出现这一"不和谐"的唯一解释在于：歌德要刻意为我们留下一条线索。音律作为展现舞步的形式，它们阐释了什么是完全自然的以及与自然相一致的自由：在一首抑扬格诗里，只有表现春风吹拂和莲足跳动的两个扬抑抑格自由地舞动着，因为人们没有办法伴着被束缚的音步跳舞。①

歌德在注释性的导语中声称，一位无名的中国"崇拜者"写下了这三节诗：只有那些审视过歌德原稿的人才知道，这个崇拜者不是别人，而正是歌德自己——在此，"崇拜者"并不是虚构的角色，而是一个完全可以具体把握的叙述者"我"。此处，诗人以欣赏者的角色融入诗歌中。我们不妨这样说，中国才女与德国诗人共同谱写了一曲诗意的双人舞。

二、《梅妃小姐》

在第二首诗歌里，同时引起中国传统和英国翻译者关注的女诗人梅妃粗暴地拒绝了皇帝情人的昂贵礼物（见图 7-3）。正如歌德在诗歌前的导语中解释的那样②：

Fraülein Mei-Fei

Geliebte des Kaisers Min, reich an Schönheit und geistigen Verdiensten und deshalb von Jugend auf merkwürdig. Nachdem eine neue Favoritin sie verdrängt hatte, war ihr ein

---

① 参见 Bers. *Universalismus*, p. 178.
② WA I, 41/2, p. 273.

besonderes Quartier des Harems eingeräumt. Als tributäre Fürsten dem Kaiser große Geschenke brachten, gedachte er an Mei-Fe und schickte ihr alles zu. Sie sendete dem Kaiser die Gaben zurück, mit folgendem Gedicht:

《梅妃小姐》

明皇的情人，美丽聪慧，因而自幼引人注目。在受到新宠排挤之后，她被迁居到后宫中一处特别的寓所。当藩属国君来朝贡时，皇帝又想起梅妃，于是把礼物都转送给了她。她将赏赐都退还皇帝，并附上了下面的诗:

女诗人仅仅要求皇帝毫无保留地将心献给她，除此之外什么都不要(见图7-2)。原因之一在于，虽然从一开始她在后宫中就没有自由(前言将她介绍为"皇帝的情人"，掩饰了事实上的依赖)，但是她依然有权力去爱和被爱。另一原因则在于，按照她自己的话，没有情人的目光，她也就失去了镜像，失去了自我，这已然是最大程度的依赖。作为反抗，她在拒绝礼物的同时毫不客气地寄上了这首四行诗。梅妃此时的身份不是一个被爱的人，而是一个深爱着皇帝但却被他当作所有物冷落在一旁的人。她不想要后宫的头衔，也不想要珍宝和首饰。当她被赠以"朝贡"的礼物时，她却反过来要求得到唯一的、对她来说最为重要的贡品——真正的爱。

Du sendest Schätze mich zu schmücken! /Den Spiegel hab' ich längst nicht angeblickt: /Seit ich entfernt von deinen Blicken, /Weiß ich nicht mehr was ziert und schmückt.

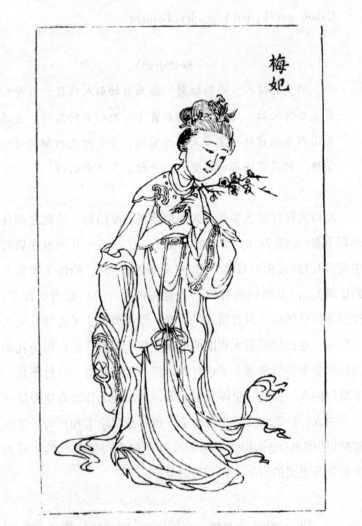

图7-3 《百美新咏·图传》中的梅妃肖像

你赠我珍宝让我装扮！

我却已很久不照镜子，

自从我远离你的目光，

再不知什么打扮梳妆。

　　从诗歌格律与内容的呼应来看，全诗短小朴实，却缺少诗歌所追求的和谐，但这种打破秩序的诗歌格律正显示出女诗人的精湛技艺。与前一首诗一样，四行诗句的基本韵律都是抑扬格，但第一行是带有（非重读）阴性韵脚的四步抑扬格，第二行诗却是以（重读）阳性韵脚结尾的五步抑扬格——音节和格律上的冗余投射出写诗者的犹豫不决。第三行诗句重复了第一行的格律，但第四行诗句又出人意料地并没有与第二句相对应，而是在四步抑扬格后戛然而止，制造出一种听觉上的沉默效果。四行诗，三种不同的格律，结尾是留白——这首诗是残缺的，是一片废墟。如果说我们从第一首诗中可以听出翩翩起舞的旋律，那么在第二首中听到的就是跌跌撞撞和无声的叹息。如果将注意力放在句末的交叉韵上，则可以发现一种镜像对称的词序：四个单词以及词尾 schmücken/blickt/blicken/schmückt 组成紧紧缠绕的两对。但这里的"镜像"并不和谐，因为词干虽然对称，但词尾却恰恰被扭曲了。如果人们认为诗句来自一个颓然坐在镜前的女性，那么韵脚上的不和谐正折射了女诗人无心对镜的心情。① 同样，在这四句诗中，处于句首的"你""我"也从未在韵脚上建立起有效的呼应。② 正是诗节韵律方面的这一片狼藉折射出女诗人梅妃的内心和她的精湛

---

① 参见 Bers. *Universalismus*, pp. 173-174.
② 参见 Bers. *Universalismus*, pp. 14-15.

诗艺。

如果将歌德的文本与汤姆斯的英译本进行比较，我们不难
发现，歌德在转译中引入了照镜的概念，从而省去了梳妆、描
眉等细节，使译文简洁明了，同时又将梅妃的心情准确表达了
出来，的确是意译诗中的佳作。① 但从意境来看，二者却有极
大的区别。《梅妃小姐》原诗表现了冷宫中妃子寂寞的生活，
进而传达了她的哀怨，在歌德的译诗中，"你"和"我"却从一
开始便对立起来。梅妃不愿失去自我，在写作时有意将自己从
被动的客体转换为主体，从而使自己与皇帝处于同等的地位
上。② 歌德不仅删除了诗中所有带有被动意蕴的词语，如"被
抛弃"(being forsaken)、"泪水"(tears)、"悔恨"(regret)，而
且在文本的起首便用非尊称第二人称"你"(du)称呼了皇帝，
并用最凝练的方式——感叹号表达了愤怒："你赠我珍宝让我
装扮！"第三行又指出，"你的目光"离我而去才是眼前这场爱
情悲剧的根源。妃子对皇帝的这种疏离、无礼和愤怒斥责在儒
家传统中都是无法想象的。原诗中心灰意冷、以泪洗面的落魄
妃子在歌德笔下消失了；相反却出现了一个具有独立意识、敢
于指责君王、拒绝君王馈赠的女诗人。借助诗歌的艺术，她使
自己的故事成为千古流传的佳话。

三、《冯小怜小姐》

与梅妃相同，在第三首诗中，身处后宫中的"冯小怜小

---

① 张威廉：《对歌德译〈梅妃〉一诗的赏析》，载《中国翻译》1992
年第 6 期，第 42 页。

② 参见 Ho, Shu Ching. *Kulturtransformation und neue Synthese. Zu
Goethes produktiver Begegnung mit China*, in: *Freiburger Universitätsblätter* 51,
2012, pp. 47-69, hier p. 52.

姐"也表现出一种拒绝的姿态(见图 7-4)。在此，曾经贵为皇妃的冯小怜与皇帝一起成为俘虏，胜利者将女性当作众多战利品中的一件来加以征服和占有，使女性的压抑处境显得更加突出。同时，这里也暗示了一种文化的前提，即在中国历史上，皇帝的后宫中并不一定就缺少亲密的爱情关系。在歌德的《梅妃小姐》中，女诗人并非一般妃嫔，而是"明皇的情人"、皇帝的爱侣，至少从修辞上看，她的社会地位被抬高了。与此相同，歌德笔下的冯小怜似乎一开始也是自由之身，她是以爱人的身份"陪伴皇帝去征战"。如果我们还记得汤姆斯的译本，此时的冯小怜已经从婢女被提升为皇帝的左皇后，而皇帝的失败也成为她的灾难。歌德写道：

Fräulein Fung-Sean-Ling

Den Kaiser auf einem Kriegszug begleitend, ward sie nach dessen Niederlage gefangen und zu den Frauen des neuen Herrschers gesellt. Man verwahrt ihr Andenken in folgendem Gedicht：

......

译文：

《冯小怜小姐》

她陪伴皇帝去征战，战败之后落入敌手，成为新统治者的妃嫔。人们将对她的怀念寄托在下面这首诗中：

......

图 7-4 《百美新咏》中的冯小怜肖像

　　如果我们不知道冯小怜在历史上的角色，那么一定会对此处所说的"陪伴"遐想连篇：这可能是对"奴仆"角色富有礼貌的改写，但也很可能意味着她并没有被动地躲在后宫中，而是曾经勇敢地陪同君王走上了战场。这种形象的转换并非是歌德的无心之举，因为汤姆斯在传记中明确写道"当她与皇帝在一起狩猎时，周国军队入侵了这个国家"，歌德却有意将游猎消遣改为了一次军事上的行动。同样，在汤姆斯笔下，战败后的"冯小怜女士在一口井中被发现"①，而歌德则隐去了冯小怜在被俘过程中的狼狈场面，从而维护了她"高贵"的英雄气概。

在歌德笔下，冯小怜还扮演了一个悲情角色——她在被俘后成为新统治者的妃嫔，受到宠爱，但是她的内心却依然"高贵"，不被眼前的荣华富贵所动，"心"只忠实于自己的爱情，并随着爱人的逝去而破碎，而她的哀伤也浸透了她的琴声和歌声，甚至连周围人也受其感染失去了欣赏晚霞与歌声的心情，变得忧郁起来。最后，连琴弦也仿佛与心相通，随之崩断。面对这样一个凄婉的形象，"我"也被打动了，所以"将对她的怀念寄托在下面这首诗中"：

> Bei geselligem Abendroth,
>
> Das uns Lied und Freude bot,
>
> Wie betrübte mich Seline!
>
> Als sie, sich begleitend, sang,
>
> Und ihr eine Saite sprang,
>
> Fuhr sie fort mit edler Miene:
>
> Haltet mich nicht froh und frei;
>
> Ob mein Herz gesprungen sei—
>
> Schaut nur auf die Mandoline.

译文：

> 欢快的晚霞，
>
> 为我们带来歌声与欢乐，

---

① Thoms. *Chinese Courtship*, p. 259.

塞丽娜却多么令我忧伤！
当她自弹自唱，
一根琴弦在手中崩断，
带着一脸高贵，她继续唱道：
不要以为我欢乐自由，
要知我是否已经心碎
只需看看这曼陀铃。①

在汤姆斯的译本中，这位来自中国宫廷的冯小怜女士是弹奏琵琶的好手，而在歌德这里，塞丽娜（小怜）弹奏的却是曼陀铃，很明显：歌德并不打算将一些中国场景用显而易见的中式风格表现出来。为了使这首诗发挥更好的效果，歌德反其道而行之，将诗歌的中国风格伪装成古希腊的阿那克里翁风格，战俘冯小怜则成为富于古代风情的"塞丽娜"，使得诗歌的韵律更加和谐动听。但晚霞中的琴声与歌声只是征服者耳中的享受，它掩盖着征服者对被征服者的压迫。

女艺术家所要揭露的正是这种压迫关系。就如此前的梅妃一样，冯小怜借助艺术的手段逃避了压迫者的掌控，同样，她所能做的也只是将自己展现为一个受伤的弱者。在此，她以一个小插曲、一个司空见惯的小事故为由，破坏了这场欢愉的聚会。琴弦的突然崩断成为她内心支离破碎的比喻。她不顾森严的等级制度和征服者的各种约束，自顾自地将眼前的景象和内心的痛苦凝聚成了一首诗，明白无误地告诉身边狂欢的人群，她既感觉不到欢乐也感觉不到自由。她以这种方式展现了一个

---

① 德语原文："Bei geselligem Abendroth, /Das uns Lied und Freude bot, /Wie betrübte mich Seline! /Als sie, sich begleitend, sang, /Und ihr eine Saite sprang, /Fuhr sie fort mit edler Miene: /"Haltet mich nicht froh und frei; /Ob mein Herz gesprungen sei-/Schaut nur auf die Mandoline." WA I, 41/2, pp. 273-274.

俘虏的处境，像梅妃一样对自己无能为力的悲惨境遇发出了控诉。也只有在这绝望的宣言中，她才展现了一个不愿失去自我的艺术家，与梅妃一样将自己从被动的客体转换为主体。

相比于汤姆斯的版本，歌德加强了挑衅的意味。在回忆往日的爱情之前，汤姆斯笔下的冯小怜对新统治者说道："尽管我感谢你每天表现出的仁慈……"（中文原文："虽蒙今日宠"），而歌德笔下的冯小怜则断然认定自己在新统治者这里得到了欢乐："不要以为我欢乐自由！"

在《百美新咏》和汤姆斯的译本中，冯小怜的故事都是由对历史的叙述和女主人公自己的诗歌组成的。而在歌德笔下则发生了深刻的转变，从第一份手稿开始，整首诗歌便都来源于一位旁观者。这位说话者就是在"欢乐的晚霞中"享受"歌声与欢乐"的"我们"中的一员——劳累了一天之后终于可以放松下来，开始用歌声送走晚霞、欢庆一天劳作的结束。但是，夕阳也容易勾起人的愁绪，"我"听见众多欢乐的歌声中出现了一种不和谐的声音，那就是冯小怜悲哀的琴声和歌声。他由此回忆起了一次毫无征兆的音乐中断，想起了这位才华横溢的歌手和演奏者如何被命运抛弃；虽然她的生命尚未终结，但她的内心已经破碎，歌声中充满悲哀，于是"我"也被她所打动，感到了深深的同情（这一点并未出现在此前任何一个版本中），以至于感叹道："塞丽娜却多么令我忧伤！"

从格律上看，"我"所留下的是一首堪称完美的诗歌，采用了四步扬抑格，交替使用（重读）阳性韵脚、（非重读）阴性韵脚，尾韵则是三重的弧形（交叉）尾韵：Abendroth/bot/Seline, sang/sprang/Miene, frei/sei/Mandoline。全诗只有一个地方使用轻快的扬抑抑格打破以上整齐划一的扬抑格，这就是诗歌第一行中的 geselligen（欢快）。

这位说话者到底是谁？那一定是对这种轻松愉悦的宴乐程

序非常熟悉的某个人，一个宫廷中的男人，同时也是一个熟悉欧洲洛可可诗歌传统比如 Amine 或者 Seline 名字的人，一个突然感受到同情与怜悯的人。对比中英德语的三个文本，我们不难看出，在这里怀念冯小怜的其实没有别人，正是歌德自己，特别是"小怜却令我多么的忧郁"这一句完全可以看成歌德的自白。当这位《中国作品》中的"我"第二次从中国风景画中凝神观望他在魏玛的读者时，就仿佛他早已与他们熟识一样，而此时，读者们想必也已经认出了他。①

从叙述角度的改变来说，《冯小怜小姐》是歌德的一首感怀诗，并非译作。而歌德自己的思想也随着他的同情进入诗中。原诗中萦绕在冯小怜脑海里的是"宠""怜"等反映女性依附意识的字眼，由于理解上的偏差和翻译造成的色彩偏移，在汤姆斯的英语译文中，"昔时怜"变成了对"往日爱情"（the love of a former day）的难以忘怀，而到了歌德的诗篇中，连对"往日爱情"的追思都消失得无影无踪，取而代之的是"一脸高贵"的冯小怜对真正的"欢乐"和"自由"的向往，而这也正是狂飙突进时代德国进步知识分子的普遍追求！文学和艺术的力量再次在这里展露无遗——即便是处在一个被踩躏、被奴役的地位上，女艺术家依然可以通过诗歌和音乐表达自己对欢乐、自由理想的追求，保持自己的"高贵"。这一点无论在 1827 年的魏玛还是在古代中国都是共通的。

① 歌德在他发表这组诗歌的《艺术与古代》杂志上标明作品"出自歌德之手"。Kai Sina 在其教授资格论文里详细论述了歌德在晚年作品中如何将自己视为一个"集体"，这个集体由"千百个不同个体"荟萃而成，只是冠以"歌德"之名。此句的原话出自歌德于 1832 年 2 月 17 日写给 Federic Soret 的信。FA II, 11, pp. 521-522. 参见 Sina, Kai. *Eines aus Vielem. Genese einer kollektiven Poetik der Moderne*, Göttingen: Habilitationsschrift, 2017.

四、《开　元》

第四位在歌德笔下登场的中国女性是唯——位身份毫无显赫之处的"女诗人"。早在汤姆斯的英语译文中，她就已经与"女士"（Lady）的称谓无缘，在歌德的译文中，她同样也无法与前三位女士并驾齐驱，成为唯——位没有被称为"小姐"（Fräulein）的女性。这显然是由于她并非后宫妃嫔，甚至算不上伺候皇帝的侍女，而只是偌大后宫中一名普普通通的宫女，还要辛辛苦苦地为皇帝缝制赏赐给将士们的战袍（见图 7-5），在社会地位上并不属于"温柔的中国贵族小姐"之列。同时，甚至连当年记下这个故事的中国作家都没有想到去为她编一个动听的名字，以至于汤姆斯干脆把"开元"当成了宫女的芳名，而这又误导了歌德。不过，歌德在继续把"开元宫人"的名字误认为"开元"时，还是将 Kae-Yuan 改写为了 Kae-Yven，使之更为接近古代德语的拼写形式，营造出一种古朴的风味。

对于中国人而言，"开元"这个名字却恰恰要比前三位女性更为家喻户晓。"开元"原本是唐玄宗李隆基的年号，从公元 713 年到公元 741 年共计 29 年，在这近 30 年间，大唐王朝的文治武功达到了极盛，史称"开元盛世"。但唐玄宗好大喜功，开元年间边防军一度多达 60 万人，开疆扩土的足迹一直远至中亚咸海。因此，唐玄宗役使大批宫女为四处征战的驻边军士缝制军衣并非作家向壁虚构。

作为最后一位登场的中国女性，开元宫人不仅在社会地位上陷入低谷，同时也是遭到禁锢最多的一位，她不仅要在宫中不停劳作，而且也没有机会像薛瑶英、冯小怜一样去寻找属于自己的仰慕者。如果不是她走出了勇敢的一步，等待她的命运恐怕也只有"寥落古行宫，宫花寂寞红。白头宫女在，闲坐说

图 7-5 《百美新咏·图传》中的开元宫人肖像

玄宗"（元稹：《行宫》）。

　　虽然从历史上看，开元宫人与前三位中国女性一样，都要依附于贵族男性，但在依附程度上却又有着明显不同：第一位女性人物薛瑶英是无拘无束的舞蹈家，接下来的梅妃是一位敢于怒斥君王的妃嫔，第三位是被赐给征服者做战利品的亡国皇后冯小怜，最后则是被禁锢在宫廷制衣场中的一位寂寞女工，作为后宫中的一位小小"宫人"，她甚至失去了品味爱情滋味的机会，更谈不上能有仰慕者。讲到这里，我们渐渐可以品味出四位中国才女故事背后所隐藏的排序原则：在男性社会中，女性所受到的禁锢越来越强，而她们追求自由与幸福的心情则越来越强烈。

按照歌德的说法，开元宫人的职责只是为在冬天里与叛军作战的士兵缝制战服。如果说薛瑶英、梅妃、冯小怜还有机会回想她们当年的幸福时刻，那么我们在开元宫人身边所看到的就只有缝缝补补、添填线絮棉这类琐碎的劳作了。然而，这位让歌德如此心仪的宫女并不甘心自己的一生就此被森严的等级制度所扼杀；相反，等级制度的极端压迫激发出了开元宫人的极端勇敢，她在这个被监控得最为严密的皇宫深处大胆地写下了一首表述内心苦闷的诗歌，带着对爱情的渴望，偷偷将诗放进了她缝制的战袍口袋里：

《袍中诗》
沙场征戍客，寒苦若为眠。
战袍经手作，知落阿谁边？
蓄意多添线，含情更著绵。
今生已过也，愿结后身缘。

在歌德笔下，这首诗歌的主要内容得到了很好的再现。德国读者所读到的是：

Kae-Yven

Eine Dienerin im Palaste. Als die kaiserlichen Truppen im strengen Winter an der Gränze standen, um die Rebellen zu bekriegen, sandte der Kaiser einen großen Transport warmer

Monturen dem Heere zu, davon ein großer Theil in dem Harem
selbst gemacht war. Ein Soldat fand in seiner Rocktasche
folgendes Gedicht:

Aufruhr an der Gränze zu bestrafen,
Fechtest wacker, aber nachts zu schlafen
Hindert dich die strenge Kälte beißig.
Dieses Kriegerkleid, ich näht'es fleißig,
Wenn ich schon nicht weiß, wer's tragen sollte;
Doppelt hab ich es wattirt, und sorglich wollte
Meine Nadel auch die Stiche mehren
Zur Erhaltung eines Manns der Ehren.
Werden hier uns nicht zusammen finden,
Mög' ein Zustand droben uns verbinden!①

译文:

《开 元》

宫中的一位侍女。当皇帝的部队在严冬中驻守边境讨
伐叛乱时，皇帝给士卒们运去了一大批寒衣，其中很多是
由后宫自制的。有一位士兵在衣袋中发现了下面这首诗:

为了征讨边境上的叛乱，
你奋勇作战，但严寒刺骨，
令你夜夜难以安眠。
这件战袍，我辛勤地缝制，
尽管我无从得知，谁会将它穿上;
我还是加倍地絮上棉花，
我的针儿也细细添上针脚，

---

① WA I, 41/2, pp. 274-275.

　　只为呵护一位战士的荣耀。
　　倘若我们在地上不能相逢，
　　但愿在天上我们能永结连理！①

　　与前几位"最可爱"的中国贵族女性不同，由于社会地位的差距，关于这位宫女本人的介绍竟是如此简略，译成德语后甚至只有区区四个单词。人们既看不到她"能诗书、善歌舞"的才华，也无从得知她是否有"九岁能诵二南"的天分。而自幼受过良好教育、"自比谢女"的梅妃和"能弹琵琶、工歌舞"的冯小怜则在传记中就已光芒四射，足以让人对其寄予更大的期待，她们寄情于诗，大胆地吐露心声，在《百美新咏》中看起来顺理成章。显然，开元宫人并非属于"贵族小姐"之列，作为一个社会地位低下的宫中仆役，人们根本不会期待她的诗作，甚至连"开元宫人"的真名都不会留意。当然，歌德对这一点并不知晓。

　　在歌德笔下，开元宫人的这首诗歌格律严整，全诗采用五步扬抑格，只有第六句的"加倍"（doppelt）一词显示出一种音节上的冗余。而诗行的尾韵也压得十分巧妙，显然这位女诗人不仅擅长为战士缝制冬天的战衣，也擅长在韵律上的配对。虽然她作为一个后宫中的侍女已然失去了人身的自由，但在诗歌中却大胆地突破了禁锢，向一位从未谋面的士兵展开了求爱。对于那个时代的中国女性来说，主动写信求爱的行为即便是在普通百姓家中也已经是十分叛逆了，更何况她还身处后宫，名义上只能归皇帝一人所有，只能等候皇帝的临幸，而不能私自

　　① 贝尔欣在研究中率先指出，歌德在此进行了文化移植和对译文的归化处理，因为"地下"和"天上"（天堂）所呈现出的是西方基督教对彼岸世界的认知（参见 Mecklenburg. *Goethes letzter*, *fernster*, *nächster Orient*, pp. 170, 173-174）。而汤姆斯的《百美新咏》英语译文则还保留着"今生""来生"等有佛教文化氛围和中国民间信仰特征的用语。

结婚成家。然而故事中的"开元"却走出了极具挑衅性的一步，她不再是将自己视为皇帝的私产，而是为追求婚姻的幸福，向封建皇权的禁锢发起了挑战。

不仅如此，"开元"还明确地向那位未知的、即将收到她诗歌的战士表示，她并不是要随随便便找一个男人。尽管她不知道"谁将会穿上这件战袍"，但她非常看重这人是否配得上"战士的荣耀"。如此一来，那名士兵在功成身退后也许还会想起这位曾替他缝制了温暖战衣的女工。虽然这种结合"在地上（人间）"显然是不可能的——因为在当时的社会秩序下，即使这位战士在战争中获得荣耀并幸存了下来，他也不可能和后宫中的女织工结为夫妻——但女织工却可以将希望寄托在"天上"——一种符合欧洲而非中国传统的对彼岸的想象。因为到那时，此岸（人间）的限制就不再管用了。如此大胆地表达自我意识，对于下层人民而言实属难能可贵。

值得注意的是，只有在歌德的版本中，最后两行诗句才展现出一种经过反复考量的复杂心情。在《百美新咏》中，开元宫人对此生已经不抱任何希望，她写道："今生已过也，愿结后身缘。"在汤姆斯的版本中也显得很简单："尽管此生不能与你厮守，但愿我们来世能结连理。"与此相对，歌德写的是："倘若我们在地上不能相逢，但愿在天上我们能永结连理！"这个条件句应该被理解为对事实的陈述（我们在人间不能相见）还是对假设情况提出的有条件的质疑（假如我们在人间不能相见）——答案是开放的。第一种情况下，人只能寄希望于一个更美好的世界，但在第二种情况下，在尘世间结合的可能性并没有被完全排除。

而这种可能性极低的情况之所以真的发生了，正是因为女织工叛逆的创作行为。这种大胆的行为奇迹般地得到了嘉奖——歌德在开元宫人的诗歌之后继续写道：

Der Soldat hielt für Schuldigkeit, das Blatt seinem
Officier vorzuzeigen, es machte großes Aufsehen und gelangte
vor den Kaiser. Dieser verfügte sogleich eine strenge
Untersuchung in dem Harem: wer es auch geschrieben habe,
solle es nicht verläugnen. Da trat denn eine hervor und sagte:
»Ich bin's, und habe zehntausend Tode verdient. « Der Kaiser
Yuen-tsung erbarmte sich ihrer und verheirathete sie mit dem
Soldaten, der das Gedicht gefunden hatte; wobei Seine
Majestät humoristisch bemerkte: »Haben uns denn doch hier
zusammengefunden! «①

译文:

士兵认为有责任将它上交官长。字条引起了很大轰动
并上呈了皇帝。皇帝马上下令在后宫严查,不管是谁写的
都不得隐瞒。这时一位宫女站出来禀告:"是我,我罪该
万死。"元宗皇帝怜悯她,把她嫁给了找到诗的那个士兵。
这位君主还诙谐地评论道:"我们到底还是在地上相
逢了!"

这一次,歌德几乎完全遵循了原本,除了这段话——当皇
帝下令"严查"时(使人又想起了手稿 XXXVII-22d 中所说的"严
密防护的国度"),女织工站出来承认自己是诗的作者。对此,
汤姆斯只是简洁地写道"一个人说"(individual said),而歌德
则不同,他为"开元"设计了出场:"一位宫女站出来禀告。"与
中英文版本中一样,宫女所面对的是皇帝本人。但在这里,皇
帝第一次没有单纯充当故事的背景,而是主动地参与到影响故

---

① WA I, 41/2, pp. 274-275.

事进程的行列中来。用歌德的话来说，皇帝还引用女织工诗中
的条件句"诙谐地评论道"："我们到底还是在地上相逢了！"这
使得条件句中设想的第二种可能性成为现实。

原本，开元宫人的故事是以一位明君幽默的话语作为结
束，但歌德的作品又一次在事实上超越了原作。在他的笔下，
最后一句话并非出自皇帝，而是女织工自己。凭借歌德为宫女
续写的两句诗，这个地位最最低下的人偏偏成为四位女性中唯
一有两首诗歌的女诗人。歌德的初稿已经表明，用于结尾的两
句确实可以被理解为一个单独的文本，而不仅仅是轶事的附
属。但开元宫人这两句诗作仅仅只会存在于文学家的想象中。
因为宫女的回复再一次违反了森严的等级制度——在皇帝说完
话之后，地位低下的宫女是没有资格做出评论的。歌德却让女
诗人"开元"做出了回应：

> Worauf sie versetzte:
> Der Kaiser schafft, bei ihm ist alles fertig,
> Zum Wohl der Seinen, Künftiges gegenwärtig.
> Hierdurch nun ist der Name Kae-Yven unter den
> chinesischen Dichterinnen aufbewahrt worden.

译文：

> 宫女回应道：
> 皇帝施为，万事都在他那里成就，
> 为了子民幸福，使未来变为现实。
> 从此，开元的名字就列于中国女诗人们当中，流传
> 下来。

宫女的题诗明确地赞扬了皇帝，并暗示了她勇敢行为的成功。诗句再一次采用了双韵，但与前诗的格律有所不同：不再是五音步的扬抑格，而是五音步的抑扬格，这正好属于一种补充性的格律。这两行诗句从轶事中总结出一种具有普遍适用性的理论。正如在这一故事中，一位贤明君主应该总是为实现百姓所期盼的美好未来而努力。这样既适用于开元宫人和士兵这样的幸运儿，而且也适用于所有幸福的"子民"。

德国汉学家贝喜发曾对《中国作品》进行过详细的语文学分析和版本比较，他指出："在这里，从中国原诗到汤姆斯再到歌德，对皇帝的崇拜逐步增强，对社会景象的描摹则变得苍白。最后，歌德感到有义务借'后宫'女士之口说出两行赞颂皇帝的诗句来，以表达对皇帝气度的感谢。"①同时，他认为在汤姆斯和歌德那里都无法感觉到作者对被压迫宫女的同情。两年后，慕尼黑大学汉学家鲍吾刚引用了贝喜发的说法，并认为整部作品缺少社会批判性："在小型文集《中国作品》中，歌德……要么是没有品味到、要么是不想察觉到社会批判的声音——正是它们才使这些诗歌在服务于国家的儒家文学中脱颖而出，因为他所期待的中国是一个完美的世界。"②实际上，鲍吾刚文中并没有解释他所谓"保守的期待"③到底是指什么。由于相关讨论在此后数十年间陷入停顿，因此，对歌德《中国作品》感兴趣的研究者仍在不断参考这两篇文章中的结论。

但是，这两位研究者尽管关注到了两行诗中的修辞手法，却都忽略了诗中对行动的指示性和它们在整个《中国作品》中

① Behrsing. *Goethes »Chinesisches«*, p. 254. 但贝喜发在同一篇文章中也承认他不明白"为什么汤姆斯从一百位中国女性中恰恰选出了这三十位，而歌德又为什么偏偏从她们之中选出了这四位。"Behrsing. *Goethes »Chinesisches«*, p. 245.

② Bauer. *Goethe und China*, p. 186.

③ Bauer. *Goethe und China*, p. 186.

的重要位置。因为在谦逊地表示感谢的同时，宫女这两句诗也明确了"皇帝在伦理方面的任务"①，勾画出一个应当对自己的使命了然于胸的皇帝形象。就像在她之前拒绝皇帝的女诗人梅妃和中断悠扬琴声的女琴师冯小怜一样，女织工主动上前，以她和所有人的名义说出对他们而言至关重要的结语。虽然她的社会地位在四人中最低，但她却是四名女性中最勇敢的一位，她的发言远远超越了其地位所允许的，为此甚至要冒"万死"的危险：她向社会称赞皇帝，并宣布他的人道行为堪称典范，好像她完全有权力这样评判、劝导和做出指示一般。

但是她也的确有权力这样做，因为她是诗人。歌德在讲完故事后还补充了最后一句，并以这句点睛之笔结束了《中国作品》："从此，开元的名字就列于中国女诗人们当中，流传下来。"②只有一个名字，没有"女士"：开元是一位女诗人，这就足够了。

艺术的力量再次超越了森严的等级秩序。

---

① 参见 Wagner-Dittmar. *Goethe und die chinesische Literatur*, p. 180.

② 贝尔斯在谈及此处时认为，尽管开元的"立场可以视为带有女权解放的色彩，但与其说(歌德)在人物塑造上首要看重的是她的女性身份，倒不如说更看重的是她的诗人身份"。Bers. *Universalismus*, p. 189. 在笔者看来，强行将开元宫人的女性身份与她的诗人身份割裂开来对研究并无意义。从歌德手稿的修改过程和日记中的相关记述来看，歌德恰恰是对诗歌作者的"女性"属性念念不忘。

第八章
天 才 女 性

　　歌德在五首诗歌里塑造了四位中国皇帝后宫或者说贵族圈中迥然不同的女性。最轻盈也最自由的女性出现在第一首诗歌中，而社会地位最低的女性则出现在最后一首。但与社会地位下降背向而行的首先是自我意识的增长，其次是自我表达意愿的增强，最后是表达成功率的提高。有诗歌天赋的舞蹈家由于天生灵巧，根本无须束缚自己的身体就可以在莲花上翩翩起舞，其他女性同胞们却要将脚束缚起来才能与她相仿，并且她们还是自愿遭受这种束缚的。女诗人和女琴师勇敢地揭露她们所忍受的屈辱，以此来反抗支配她们命运的君主。女织工则为自己赢得了一位丈夫并劝导了皇帝。

　　在 19 世纪 20 年代的德国，尽管歌德与大多数德国人一样，对女性接受教育已经没有异议，但对于这种教育究竟是定位于个性的自由发展、艺术天赋的发现（例如成为女诗人），还是更好地承担家庭角色（贤妻良母）都无定论。《歌德谈话录》证明，他当年同样对女诗人的"天才"心存疑虑。早在 1825 年 1 月 18 日，艾克曼就记下了下面这段歌德和宫廷顾问雷拜因的谈话，谈话的主题是当时刚刚登上德国文坛的女诗人。雷拜因认为女性只有不结婚才能去写诗，歌德对此不置可否，他接过这个话题说道：

　　"我不想去探究"，歌德说："这方面您在多大程度上是正确的；不过我一再发现，女性在其他方面的天赋总是随着婚姻的到来戛然而止。我认识一些女孩子，她们的绘画出类拔萃，但是一旦她们成为妻子和母亲，这种天赋就消失了；她们围着孩子打转，再不会拿起画笔。"①

尽管在中国宫廷女性的传统角色中，女性与无拘无束的生活无缘，而只有生殖和服务君王的义务，就像日本的艺伎一样，所关注的只是对统治者的性义务，并为此努力练习艺术技巧、提高自我的美学意识。② 但是，歌德在这里让人们了解到，如果没有自由，没有摆脱强权的束缚，那么"天才女性"看似文雅、性感的生活方式将难以为继，"女性天才"的发挥最终也将岌岌可危。因此，当歌德将胆略过人的宫女开元——也就是那位将自己从绝境中解救出来并为自己缔造了一段婚姻的女诗人——放在组诗的末尾进行刻画时，就在不经意间让她接近了歌德时代欧洲女性的性别角色。

首先，歌德对中国诗歌人名和专业名称的缩减、对举足轻重的旁观者角色的引入，以及对欧洲元素的加入都毫无怀疑地显示出，这些诗歌所涉及的不仅是中国宫廷中复杂的性别关系，同样也暗指他更为熟悉的德国现实。虽然在魏玛和其他德国诸侯国中并没有三宫六院，没有妃嫔，也没有缺少人身自由

① FA II, 12, p. 135. 译文参见《歌德谈话录》，第53页。德语原文："Ich will nicht untersuchen, sagte Goethe, inwiefern Sie in diesem Falle recht haben; aber bei Frauenzimmer-Talenten anderer Art habe ich immer gefunden, dass sie mit der Ehe aufhörten. Ich habe Mädchen gekannt, die vortrefflich zeichneten, aber sobald sie Frauen und Mütter wurden, war es aus; sie hatten mit den Kindern zu tun und nahmen keinen Griffel mehr in die Hand."

② 此处感谢旅居德国的日本女作家多和田叶子（Yoko Tawada）的友情提示。

的女奴。但那里同样有着等级森严的社会，同样有着无力改变从属地位的底层女性，同样有着渐渐凋零的天才少女，歌德的同时代人以及许多浪漫主义文学家对其有着切身体会并留下过众多挽歌。① 在《中国作品》中，宫廷作坊里的女织工借助自己

① 例如当时最著名的才女、浪漫主义文学领军人物施莱格尔（August Wilhelm von Schlegel, 1767—1845）的妻子卡罗琳娜（Caroline Schlegel-Schelling, 1763—1809）尽管才华横溢，撰写了许多文学评论和短文，但终其一生都只用丈夫的名字或 "C. Schlegel" 这个缩写来遮遮掩掩地发表作品，以掩盖她的女作家身份，避免受到男性的抨击。即便是被称为 "德国女性文学先驱" 的瓦尔哈根（Rachel von Varnhagen, 1771-1833），其作品也都是在她去世之后才由她的丈夫整理出版。同时代的著名女诗人贡特罗德（Karoline von Günderrode, 1780—1806）26 岁就自杀身亡，她一生中所有作品（包括身后的作品集）在那个时代都只能以男性笔名发表。被称为 "德国萨福" 的布拉赫曼（Luise Brachmann, 1777—1822）由于在艺术上得不到承认，经济上始终窘迫，再加之情场失意，45 岁时也投河自尽（关于 19 世纪初德国文化界中的 "天才女性" 之争详见 Albrecht, Andrea. *Bildung und Ehe » genialer Weiber «*, in: *Deutsche Vierteljahrsschrift für Literaturwissenschaft und Geistesgeschichte*, 2006, Vol. 80, pp. 378-407）。值得一提的是，同时代的著名德国作家让·保尔在这场争论中扮演了重要的反面角色。他在 1813 年，也就是歌德第一次深入研究中国文化的同一年，再版了他的名著《美学预备学校》（*Vorschule der Aesthetik*, 1804），并且加入了一篇《致女诗人的年度补遗》（*Dießjährige Nachlesung an die Dichtinnen*[sic]），对女性的独立创作表示了赞誉，但同时奉劝她们最好一直保持单身。虽然让·保尔在此处没有点名，但文章所针对的正是当时刚刚崭露头角的 Esther Bernard（Lucie Domeier）、Rahel Levin 等女作家[Meier, Monika. *Lucie Domeier geb. Esther Gad*, in: Bircken, Marianne/Lüdecke, Marianne/Peitsch, Helmut (ed.). *Brüche und Umbrüche. Frauen, Literatur und soziale Bewegungen*, Potsdam: Universitätsverlag Potsdam, 2010, pp. 43-64. Paul, Jean: *Dießjährige Nachlesung an die Dichtinnen*, in: *Jean Pauls Sämtliche Werke. Historisch-kritische Ausgabe*, I. Abt., I. Bd.: *Vorschule der Aesthetik*, hg. von der Preußischen Akademie der Wissenschaften, Weimar: Böhlau, 1935, pp. 411-419]。让·保尔在此处代表了当时许多男性作家的看法，即女性虽然同样有权利从事文学创作活动，但认为只有极少数所谓 "天才女性" 才能做到文学、家庭两不误（参见谭渊：《德国文学中的中国女性形象》，武汉：武汉大学出版社 2017 年版，第 146~150 页）。

的勇敢和才华，使自己摆脱了从属的地位，并为自己缔造了一份原本不可能的理想婚姻。但是，女织工在这里所要制作的并不一定必须是献给士兵的战袍，也可以是纸做的假花。1788年，歌德在魏玛公园散步时邂逅了假花厂女工克里斯蒂安娜·乌尔皮斯（Christiane Vulpius），后者大胆地向他走来，恳求他帮助自己的兄弟——一位没有收入的无名作家。她的聪明可爱使歌德很快陷入爱河，然而由于她出身低微，上流社会无法容忍魏玛公国首相带着一位女工出身的夫人出入交际圈子，迫于压力，歌德与她同居18年、养育了5个孩子却一直都没有缔结婚约，直到1806年法军占领魏玛、贵族逃亡一空时，歌德才最终给了她妻子的名分。10年后，克里斯蒂安娜去世，歌德也没有再婚（图8-1为歌德为克里斯蒂安娜所绘的肖像）。可以说，在歌德身边的魏玛公国里，从来都不缺少这样的天才女性，她们在与王公、大臣、诗人、游客的恋爱、交往中屡屡受

图 8-1　克里斯蒂安娜（后成为其妻）肖像，约创作于 1788—1789 年

伤、受辱、伤心失意，但却只能在有限的圈子内表达自己的声音，如果不大胆反抗，就永远也无法突破这层禁锢。还有一些女性则是借助艺术，比如通过歌德的戏剧来表达自己的声音。在歌德为冯·施泰因夫人量身定制的戏剧《陶里斯岛上的伊菲革涅》(*Iphigenie auf Tauris*，见图 8-2)中就有这样一句属于女主人公的台词："我生来就如男人一样自由。"(第 1858 行)①当歌德在为《中国作品》进行最后修订、将追求自由的最强音赋予开元宫人时，他是不是又想起了那位嫁给粗野的御马监冯·施泰因并在生养 7 个儿女中耗尽心力的杰出女性呢？

1827 年 2 月 5 日，歌德在向他的抄写员约恩口授完宫女开元的故事之后，又提笔在手稿 XXXVII-22c 上对作品结尾做了一个具有决定性意义的修改(见图 8-3)。这句话原本写作"从此，开元的名字就列于中国诗人们当中，流传下来"。歌德亲手删去了第三行中的单词"Dichtern"(诗人们)的最后一个字母，并添加了表示阴性复数的词尾"innen"，使之成为"Dichterinnen"即"女诗人们"。由于单词与单词之间已经没有多余的位置，此处向右下方倾斜过去的修改在手稿中就更加引人注目。于是，修改之后的句子就成为"从此，开元的名字就列于中国女诗人们当中，流传下来"。这也是最终发表的版本。此处修改也完全对应于歌德 2 月 5 日、6 日的日记，他在这两天中提到《中国作品》时所用的说法都是"中国女诗人们"(Chinesische Dichterinnen)。显而易见，歌德的修改并非信手为之，它折射出了歌德此时最为关注的焦点：艺术与性别秩序之间的关系。一个由中国女性组成的诗人群体已经深深印入了歌德脑海，也为萦绕在他心中的女性天才之争添加了决定性的砝码。

① FA I, 5, p. 609.

图 8-2 "我像男人一样生而自由。"——《陶里斯岛上的伊菲革涅》
该剧 1779 年首演时，歌德扮演剧中男主人公奥瑞斯特斯，M. Kraus 绘

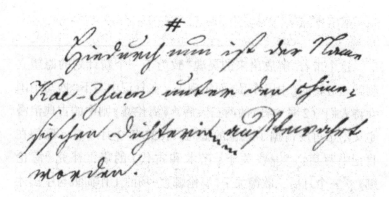

图 8-3 歌德在手稿（XXXVII-22c）中对"女诗人们"一词的修改清晰可见

　　此处还应提及另外一个细节。歌德最初在两页稿纸上写下了《中国作品》的诗歌初稿，其中第二页手稿 XVIII-25 的背面是悲剧《浮士德》中《海伦娜》一场中的两句话。出现这种情况的原因并非在于歌德在匆忙间顺手拿了已经用过的纸张来做笔记，而是在于《海伦娜》的修订过程正好与歌德对中国才女的研究交织在了一起。准确地说，就在歌德研究梅妃和冯小怜传记的空隙间，他最后一次转向了《海伦娜》。根据他的日记，1827 年 1 月 25 日，他"将海伦娜包了起来"。艾克曼（见图8-4）在 1 月 29 日的记录也证实了这一点①：

　　　　桌上放着一个盖好封印的包裹。歌德将手放在上面。"这是什么？"他说："这是《海伦娜》，正准备寄往柯塔出版社去付印。"[……]歌德说："到现在为止，我都一直还有些与她有关的小事情要处理，并且已经找到了帮助。但功课总算是做足了，现在我很开心能去将它寄掉，带着解放出来的灵魂，我可以专注于其他事了。现在它可要去经历

---

① 参见 FA II, 12, pp. 1199-1200.

命运考验了[……]！"①

　　这个带着"解放出来的灵魂"致力于一个新计划的愿望立刻就通过转向《中国作品》而实现了。在日记中写下"抄写中国女诗人们"（2月6日）的两三天后，《海伦娜》剧中的古典浪漫主义幻影再度占据了歌德的脑海。1827年2月9日，歌德在日记中写道："一些关于《艺术和古代》的事，补充《海伦娜》。"三个月后，歌德关于《海伦娜》一场的工作简报与中国才女的诗歌一起发表在了同一期《艺术与古代》杂志上。② 在刊出的往来通信中，歌德谈到了这一场的材料来源——16世纪的民间传说《浮士德》，在该书中，"浮士德傲慢地向梅菲斯特提出了要占有希腊美女海伦娜的愿望，后者在稍加抵抗后顺从了他的意愿"③。这是《海伦娜》和《中国作品》之间呈现的第一个共同点：男性主子的傲慢以及对占有一位美丽贵妇的要求。
　　歌德在与艾克曼谈话中所宣称的"小事情"就是为海伦娜在与浮士德诀别时的陈词添加上最后也是最关键的点睛之笔。它以著名的诗句开始："不幸的是，一句古老的话也向我证明：幸福与美丽并不持久统一"。④（《浮士德》，第9939~9940行）这就是写在稿纸背面的那两句话，而在张纸正面，歌德写下了赞叹轻盈的小脚在莲花上起舞的8行诗，还有勇敢的宫女

---

①　FA II, 12, pp. 218-219. 德语原文："Ein versiegeltes Paket lag auf dem Tisch. Goethe legte seine Hand darauf. »Was ist das? sagte er. Es ist die *Helena*, die an Cotta zum Druck abgeht. « […] »Ich habe, sagte Goethe, bis jetzt immer noch Kleinigkeiten daran zu tun und nachzuhelfen gefunden. Endlich aber muß es genug sein und ich bin nun froh, daß es zur Post geht und ich mich mit befreiter Seele zu etwas Anderem wenden kann. Es mag nun seine Schicksale erleben […]!"

②　FA I, 22, pp. 390-392.

③　FA I, 22, p. 391.

④　关于歌德后来对此句的进一步修改参见 FA I, 7/1, p. 703.

图 8-4 艾克曼肖像，J. J. Schmeller 绘于 1824 年

开元写给未来丈夫的诗句。也恰是因为这一原因，这页手稿
(XVIII-25)在歌德席勒档案馆中被归于《浮士德》卷宗下。[①] 在
日记中写下"补充《海伦娜》"的两天后，歌德又在 2 月 11 日的

_____

① 整个《浮士德》第三场的手稿则已经于此前数天（1827 年 1 月 27
日）寄出，参见 FA I, 7/2, p. 1038.

日记中写道："晚上艾克曼博士(来访)……向他朗诵中国诗歌。"中国的才女们和古希腊的第一美人历史性地相遇了。令人惊讶的是，面对与浮士德——在此处他代表的是那些强大的统治者——难以挽留、也注定难以维持长久的结合，海伦娜所表现出的心灰意冷与梅妃、冯小怜回想起往日与皇帝的恩爱时所表现出的悲伤是多么相似！

这是从未引起关注的有趣现象：在歌德宣告世界文学时代到来的时刻，希腊的传奇女子竟与中国才女们如此紧密地依偎在一起！

难道这一切仅仅只是巧合？

第九章
"世界文学"

所有这一切都产生于对"世界文学"的理论思考与实践之中。

1827 年 1 月 15 日，"世界文学"一词第一次出现在歌德的日记中，那还只是他在阅读法语和塞尔维亚语著作，以及古代希腊罗马和中国作品的间隙中随手记下的关键词。1 月 27 日，歌德在给翻译家卡尔·施特莱克弗斯（Karl Streckfuß）的信中写道："我深信，一种世界文学正在形成，所有民族都对此心向往之，并为此做出友好的努力。德国人能够并且应该做出最多的贡献，在这个伟大的聚合过程中，他们将会发挥卓越的作用。"[①] 1 月 31 日，在讨论《海伦娜》之后六天，接触《花笺记》之后两天，已开启"中国之旅"的歌德与艾克曼开始了关于中国小说的热烈对话，歌德鞭辟入里的论述通过这次谈话的笔录而闻名于世。这一宣告"世界文学时代"（Epoche der Welt-Literatur）[②] 到来的谈话本身也成为开启新纪元的壮举：

> "我越来越认为"，歌德继续说，"诗（Poesie）是人类的共同财富，在任何地方、任何时代，都有成百上千的人献身于此。……因此我经常喜欢环视其他民族的情况，并

① FA I, 12, p. 900.
② 歌德在此处所用的 Epoche 一词并不是当代通常意义上的"时代"，而应该理解为更古老的、希腊语词源意义上的"跨入新纪元"。

建议每个人都这样做。一国一民的文学而今已算不了什么，世界文学的时代即将来临，每个人现在都应为加速这个时代的到来贡献力量。但是，我们对外国文学的重视不应仅限于一些特殊作品，并将其当做范例。我们不应认为，只有中国文学或只有塞尔维亚文学是典范，只有卡尔德隆的作品或《尼伯龙根之歌》才是典范；但是由于我们需要一些典范，就必须时常回到古希腊人那儿去，他们的作品中始终塑造着美好的人物。其余的一切我们应当用历史的眼光来看待，在可能的情况下，将美好的东西吸收过来为我所用"①。

准确地讲，"世界文学"这一概念并不是歌德首创，但却是由他重新赋予了生命力并由此而产生了深远影响。一直争论不休的是，歌德所说的"世界文学"究竟意味着什么，他每次使用这一概念时是否传达了完全一致的含义，他如何将其与他

---

① FA II, 12, pp. 224-225. 德语原文："Ich sehe immer mehr, fuhr Goethe fort, daß die Poesie Gemeingut der Menschheit ist, und daß sie überall und zu allen Zeiten in hunderten und aber hunderten von Menschen hervortritt. [...] Ich sehe mich daher gerne bei fremden Nationen um und rate jedem, es auch seinerseits zu tun. National-Literatur will jetzt nicht viel sagen, die Epoche der Welt-Literatur ist an der Zeit und jeder muß jetzt dazu wirken, diese Epoche zu beschleunigen. Aber auch bei solcher Schätzung des Ausländischen dürfen wir nicht bei etwas Besonderem haften bleiben und dieses für musterhaft ansehen wollen. Wir müssen nicht denken, das Chinesische wäre es, oder das Serbische, oder Calderon, oder die Nibelungen; sondern im Bedürfnis von etwas Musterhaftem müssen wir immer zu den alten Griechen zurückgehen, in deren Werken stets der schöne Mensch dargestellt ist. Alles übrige müssen wir nur historisch betrachten und das Gute, so weit es gehen will, uns daraus aneignen." 中文译文参考了朱光潜先生的译本，参见 艾克曼辑录：《歌德谈话录》，第 113 页。

的"世界诗歌"概念联系起来。① 歌德曾说，"世界文学的时代即将来临"。如果我们认为这不仅与他和艾克曼在 1827 年 1 月的谈话相关，也与中国才女相关，那么《中国作品》或许应当是一次清晰明了的实践，足以向我们展现这一术语的真正内涵。但世界文学不单单是中国文学，也不单单是某个独具特色的个体；相反，它是具有普遍性的，其普遍性使它能在各个个体中都得到显现。尽管如此，中国文学的意义在此不容低估，安科·博瑟曾明确强调了"世界文学"中所包含的辩证法，他认为"反复强调歌德如何摒弃特殊的'中国性'，以表现'普遍人性'"恐怕有些"轻率"，因为"什么是'普遍人性'首先要通过差异才能识别出来……如果没有作为对立面的异己存在，就无法找到照亮自我的镜子，那么也就无法指出什么是具有共通性的、什么是'普遍人性'了"。②

　　这是文化史上的历史性时刻，即使是相隔最遥远的国家也可以通过新的交通手段和交流方式来相互接近，就如歌德给施特莱克弗斯的信中所说的那样"为此做出友好的努力"。在这样一个时刻，他"加速这个时代到来"的机会就在他的《艺术与古代》杂志中（见图 9-1）。虽然这本杂志没有庞大的读者群，

---

　　① 参见 Bohnenkamp, Anne. *Volkspoesie-Weltpoesie — Weltliteratur*, in: Birus, Hendrik/Bohnenkamp, Anne/Bunzel, Wolfgang (ed.). *Goethes Zeitschrift »Ueber Kunst und Alterthum«. Von den »Rhein- und Mayn-Gegenden « zur Weltliteratur*, Göttingen: Göttinger Verlag der Kunst, 2016, pp. 87-118.

　　② Bosse. *China und Goethes Konzept der »Weltliteratur«*, p. 247. 参见 Tan, Yuan. *Goethes Chinareise und die Geburt der Weltliteratur-Konzeption*, in: *Vielfalt und Interkulturalität der internationalen Germanistik. Festgabe für Siegfried Grosse zum 90. Geburtstag*, hg. von Fluck, Hans-Rüdiger/Zhu, Jianhua, Tübingen: Stauffenburg, 2014, pp. 173-185.

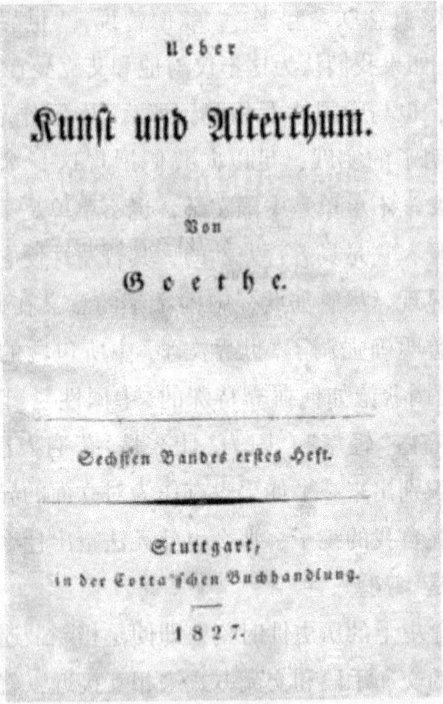
Ueber

Kunst und Alterthum.

Von

Goethe.

Sechsten Bandes erstes Heft.

Stuttgart,
in der Cotta'schen Buchhandlung.

1827.

图 9-1　1827 年《艺术与古代》第 1 卷封面

但它依然获得了广泛的传播。① 2 月 6 日，歌德的日记记录了“中国女诗人们”的作品；2 月 7 日则写道：“晚上，各种各样涉及本国和外国文学的东西。”

---

① 参见 Bohnenkamp, Anne. *Rezeption der Rezeption. Goethes Entwurf einer »Weltliteratur« im Kontext seiner Zeitschrift »Über Kunst und Altertum«*, in: Beutler, Bernhard/Bosse, Anke (ed.). *Spuren, Signaturen, Spiegelungen. Zur Goethe-Rezeption in Europa*, Köln u. a.: Böhlau, 2000, pp. 187-205; Birus, Hendrik. *»Ueber Kunst und Alterthum« im Lauf der Jahre*, in: Birus, Hendrik/Bohnenkamp, Anne/Bunzel, Wolfgang (ed.). *Goethes Zeitschrift »Ueber Kunst und Alterthum«. Von den »Rhein- und Mayn-Gegenden« zur Weltliteratur*, Göttingen: Göttinger Verlag der Kunst, 2016, pp. 45-83.

1827 年至 1828 年间，歌德在《艺术与古代》第 6 卷的第 1 期和第 2 期中举例说明了什么是"世界文学"的实践纲领。例如他从法国《环球报》中节译了一篇文章，文中"一位机智的法国人"在巴黎的一场关于韦伯的《自由射手》的辩论中探讨了世界文学的基本原则并解释道：

> 如今，当各国人民通过自觉自愿的一致运动寻求消除一切障碍并彼此靠拢时，当各国倾向于彼此参与决策，建立起一个有着相同利益、相同习惯、甚至是相同文学的社区时：这要求他们不是彼此间无休止地进行相互嘲笑，而是从更高的视角来看待彼此，并且下定决心跳出他们长久以来兜来兜去的小圈子，向前迈进。①

歌德在此首次明确了"普遍意义上世界文学"的内涵，它与"中国女诗人们"的作品仅仅相隔数页。而另一篇探讨法国人对歌德剧作《塔索》(Tasso)的改编及其影响的文章则进一步给了他(关于绝对可替换性的)灵感②：

> 我从法国报章援引这些消息的目的不在于使人想起我

---

① 德语原文："[…] heut zu Tage, wo durch eine freywillig einstimmende Bewegung die Völker alle Hindernisse beseitigen und sich wechselweise zu nähern suchen, heut zu Tage, wo die Nationen geneigt sind, eine durch die andere sich bestimmen zu lassen, eine Art Gemeinde von gleichen Interessen, gleichen Gewohnheiten, ja sogar gleichen Literaturen unter sich zu bilden: da müssen sie, anstatt ewige Spöttereyen untereinander zu wechseln, sich einander aus einem höhern Gesichtspuncte ansehen und deßhalb aus dem kleinen Kreis, in welchem sie sich so lange herumdrehten, herauszuschreiten den Entschluß fassen."

② 此处涉及的法译本为 Le Tasse, drame historique en cinq actes, par M. Alexander Duval。参见 FA I, 22, pp. 353-357.

和我的作品，而在于一个更高的目标，我想就此先谈一下。人们到处都能听到、读到关于人类进步、关于世界和人类生活发展前景的消息。全面去研究和进一步确认这些信息不是我的职责范围，我仅想从我这方面来提醒我的朋友们注意，我坚信，一种普遍意义上的世界文学正在形成，其中将为我们德国人保留一个荣耀的角色。①

从资料来看，歌德在 1827 年 1 月 31 日对艾克曼谈到"世界文学的时代即将来临"；现在到了 5 月份，他公开宣告："我坚信，一种普遍意义上的世界文学正在形成"（此处下划线为歌德所加）。而这本刊物本身也已经成为正在形成的"世界文学"的缩影——在与这一宣告相隔 36 页的地方，《中国作品》赫然在列，下面还有一个副标题："美丽女性的诗歌"（Gedichte schöner Frauen）。② 在这前面刊出的还有《两首波斯诗歌》（Zwey Persische Gedichte）、一篇纪念洛伦茨·施特恩（Lorenz Sterne）的文章、一篇关于《哈姆雷特》第一版的论文和今天已经被遗忘的诗人威廉·格哈德（Wilhelm Gerhard）根据塞尔维亚语改编的德语歌曲。还有些类似的文章也紧跟在《中国作品》之后，例如从塞尔维亚语翻译的诗歌以及对《当代塞尔

① FA I, 22, p. 356. 德语原文："Die Mittheilungen, die ich aus französischen Zeitblättern gebe, haben nicht etwa allein zur Absicht, an mich und meine Arbeiten zu erinnern, ich bezwecke ein Höheres, worauf ich vorläufig hindeuten will. Ueberall hört und lies't man von dem Vorschreiten des Menschengeschlechts, von den weiteren Aussichten der Welt- und Menschenverhältnisse. Wie es auch im Ganzen hiemit beschaffen seyn mag, welches zu untersuchen und näher zu bestimmen nicht meines Amts ist, will ich doch von meiner Seite meine Freunde aufmerksam machen, daß ich überzeugt sey, es bilde sich eine allgemeine 'Weltliteratur, worin uns Deutschen eine ehrenvolle Rolle Vorbehalten ist."

② FA I, 22, pp. 398-399.

维亚文学》(*Das Neueste Serbischer Literatur*) 的简介，一篇关于波西米亚诗歌的短小而广泛的介绍，还有歌德自由改译的哈菲兹诗歌中的两小节，一篇关于《海伦娜》和《浮士德·幕间戏》(*Zwischenspiel zu Faust*) 的进展报告。此外还有自然哲学、美学以及艺术史方面的文章以及关于亚里士多德、欧里庇得斯和荷马的论文——这不禁使人联想起歌德的提醒："由于我们需要一些典范，就必须时常回到古希腊人那儿去。"

这是否能证明歌德直到最后才碰巧得出了"世界文学"的概念呢？显然不是，在对《波西米亚诗歌》的评论中，歌德就已经提出了世界文学的计划，这个计划也在下面的诗歌中得到了实现：

> 正如大卫在竖琴前唱出君王般的歌声，
>
> 王位旁葡萄农的曲调听起来如此可爱，
>
> 波斯的蝉鸣声在玫瑰丛林里悠然回荡，
>
> 蛇皮被当做狂野的腰带发出闪闪亮光，
>
> 歌声从一个极点到另一极点不断更新——
>
> 就如那星球的轮舞在混乱中尽显和谐——
>
> 让所有国家的人民都在同一片天空下
>
> 分享相同的馈赠给人们所带来的愉悦！①

---

① FA I, 22, p. 390. 德语原文："Wie David königlich zur Harfe sang, /Der Winzerin Lied am Throne lieblich klang, /Des Persers Bulbul Rosenbusch umbangt, /Und Schlangenhaut als Wildengürtel prangt, /Von Pol zu Pol Gesänge sich erneun —/Ein Sphärentanz harmonisch im Getümmel—/ Lasst alle Völker unter gleichem Himmel/Sich gleicher Gabe wohlgemuth erfreun！"参见 Bers. *Universalismus*；Bohnenkamp. *Rezeption der Rezeption. Goethes Entwurf einer »Weltliteratur«*, pp. 187-205；Birus. *»Ueber Kunst und Alterthum« im Lauf der Jahre*, pp. 45-83.

这既是对各国文学的盘点，也是对"正在形成"的"世界文学"的期盼。可以看到，一种诗学上的国际贸易已然开始了，并在此基础上产生了各尽所能、共同前进的愿望。在这里，各种文化与语言共同起舞，在各种诗歌、散文的文学对话中，它们共通的基本旋律———一种"世界文学"更加清晰地呈现了出来，就像在一片"混乱中尽显和谐"，因为"所有国家的人民都在同一片天空下/分享相同的馈赠给人们所带来的愉悦"，但在各自不同的语言文化背景下却又形成了如此各具特色的文学，在这里是大卫王的赞美诗，到那里便是诗人哈菲兹的诗篇，在此处是印第安人的歌谣，到彼处则成为所罗门王的《雅歌》。

当然，"从一个极点到另一极点"的"不断更新"在《艺术与古代》这本小册子上是绝对没有的。正如我们在这里所读到的，首先是欧洲的过去和现在在这里——上演，而后，读者的视野逐渐拓展到东方那块古老的大陆上，从《圣经·旧约》中的"牛奶与蜜"之地到与之毗邻的波斯诗歌世界，最后到达中国才女们生活的地方。因此，对于这一期《艺术与古代》而言，中国才女们具有特殊的地位。作为作者和编者的歌德用作品标题标明了一个地理上的极限范围，从德国读者视角来看，几乎再没有比中国更为遥远的国家了。此前只停留在概念上的"世界文学"在这本杂志中找到了最强有力的展示舞台，对文学世界的把握才真正开始具有全球的视野（见图9-2）。

但中国诗歌能在这期《艺术与古代》中拥有如此非同一般的地位，其原因并不仅仅在于它来自东方，更是因为歌德高超的艺术处理手法。在这里，歌德已远远超越了一个译者的角色，他更是一位诗人，对已有之作进行了改编，并用自己自由

想象出来的诗句续写了故事。① 也是在这里，对中国文学的再
创造成为他走向新的文学创作的起点。② 正如对波斯诗歌的研
究促成了《西东合集》的诞生一样，对中国文学的翻译和研究
最终也直接促成了歌德一生中最后一篇规模较大的组诗：《中
德四季晨昏杂咏》。显然，在《中国作品》上的小试牛刀不仅意
味着视野的开拓和材料的铺垫，也为更大规模的第二阶段创作
开启了大门。这两组作品之间的联系在研究界迄今少有人问
津，在本章结束之前，我们不妨对歌德这段"中国之旅"的最
后一程稍加审视。

---

① Wagner-Dittmar 在研究了 17 至 18 世纪德语文学家对中国文化的
接受之后指出，正如 19 至 20 世纪的研究者所评价的那样，歌德代表着欧
洲文化界对中国文学的接受的一座巅峰，他有着与前人完全不同的出发
点，"在评价异国文化时将其放到了一个崭新的层面上，其个人的取向扮
演了重要角色，这使得歌德的(中国主题)作品成为其个人精神的不可多
得的见证"。Wagner-Dittmar. *Goethe und die chinesische Literatur*, p. 137.

② 这正好符合前文所说，歌德到晚年发生转变，将自己的工作视
为一项冠名为"歌德"的"集体事业"——接受、吸收、创造性的再发展。
详见 Sina. *Eines aus Vielem. Genese einer kollektiven Poetik der Moderne*. 参见
前文注解。

第十章
"魏玛孔夫子"的归隐:
中德墨客的最后一幕

　　中国文学再一次帮助了歌德,文学阅读与创作在此交错前行。1827 年 5 月 9 日,歌德在日记中记录下了雷慕沙的法语译本《玉娇梨或两姐妹》(*Iu-kiao-li ou Les deux cousins*, 1826)。迄今为止,歌德对《玉娇梨》的了解都来自二手资料,他只是在 1826 年圣诞节期间的《环球报》上读到过一篇介绍,歌德在日记中写道:"雷慕沙翻译的中国小说……中午与艾克曼博士在一起,晚上阅读小说的第一卷。"与 2 月份一样,5 月的这次文学阅读再次直接滋养了他的创作。5 月 14 日,歌德在日记中写道:"继续阅读中国小说。"次日又写道:"关于中国四季诗的一些事情。"

　　从 1827 年 5 月到 8 月,歌德一直投身于《中德四季晨昏杂咏》的创作。作为他毕生中的最后一组长诗,作品直至 1829 年才发表在《柏林缪斯年鉴 1830》(*Berliner Musen-Almanach für das Jahr 1830*)上,其格式严整、布局华丽。① 与之相比,他同期发表在《艺术与古代》上的作品虽也颇有特点,但相比之下只能算得上是开放性的资料汇编和粗加工产品。② 此后,歌德继

---

　　① 详见 Bers, Anna. *Münzen für den Weltmarkt, Wertpapiere für Weimar. Goethes » Chinesisch-Deutsche Jahres- und Tageszeiten « und die »Gedichte zu symbolischen Bildern « als Zahlungsmittel im Zeichenhandel*, Göttingen: V&R unipress, 2017, pp. 116-119.

　　② 参见 Sina. *Eines aus Vielem. Genese einer kollektiven Poetik der Moderne*.

续进行中国研究。1827 年 8 月 22 至 24 日，他记下了雷慕沙刚刚出版的三卷本《中国故事集》（*Contes chinoises*）。1827 年这一年真可称得上是歌德的"中国年"了。

换言之，就在《中国作品》通过《艺术与古代》与读者见面的那个 5 月，歌德已经开始了"中德"组诗的写作，并一直工作到了 8 月。两组诗歌不仅在其来源和主题方面密切相关，在结构上也是如此相似。笔者无意在此深入探讨歌德的第二组中国诗歌，但这种紧密的联系深深吸引着我们，使本书无论如何要向它投去最后的一瞥。

一、熟悉的场景

就像《中国作品》一样，《中德四季晨昏杂咏》中也有一些场景与反思并非针对特定文化，而更多的是反映着普遍的、人性的、可以跨越文化的价值观。法兰克福版《歌德全集》在对歌德晚期诗歌的评论中指出："中德"不仅可以指相距甚远的两种文化之间的联结，而且还可以指一片连续的文化空间的两个最外端。这一连续的文化空间（仅就《艺术与古代》的覆盖半径而言）涵盖了从魏玛到波希米亚、从塞尔维亚到希腊、从巴勒斯坦到阿拉伯、从波斯到印度，最后直到中国的庞大区域。从原则上讲，像第 8 首《苍茫暮色徐徐降临》（*Dämmrung senkt sich von oben*）这样的诗歌在这个广大文化空间中的任何一个地方都是可以想象和可以理解的。针对长期以来占据主导地位的中德研究传统，日耳曼学者贝尔斯在近年有理有据地指出，诗中这些意象和思想所具有的普遍性使其无论在德国、中国还是世界任何一个地方都同样可以出现并且为人所理解，因此不应仅仅将其理解为"中国作品"。与之相反，汉学家德博等人则想要努力从中重新发现尽可能多的中国文化元素，但其研究结果似乎反而更加印证了对人类共通性的强调。因为仔细审视后不难发现，大多数相关例证并非某个民族所特有，如果不是诗歌的标题，几乎没有德国读者会想到这是关于中国的作品。①

假如歌德的这篇新作没有一个涉及中国的标题，那么它与前作的初稿并没有什么不同。我们还记得，在中国才女的诗歌尚处于初稿时，组诗并未书写标题，除了关于缠足的暗示之外，所有诗节中都没有什么特别的中国参照物。而当第二稿《最可爱的女性》在2月4日刚刚完成时，甚至连这个暗示都被暂时排除在组诗之外了。只是在歌德将组诗冠以"中国作品"并加入了以中国才女名字命名的小标题之后，组诗才具有了一个再中国化不过的"中国框架"。正是因为这个框架的存在，那些欧洲人非常熟悉的东西——曼陀铃、雨伞和桃花才被渲染上了陌生化的中国情调；相反，也只有在这个框架内，欧洲式的人名才会以一个经过精心考虑的异国形象出现在中国语境中。在中国宫廷的晚会上出现的"赛琳娜"是古希腊阿那克里翁风格的月亮女神，她将照亮《中德四季晨昏杂咏》中官员饮酒作诗的花园："树影伴风婆娑起舞，月的魔光随之摇曳。"②

同样，我们可以认为《中德四季晨昏杂咏》中的这些诗行"并不像标题所昭示的那样，是在谈论中国或是德国"③。仅仅

---

① Debon, Günther. *Goethes » Chinesisch-Deutsche Jahres- und Tageszeiten« in sinologischer Sicht*, in: *Euphorion* 76（1982），pp. 27-57.（Renewed in Debon, *China zu Gast*, pp. 197-246）参见 Wagner-Dittmar. *Goethe und die chinesische Literatur*, pp. 181-218. Bauer, *Goethe und China*, pp. 187-189。这些研究者虽然也认可《中德四季晨昏杂咏》体现了歌德发自内心的与中国的亲近感，但除了"满大人"这一概念外，他们并没有发现更多与中国直接相关的元素。

② WA I, 4, p. 113.

③ Bers. *Münzen für den Weltmarkt, Wertpapiere für Weimar*, p. 129.

是标题才使得读者在品味诗中并非特定文化题材的元素时一直进行着特定的编码。那指向中国的题目、预先设定的情境(在前一篇《中国作品》中是来自解释性的导言和诗歌自身制造的效果)同样使读者产生了一种期待,将一切都打上了"中国"的标签。只有在这种情况下,人们才会惊讶地发现,这里存在着多少看上去是如此熟悉的"中国"元素。因此,无论是对前一作品还是对新作品而言,仅仅将其命名为"中-德"就已经足以使作品充满张力了。

二、异域元素

显而易见,在《中国作品》和《中德四季晨昏杂咏》中,具有普遍意义的元素要远多于特指某个地域的元素,但人们在两篇作品中都可以清楚地看到,异域的文化信号在作品的开始部分均得到了重点强调。前一作品在第一组诗歌中描写了缠足的习俗,而新作品的第一首中则出现了一位清朝官员(Mandarin:满大人)的形象:

> Sag', was könnt' uns Mandarinen,
> Satt zu herrschen, müd zu dienen,
> Sag', was könnt' uns übrigbleiben,
> Als in solchen Frühlingstagen
> Uns des Nordens zu entschlagen
> Und am Wasser und im Grünen
> Fröhlich trinken, geistig schreiben,
> Schal' auf Schale, Zug in Zügen.

译文:

试问我们这些官员大人，
早厌倦为政又疲于服侍，
试问我等可还别有良计？
何不趁这良辰美景春日，
让我们逃离这北方土地，
去清流之畔享绿茵草地，
边畅饮美酒，边纵情抒怀，
一碗接一碗，一笔连一笔。①

说话者以一个团体的名义谈到了"我们这些官员大人"，即同时代中华帝国朝廷中的高级官员"满大人"。但显而易见，大家可以在这位"官员大人"身上看到一个戴着中国面具的魏玛官员，他已经厌倦了政治，正在考虑再一次出走。由此一来，这个与中国直接相关的主题似乎也在传记研究的语境下悄然瓦解了。但是异域的色彩并未就此冰消雪融，因为最后半句又提到了一个奇特的情况，即作者并没有使用人们在魏玛常用的书写工具，而是用了另外一种完全不同的：那些"一笔连一笔"提笔抒怀的人，严格来说根本不是在用铅笔或羽毛笔写字，而是用毛笔和墨水进行书写，就如 1816 年 5 月歌德自己向魏玛公主所展示的那样。如果人们意识到这是一位清朝官员在用毛笔展示他的书法，那么他的第二项活动也同样具有了独特的中国光辉：他不只要"纵情抒怀"，也要"畅饮美酒"，同时也并非像在魏玛流行的那样用玻璃杯倒酒小酌，而是"一碗接一碗"地畅饮。

在组诗第 12 首的结尾处，这位官员的"同伴们"又在草地上找到了"大人"，为他"捧来毛笔、丹青、美酒"。② 如果我

---

① WA I, 4, p. 110.
② WA I, 4, p. 115.

们将眼前的两幅图景结合起来，想象一下官员下笔的场景，就不难发现开头那首诗应该这样理解：那些抒怀之作并不是用拉丁字母印刷出来的，当我们将它拿到眼前时，才会发现它就像是被画出来的一样，尽管用"一笔连一笔"来形容它会让我们觉得用毛笔书写的过程是不间断的，但这就是歌德对中国文字的印象。① 歌德在他的诗句中用德文字母描绘出了一首"中德"诗歌应有的中国特点。②

汉学家德博指出，诗中的"北方"（des Nordens）显得陌生而又神秘，但"让我们逃离这北方土地"这一特殊的表达又很容易在阅读中被忽略。③ 从歌德的生平传记来看，这种愿望或许表达了身处"北方"的作者对于南方的向往——歌德自己就曾在 1786 至 1788 年间不辞而别，撂下魏玛的繁忙政务，只身前往南方的意大利旅行。但这种对南方的向往其实并不适用于此处，因为歌德在第 6 首诗中写道："但无论目光在何方止住，那里都永是我东方乐土。"事实上，"北方"这一表达是来自中文的说法——"北方的首都"就是对地名"北京"的字面翻译。这位官员不是要逃往中国，而是想从北方的首都——皇帝的城市——逃向他自己的庭院，享受悠然自得的生活。

但他并不是像《西东合集》开头处穆罕默德所做的那样，要逃离战争和暴力的威胁，逃离摇摇欲坠的王位和分崩离析的帝国，而只是"厌倦为政"并且"疲于伺候"④，因为他厌烦了首相官署中的纷繁杂务，也厌烦了陪伴公主、伺候公爵之类的

---

① 关于歌德对中国书法的了解，参见 Debon. *Was wußte Goethe von der chinesischen Sprache und Schrift*, pp. 54-65.

② 参见 Bers. *Münzen für den Weltmarkt*, *Wertpapiere für Weimar*, pp. 191-194.

③ 参见 Debon. *Goethes »Chinesisch-Deutsche Jahres-und Tageszeiten «*, pp. 27-57.

④ Bers. *Münzen für den Weltmarkt*, *Wertpapiere für Weimar*, p. 131.

朝臣义务。当年想象中的逃离和今天想象中的归隐正好与他在1813年和1827年的创作、生活环境相对应。此处不再涉及对莱比锡"民族之战"的逃避，而只关注在最狭小、最亲密的圈子中该如何应对孤独、疲惫和哀伤。

这种隐退在儒家传统中并不是不被允许的，当然也没有什么不同寻常之处。然而，塞肯多夫的描绘已经表明，至少在魏玛，他们可以被视为反对宫廷生活、拥护自然世界的决定。这种对比在歌德的组诗中似乎是可预设的，当第12、13、14首诗所组成的三部曲开始时，"同伴们"（第12首）打破了我的"宁静之乐"（第13首）。因为他们不能"赞赏"我所选择的宁静自处，所以他们呼唤那位沉溺于旧梦的诗人站到他们当中来，并为恢复宫廷式的欢乐而做好了准备：

XII.

Hingesunken alten Träumen,

Buhlst mit Rosen, sprichst mit Bäumen,

Statt der Mädchen, statt der Weisen;

Können das nicht löblich preisen.

Kommen deshalb die Gesellen,

Sich zur Seite dir zu stellen,

Finden, dir und uns zu dienen,

Pinsel, Farbe, Wein im Grünen.

译文：

第 12 首

你沉溺于旧日的梦想，

与玫瑰相亲，代替娇娥，

> 与树木倾谈，代替贤哲；
> 我等却万难加以赞赏。
> 不如召来众多同伴们，
> 让他们围你身旁解闷，
> 在绿野里为你我众友，
> 捧来毛笔、丹青、美酒。①

聪明的官员从宫廷隐退到花园中来的这个场景，使人再一次想起塞肯多夫在 1781 年《蒂福尔特杂志》上发表的那篇关于中国的小说。在那里，正如在中国古代传说中一样，代表智慧的老子已经退隐到大自然中成为一名隐士。在虔诚地向太阳献上赞美诗的同时，塞肯多夫还将他"破旧的小屋"及其周围环境描绘为一个生活和教学的场所："老子的住所靠近长满深色栗子的山坡；四面群山环抱，只有一条绿色的小径在崖壁和荆棘之间蜿蜒，通向正对面的一座陡峭山岗。"②

这是一幅轮廓鲜明、令人难忘的景象。在歌德的多部作品中可以看到它的影子。例如在歌德的中篇小说《谁是背叛者？》(*Wer ist der Verräter？*)中③，主人公路齐多尔在公园与旷野相交的地方(也象征着入世与出世的分界点)看到一位老隐士，他身处在一处"有着中国式屋顶的隐居之所"④。在这里，宫廷与旷野中的自然世界形成了鲜明对比，而中国并未体现为中国风

① WA I, 4, p. 115.

② Seckendorff, Carl Siegmund Freiherr von. *Das Rad des Schicksals*, *eine chinesische Geschichte*, in: Heinz, Jutta/Golz, Jochen (ed.). *»Es ward als ein Wochenblatt zum Scherze angefangen«: Das Journal von Tiefurt*. Göttingen: Wallstein, 2011, p. 127.

③ 这部作品写于 1820 年，1821 年作为《威廉·迈斯特的漫游时代》(*Wilhelm Meisters Wanderjahre*)中的故事发表。

④ FA I, 10, p. 364.

时代欧洲宫廷花园里的那种中国寺庙或茶亭；相反，中国意味着在自然中的隐居，这正是来自对塞肯多夫小说的回忆。

　　这个场景在小说中完全是被顺带提到的，正因为如此，它在这里才更加值得一提。从宫廷贵族的行列中退出，返回到大自然，并且是到"中国式屋顶"下面去，就好像是不言而喻、自然而然的。尽管从小说中的隐士到1827年《中德四季晨昏杂咏》中厌倦了政治的官员形象还有很长的路要走，但发展脉络已然清晰明了。

　　值得注意的是，许多在《中德四季晨昏杂咏》中出现的主题和题材其实在几个月前问世的《中国作品》中就已经作为前奏出现过了：从开篇的自然场景到宫廷的规则，从对宫廷规则的大胆突破再到不同程度的恋爱关系。《中德四季晨昏杂咏》这个标题明确地总结了此前《中国作品》中暗含的东西。在这里，陌生、遥远的事物变得透明，甚至正因为陌生化处理而再度变成了熟悉、亲密的东西，但同时它们又变得如此不透明，以至于它们作为一种实实在在的异国元素构成了一段难以逾越的距离："世界文学"在此并非展现为一个概念，而是一种方法。在两部作品中，歌德都通过陌生化处理使人们重新认识到：个人对爱与幸福的渴望都要面对与社会习俗的抗争，而这种抗争在"严密防护的国度"里、在儒家的宫廷文化规则中要比在魏玛更为激烈。当中国才女要与习俗相抗争时，这里的官员大人胸中则涌动着一颗渴求宁静的心，他像布莱希特笔下的老子一样，采取了回避和隐退。①

三、爱情与讽喻

　　"你沉溺于旧日的梦想，与玫瑰相亲，代替娇娥……"（第

___

① 参见 Detering. *Bertolt Brecht und Laotse*, pp. 14-21.

12首）朋友们责备这位与鲜花树木为伴、孤独畅饮、沉溺诗文的官员大人。同时，他的不少诗句指向一位爱人，一位已经消失、再也无法挽回、无法触及的爱人。他在第6首诗歌中写道：春光已经逝去，夏天已然来临，"就连我那娇嫩小树/如今也是枝繁叶浓，/阻我含情脉脉目光，/不能再将美人偷睹"。轻松快活的语调陡然下降，变为一种感伤：

> Verdeckt ist mir das bunte Dach,
>
> Die Gitter und die Pfosten;
>
> Wohin mein Auge spähend brach,
>
> Dort ewig bleibt mein Osten.

译文：

> 彩瓦、窗棂还有廊柱，
>
> ——隐没眼前绿幕；
>
> 但无论目光在何方止住，
>
> 那里都永是我东方乐土。①

1796年，歌德还在讽刺诗《在罗马的中国人》中揶揄中国式以及非罗马式的建筑风格，也就是对"木条、纸板、雕刻作品和五彩的金碧辉煌"以及"小小木柱"撑起的"篷顶"进行冷嘲热讽。可如今，"彩瓦、窗棂还有廊柱"成为他追忆一段无可挽回的爱情、寄托感情的对象，这里必须补充一下的是——这是对一位中国才女的感情。从现在起，不仅是被遮蔽的凉亭，甚至是整个花园，对于这位官员大人来说都成为将他与消失的恋人、难忘的伴侣联系起来的地方：

---

① WA I, 4, p. 112.

VII.

War schöner als der schönste Tag;

Drum muß man mir verzeihen,

Daß ich sie nicht vergessen mag,

Am wenigsten im Freien.

Im Garten war's, sie kam heran,

Mir ihre Gunst zu zeigen;

Das fühl ich noch und denke dran,

Und bleib ihr ganz zu eigen.

译文：

第 7 首

她的美丽胜过最美日子，

因此你定解我心中爱意，

何况恰又身处这片旷地，

令我久久不能将她忘记。

当年正是她在花园之中，

走来向我表达殷殷爱意，

感觉久久难忘犹在心底，

我心也已完全属她无疑。①

在写下这首诗时，歌德到底回忆起了哪位美丽的爱人？是当年在公园中向他款款走来的克里斯蒂安娜——已经去世 11 年的结发妻子？还是几个月前刚刚与他永别、让他深深思念的灵魂伴侣冯·斯泰因夫人？研究者们对此莫衷一是，因为浮现

---

① WA I, 4, p. 113.

在歌德眼前的也许是 60 多年来无数位在他生命中留下难以磨灭印记的女性，她们的影子与关于花园的记忆重叠在一起，成为诗人心中最美好的回忆。但无论如何，要想再次看见这位爱人已经绝无可能。但对"她"的思念却逐渐与《中国作品》中敢于表达自我的中国才女融合在一起，因为她们的国度正是才华横溢的女性施展才情的舞台。于是，"我"把目光投向东方，想要追寻轻盈无比的舞女、晚霞中抚琴的女歌手、作诗抒怀的妃子和宫女，但所看到的却只有芳华之年的佳人远去后留下的空虚、幻灭和阴影。那一抹余晖留在心中，就像是盛开的水仙花从"蕊心中射出"的光芒，用"爱慕的炽热将花边映红"（第 2 首），又仿佛是最后一朵盛开的玫瑰花——"花国的女皇"（第 10 首）。在这个孤独的诗人眼中，甚至"无论何处见到一对情侣，它都相信这是绝世美景"（第 5 首）。而后夜幕降临，在东方世界"月的魔光"下，他在池塘边没有看到沐浴的少女，只看到"纤纤柳枝犹如发丝，紧贴水波舞弄嬉戏"（第 8 首），使"我"平添了惆怅。

诗中的"东方"与太阳的主题紧密相关，同时也与爱情密不可分。第 3 首诗中这样写道："希望出现在我们的眼前/吹散一幅薄雾般的轻纱。"这种希望持续到诗节结束，与失去的爱人重逢的愿望虽然并不会实现，但是那种"愿望得到满足，太阳欢庆/拨开云雾带给我们幸福"（第 3 首）的甜蜜回味更加清晰。正因为如此，在诗人心中，他怀着思念所望去的地方也就是那个能让他幸福地回忆起爱情，是"愿望得到实现"、太阳也为之欢庆的地方，也就是"我"精神上的"东方"——1827 年第二次"逃离"的最终归宿。只有在这层意义上，"无论目光在何方止住，那里都永是我东方乐土"这样神秘的表达才变得可以理解。

这位孤独的诗人希望保持孤独一人的状态，因此他最终摆脱了那些想要有所行动、寻找欢乐的同伴，并以一位老师的口吻，用第 14 首也是全篇最后一首诗打发了不速之客。在歌德 1827 年写下的两篇中国组诗里，再没有一个地方像结尾的讽喻诗这样清晰地显示出结构上的相似性了。在《中国作品》里，宫女开元对皇帝说道：

> 皇帝施为，万事都在他那里成就，
> 为了子民幸福，使未来变为现实。

在《中德晨昏四季杂咏》第 14 首诗里，当缠人的访客问到这位官员"可还有金玉良言相赐"时，他用两行在韵律、声调和结构方面都与前一诗歌相同的格言诗作出了回答：

> Sehnsucht ins Ferne, Künftige zu beschwichtigen,
> Beschäftige dich hier und heut im Tüchtigen.

译文：

> 要将好高骛远的雄心克制，
> 于此地此时发挥你的才智。①

作为收束全诗的警句，结尾这两段诗歌都提到了如何才算有所作为。但是当开元宫人赞扬皇帝为子民幸福而努力时，这位官员却选择了听之任之。用他的话说，对于那些难以实现的

---

① WA I, 4, p. 115。"有才干的人"（Tüchtiger）在歌德晚年作品中占有重要地位，是指受过全面的教育、不断努力实践的人，在他 1831 年 6 月 18 日的信中，他将"有才干的人"描述为"我们顶礼膜拜的圣徒集体"（die Gemeinschaft der Heiligen zu der wir uns bekennen）。参见 MA 20.2，p. 1491.

"好高骛远的雄心"，最好还是加以克制。而他留给自己的建议则是："让我们逃离这北方土地，/去清流之畔享绿茵草地，/边畅饮美酒，边纵情抒怀。""魏玛的孔夫子"和他的朋友们就此分手，朋友们走上了去往城市和皇宫的大路，他则留在了花园中。陪伴他的只有他的回忆和跨越东西的诗篇(见图 10-1)。

图 10-1 《中华帝国详志》(1735)中的孔子像

结　语

　　正如歌德 1813 年第一次"逃离"为他带来丰硕的文学成果一样，如果我们仔细审视他在 1827 年的第二次"逃离"，同样也会发现这是一个新的开端：在吸收异国文化和保持必要距离两方面的辩证统一。

　　《西东合集》中虽然并没有对拿破仑的直接描写，但实际上拿破仑已经化身为诗中的帖木儿皇帝。面对拟人化的严冬，诗中的一代枭雄帖木儿显得无力回天，人们自然不难看出此处所描写的正是拿破仑远征军在俄罗斯所遭遇的灭顶之灾。作者只是略加变形，通过一个超越时代的母题使之变得清晰起来。这位"逃离者"甚至将最亲密的私人关系也隐藏在《合集》中：在哈特姆和苏莱卡以诗歌形式进行的争论中，我们不难察觉到那是歌德和玛丽安娜·冯·维勒默尔(Marianne von Willemer)之间的对话。它们都同样体现了歌德用陌生化的外壳将身边最熟悉的事件变成一场文学盛宴的高超技巧。

　　在 1827 年这次"逃往中国"的旅程中，歌德的两部"中国作品"都将中国的异域性与熟悉的家乡题材融汇在文学的实践中。对于作者来说，它们既是对"世界文学"的实战演练，也是对概念本身的深化。《中国作品》的独到之处在于对"才女"经历独有的关注、体察以及对作为主体的女性自我的有力表达；《中德晨昏四季杂咏》则从一位悲伤、但又满怀希望和诗意的归隐官员角度审视了爱情、幸福、孤独、社会的规则与隐逸的归宿。如果说后者完全是男性的视角，那么前者则表现了女性的眼光。

即便我们在阅读《中国作品》(如第2、第4首诗)时并未跟随梅妃、开元的目光，而是跟随着宫廷中的一位男性官员、一位仰慕者的目光观察她们(如在《薛瑶英》和《冯小怜》中)，女性的主体地位依然清晰可见。即便她们只是皇宫中的女艺术家，处在男性的支配之下，但是她们天生就有身体、灵魂和才智上的禀赋，我们能看到轻盈的舞蹈家薛瑶英、愤怒斥责君王的才女梅妃、令人动容的女琴师冯小怜，最后还有勇敢地为自己赢得最后胜利的女诗人开元。正是从这群"中国才女"开始，歌德塑造了《中德晨昏四季杂咏》中厌倦政治的中国官员，为《浮士德》中心灰意冷的海伦娜写下了最后的告别词，最终在《艺术与古代》中宣示了世界文学时代到来的证明。这其中的每一步都处在"他者"真实的异己性和对熟悉事物的陌生化处理之间，每一步都在"世界文学"的钢丝上保持着中德元素之间的平衡。而尤其不应忘记的是，正是由于与中国才女的历史性相遇，歌德第一次公开宣布了"世界文学"时代的到来。

歌德于1813年拿破仑战败时第一次"逃往中国"，又于1827年冯·斯泰因夫人去世之际第二次"逃往中国"，这两次"逃离"之间有着本质性的区别。当初，他想要逃到远方的心情万分迫切。现在，他不仅在异国的土地上重新见到了他最为亲密、最为私人的东西，还将其用文学的手段表达了出来。虽然他只字未提冯·斯泰因夫人的离世，但在那些中国宫廷中温柔可人、通晓音律、反抗社会边缘化境遇的"最可爱的女性"身上，同时也在孤独的中国官员吟诵的诗篇中，我们仍然可以依稀分辨出一篇献给灵魂伴侣的墓志铭。这或许就是《中德四季晨昏杂咏》中那两句诗歌被视若箴言的原因。它也是对1827年"世界文学"的最佳注脚："无论目光在何方止住，那里都永是我东方乐土。"

附　录

A.《百美新咏》中入选《花笺记》英译本的中国女性传记

汤姆斯译本中的中国女性传记译名（带∗者同时附有诗作）	在《百美新咏》中的序号及中文名	《百美新咏》中是否配有诗作	简　介
1. Soo-Hwuy ∗	61 苏蕙	无	东晋武功人苏道质之女，约生于前秦王永兴元年(357)，天资聪颖，以创作回文诗《璇玑图》闻名。汤姆斯专门从其他书中转译了《织锦回文诗》十首并归于她名下
2. Lady Mei-Fe ∗	21 梅妃	有	传说中为唐玄宗妃子，后失宠
3. Lady Pan-Tse-Yu	22 班婕妤	有	汉成帝妃子，善辞赋。《汉书·外戚传》中有她的传记
4. Queen Yin	27 阴后	无	汉光武帝的皇后
5. Lady Shang-Kwan	28 上官昭容	无	即上官婉儿(664—710)，唐代武则天宫中的著名才女
6. Lady Mang	33 孟才人	无	唐武宗妃嫔，善笙歌，宫中无人能比
7. Lady Hwa-Juy	34 花蕊夫人	有	五代十国时后蜀后主的妃子，后被宋太祖纳为妃子
8. Lady Hea	37 夏姬	无	传说中三度成为王后的不老美人

续表

汤姆斯译本中的中国女性传记译名(带＊者同时附有诗作)	在《百美新咏》中的序号及中文名	《百美新咏》中是否配有诗作	简　介
9. Mo-Keuen-Shoo	15 莫琼树	无	魏文帝宫中的美人,善作蝉鬓
10. Lady San-Tang ＊	38 单登	有	在《百美新咏》第 38 篇《懿德后》中,宫婢单登让人作诗 10 首,设计陷害了辽国懿德后
11. Lady Fung-Seang-Ling	39 冯小怜	有	北齐后主的左皇后
12. Queen Yang	40 羊后	无	西晋惠帝的第二任皇后,永嘉之乱后被刘曜所纳,后成为前赵末帝刘曜的皇后
13. Lady Seuen-Hwa	45 宣华夫人	无	隋文帝妃子,后来又被隋炀帝所纳
14. The Princess Shan-Yin	46 山阴公主	无	南朝宋武帝之女,喜好男宠
15. Paou-Sze	47 褒姒	无	周幽王妃子,以"烽火戏诸侯""千金一笑"等典故闻名
16. Lady Tsin-Kwo	50 秦国夫人	无	杨贵妃的八姐,唐玄宗将其接入京城,封为秦国夫人。后有苏东坡为其题诗
17. Lady Le-She	51 李势女	无	东晋权臣桓温的小妾
18. Lady See-Yaou-Hing ＊	57 薛瑶英	有	唐代宰相元载宠姬,《百美新咏》中引用了贾至、杨炎为她所作诗篇
19. Lady Chung-Tseay	58 宠姐	无	唐玄宗时宁王的宠姬,传说李白求见芳容不得,只听到其歌声
20. Tsae-Wan-Ke	65 蔡文姬	无	东汉末年才女,以《胡笳十八拍》闻名后世
21. Muh-Lan	66 木兰	无	即传说中女扮男装、替父从军的女英雄花木兰

续表

汤姆斯译本中的中国女性传记译名(带＊者同时附有诗作)	在《百美新咏》中的序号及中文名	《百美新咏》中是否配有诗作	简　介
22. Kin-Tsaou	67 琴操	有	宋代杭州名妓，在与苏东坡对诗后，悟道出家为尼
23. Lady Chang- Fung-Hung	68 张红红	无	因善于记曲被唐敬宗召入宫中，称为"记曲娘子"
24. Choo-Shuh-Ching *	73 朱淑真	有	南宋著名女诗人，号幽栖居士
25. Tsin-Yang-Ke	82 浔阳妓	无	白居易《琵琶行》中的女主人公
26. Lady Kea-yae-ging *	83 贾爱卿	有	北宋魏国公韩琦的官妓，有诗人李师中为其赋诗
27. Lady Kwan-pun-pun	84 关盼盼	有	唐代徐州守帅张建的爱姬，善歌舞，与白居易作诗应和，后绝食殉情而死
28. Lady Luh-Choo	88 绿珠	无	西晋富豪石崇宠姬，能歌善舞，石崇失势被捕时自杀
29. Lady Jin-She *	89 任氏	是	五代十国时人，曾在梧桐叶上作诗，叶子被侯继图(后为前蜀尚书)所得，两人亦成为夫妻
30. Lady Chaou-Yun	90 朝云	无	苏东坡的小姜，为其唱曲，以"伤春"闻名
31. Kae-yuen *	91 开元宫人	是	唐玄宗宫中侍女
32. Queen Tang			邓皇后，著名女政治家，东汉和帝驾崩后临朝称制 16 年。这篇传记并非出自《百美新咏》，而是《后汉书》

B. 英译《百美新咏》节选

LADY SEE-YAOU-HING

was the beloved concubine of Yun-tsae. She was handsome, a good dancer, and a poetess. A person on hearing her sing and seeing her dance addressed her the following lines.

When dancing you appear unable to sustain your garments studdied with gems,

Your countenance resembles the flower of new-blown peach.

We are now certain, that the Emperor Woo of the Han dynasty,

Erected a screen lest the wind should waft away the fair Fe-lin. ①

LADY MEI-FE

Concubine to the Emperor Ming, of the Tang dynasty, was able when only nine years old, to repeat all the Odes of the She-king. Addressing her father, she observed, "Though I am a girl, I wish to retain all the Odes of this book in my memory". This incident much pleased her parent, who named her Tsae-pun, "Ability's root". She entered the palace during the national epithet Kai-yuen. The Emperor was much pleased with her person. She was learned and might be compared with the Famous Tseay-neu. In her dress she was careless, but being handsome, she needed not

---

① Thoms. *Chinese Courtship*, p. 263.

the assistance of the artist. On lady Yang-ta-chung becoming a favorite with the Emperor, Mei-fe was removed to another apartment. The Emperor, it is said, again thought of her; at which time a foreign state sent a quantity of pearls, as tribute, which his Majesty ordered to be given to Lady Mei-fe. She declined receiving them, and sent his Majesty by the messenger, the following lines.

The eyes of the Kwei flower, have been long unadorned:

Being forsaken my girdle has been wet with tears of regret.

Since residing in other apartments, I have refused to dress,

How think by a present of pearls, to restore peace to my mind?①

LADY FUNG-SEANG-LIN

After being in the harem for five months, during which time she sung, danced, and played on various stringed instruments to amuse the Emperor, being pleased with her person, he made her Assistant-queen. She sat at table with him and accompanied him on horseback. While on a hunting excursion with the Emperor, the army of Chow entered his territory. Lady Fung-seaou-lin was discovered in a well, and was presented to their Sovereign Fuh. One day while playing on her favorite instrument Pe-pa (guitar), she broke one of its strings, on which occasion she impromtu recited the following stanza.

Though I thank you for the kindness which you daily manifest,

Yet when I remember the love of a former day;

If desirous of knowing whether my heart be broken,

---

① Thoms. *Chinese Courtship*, p. 254.

It is only for you to look at the strings of my Pe-pa. ①

KAE-YUEN

was an attendant on the palace. On the Sovereign Yuen-tsung sending a large quantity of regimental clothing to the troops on the frontiers, much of which had been made in the harem; one of the soldiers found in the pocket of his coat, the following stanza.

While in the field of battle contending with the enemy,

And unable to sleep from intense cold,

I make you this garment,

Though I know not who will wear it.

Being anxious for your preservation, I add a few extra stitches,

And quilt it with a double portion of wadding.

Though in this life we are unable to dwell together,

I desire we may(be) wedded in a future state.

The soldier on finding the ode presented it to his office. His commanding officer presented it to his Majesty. His Majesty ordered an attendant to make strick enquiries throughout the harem, to ascertain who wrote it; whoever did was not to deny it. On the enquiry being made, an individual said, "I am the person, and am deserving of ten thousand deaths." The Emperor Yueu-tsung pitied her, but married her to the person who obtained the ode, when his Majesty jocosely observed, "We notwithstanding have been wedded in this life." ②

---

① Thoms. *Chinese Courtship*, p. 259.
② Thoms. *Chinese Courtship*, p. 270.

C. 歌德 1827 年发表的《中国作品》全文

Chinesisches

Nachstehende, aus einem chrestomathisch-biographischen
Werke, das den Titel führt: *Gedichte hundert schöner Frauen*,
ausgezogene Notizen und Gedichtchen geben uns die Überzeugung,
daß es sich trotz aller Beschränkungen in diesem sonderbar-
merkwürdigen Reiche noch immer leben, lieben und dichten lasse.

Fräulein See-Yaou-Hing

Sie war schön, besaß poetisches Talent, man bewunderte sie
als die leichteste Tänzerin. Ein Verehrer drückte sich hierüber
poetisch folgendermaßen aus:

Du tanzest leicht bei Pfirsichflor

Am luftigen Frühlingsort:

Der Wind, stellt man den Schirm nicht vor.

Bläs't euch zusammen fort.

Auf Wasserlilien hüpftest du

Wohl hin den bunten Teich,

Dein winziger Fuß, dein zarter Schuh

Sind selbst der Lilie gleich.

Die andern binden Fuß für Fuß,

Und wenn sie ruhig stehn,

Gelingt wohl noch ein holder Gruß,

Doch können sie nicht gehn.

Von ihren kleinen goldbeschuhten Füßchen schreibt sich's her, daß niedliche Füße von den Dichtern durchaus goldne Lilien genannt werden, auch soll dieser ihr Vorzug die übrigen Frauen des Harems veranlaßt haben, ihre Füße in enge Bande einzuschließen, um ihr ähnlich, wo nicht gleich zu werden. Dieser Gebrauch, sagen sie, sei nachher auf die ganze Nation übergegangen. ①

Fräulein Mei-Fe

Geliebte des Kaisers Min, reich an Schönheit und geistigen Verdiensten und deshalb von Jugend auf merkwürdig. Nachdem eine neue Favoritin sie verdrängt hatte, war ihr ein besonderes Quartier des Harems eingeräumt. Als tributäre Fürsten dem Kaiser große Geschenke brachten, gedachte er an Mei-Fe und schickte ihr alles zu. Sie sendete dem Kaiser die Gaben zurück, mit folgendem Gedicht:

Du sendest Schätze mich zu schmücken!

Den Spiegel hab' ich längst nicht angeblickt:

Seit ich entfernt von deinen Blicken,

Weiß ich nicht mehr was ziert und schmückt. ②

Fräulein Fung-Sean-Ling

Den Kaiser auf einem Kriegszug begleitend, ward sie nach dessen Niederlage gefangen und zu den Frauen des neuen Herrschers gesellt. Man verwahrt ihr Andenken in folgendem Gedicht:

Bei geselligem Abendroth,

Das uns Lied und Freude bot,

---

① WA I, 41/2, pp. 272-273.
② WA I, 41/2, p. 273.

Wie betrübte mich Seline!

Als sie, sich begleitend, sang,

Und ihr eine Saite sprang,

Fuhr sie fort mit edler Miene:

"Haltet mich nicht froh und frei;

Ob mein Herz gesprungen sei-

Schaut nur auf die Mandoline."①

Kae-Yven

Eine Dienerin im Palaste. Als die kaiserlichen Truppen im strengen Winter an der Gränze standen, um die Rebellen zu bekriegen, sandte der Kaiser einen großen Transport warmer Monturen dem Heere zu, davon ein großer Theil in dem Harem selbst gemacht war. Ein Soldat fand in seiner Rocktasche folgendes Gedicht:

Aufruhr an der Gränze zu bestrafen,

Fechtest wacker, aber nachts zu schlafen

Hindert dich die strenge Kälte beißig.

Dieses Kriegerkleid, ich näht' es fleißig,

Wenn ich schon nicht weiß, wer's tragen sollte;

Doppelt hab ich es wattirt, und sorglich wollte

Meine Nadel auch die Stiche mehren

Zur Erhaltung eines Manns der Ehren.

Werden hier uns nicht zusammen finden,

Mög' ein Zustand droben uns verbinden!

Der Soldat hielt für Schuldigkeit, das Blatt seinem Officier

---

① WA I, 41/2, pp. 273-274.

vorzuzeigen, es machte großes Aufsehen und gelangte vor den
Kaiser. Dieser verfügte sogleich eine strenge Untersuchung in dem
Harem: wer es auch geschrieben habe, solle es nicht verläugnen.
Da trat denn eine hervor und sagte: "Ich bin's, und habe
zehntausend Tode verdient." Der Kaiser Yuen-tsung erbarmte sich
ihrer und verheirathete sie mit dem Soldaten, der das Gedicht
gefunden hatte; wobei Seine Majestät humoristisch bemerkte:
"Haben uns denn doch hier zusammengefunden!" Worauf sie
versetzte:

Der Kaiser schafft, bei ihm ist alles fertig,

Zum Wohl der Seinen, Künftiges gegenwärtig.

Hierdurch nun ist der Name Kae-Yven unter den chinesischen
Dichterinnen aufbewahrt worden. ①

D. 中德对照本《中德四季晨昏杂咏》

Chinesisch-deutsche Jahres- und Tageszeiten
《中德四季晨昏杂咏》②

I.

Sag', was könnt' uns Mandarinen,

Satt zu herrschen, müd zu dienen,

Sag', was könnt' uns übrigbleiben,

---

① WA I, 41/2, pp. 274-275.

② 本篇的德语原文主要引自魏玛版《歌德全集》，见 WA I, 4,
pp. 110-116；同时参考法兰克福版和慕尼黑版《歌德全集》进行了对勘，
参见 FA I, 2, pp. 695-699；MA 18.1, pp. 16-20。笔者在翻译此诗时参考
了钱春绮、杨武能前辈的译本。

Als in solchen Frühlingstagen

Uns des Nordens zu entschlagen

Und am Wasser und im Grünen

Fröhlich trinken, geistig schreiben,

Schal' auf Schale, Zug in Zügen. ①

—

试问我们这些官员大人，

早厌倦为政又疲于服侍，

试问我等可还别有良计？

何不趁这良辰美景春日，

让我们逃离这北方土地，

去清流之畔享绿茵草地，

边畅饮美酒，边纵情抒怀，

一碗接一碗，一笔连一笔。

II.

Weiß wie Lilien, reine Kerzen,

Sternen gleich, bescheidner Beugung,

Leuchtet aus dem Mittelherzen

Rot gesäumt, die Glut der Neigung.

So frühzeitige Narzissen

Blühen reihenweis im Garten.

Mögen wohl die guten wissen,

Wen sie so spaliert erwarten.

① 此处在法兰克福版和慕尼黑版《歌德全集》中均做问号。参见
FA I, 2, p. 695; MA 18. 1, p. 16.

二

若百合皎洁，似纯净明烛，
若群星灿烂，似谦逊微躬，
仿佛光芒从蕊心中射出
爱慕的炽热，将花边映红。

这正是早早绽放的水仙，
一行行在春日花园盛开。
或许有好心的人儿知晓，
它们列队恭迎何人到来。

III.

Ziehn die Schafe von der Wiese,
Liegt sie da, ein reines Grün;
Aber bald zum Paradiese
Wird sie bunt geblümt erblühn.

Hoffnung breitet lichte Schleier[①]
Nebelhaft vor unsern Blick:
Wunscherfüllung, Sonnenfeier,
Wolkenteilung bring' uns Glück![②]

---

①　此处 lichte 在法兰克福版和慕尼黑版《歌德全集》中均做 leichte。参见 FA I, 2, p. 696；MA 18. 1, p. 16.

②　此处在 Wolkenteilung 法兰克福版和慕尼黑版《歌德全集》中均做 Wolkenteilend，与之相应，上一行结尾都没有逗号；慕尼黑版在 bring 后面没有省音符。参见 FA I, 2, p. 695；MA 18. 1, p. 16.

三

羊儿们纷纷离开了草地，

在那里只留下一片青绿。

但不久又将如天堂来临，

绚烂花朵令它辉煌美丽。

希望出现在我们的眼前

吹散一幅薄雾般的轻纱，

愿望得到满足，太阳欢庆，

拨开云雾带给我们幸福。

IV.

Der Pfau schreit häßlich, aber sein Geschrei

Erinnert mich an's himmlische Gefieder;

So ist mir auch sein Schreien nicht zuwider.

Mit indischen Gänsen ist's nicht gleicherlei,

Sie zu erdulden, ist unmöglich:

Die häßlichen sie schreien unerträglich.

四

孔雀叫声虽然不堪入耳，

却可让我想到绚烂羽毛，

因此啼叫尚不令我烦扰。

印度鹅可无法相提并论，

样子丑陋更兼叫声难听，

忍受它们才真绝无可能。

V.

Entwickle deiner Lüste Glanz

Der Abendsonne goldnen Strahlen,

Laß deines Schweifes Rad und Kranz

Kühn-äugelnd ihr entgegen prahlen!

Sie forscht wo es im Grünen blüht,

Im Garten überwölbt vom Blauen;

Ein Liebespaar, wo sie's ersieht,

Glaubt sie das Herrlichste zu schauen.

五

尽情绽放你情爱的辉煌，

就如落日射出万道金光，

展开你如轮如环的尾屏，

望着她勇敢昂首迎向前。

繁花绿茵间它寻寻觅觅，

仰望碧蓝天穹笼罩花园；

无论何处见到一对情侣，

它都相信这是绝世美景。

VI.

Der Guckuck wie die Nachtigall,

Sie möchten den Frühling fesseln,

Doch drängt der Sommer schon überall

Mit Disteln und mit Nesseln.

Auch mir hat er das leichte Laub

An jenem Baum verdichtet,

Durch das ich sonst zu schönstem Raub

Den Liebesblick gerichtet;

Verdeckt ist mir das bunte Dach,

Die Gitter und die Pfosten;

Wohin mein Auge spähend brach,

Dort ewig bleibt mein Osten.

六

那杜鹃鸟一如夜莺，

想要将这春光锁住，

怎奈夏天早已闯入，

遍野撒下荨麻蓟草。

就连我那娇嫩小树

如今也是枝繁叶浓，

阻我含情脉脉目光，

不能再将美人偷睹。

彩瓦、窗棂还有廊柱，

——隐没眼前绿幕；

但无论目光在何方止住，

那里都永是我东方乐土。

VII.

War schöner als der schönste Tag;

Drum muß man mir verzeihen,

Daß ich sie nicht vergessen mag,

Am wenigsten im Freien.

Im Garten war's, sie kam heran,

Mir ihre Gunst zu zeigen;

Das fühl' ich noch und denke dran,

Und bleib ihr ganz zu eigen.

七

她的美丽胜过最美日子，

因此你定解我心中爱意，

何况恰又身处这片旷地，

令我久久不能将她忘记。

当年正是她在花园之中，

走来向我表达殷殷爱意，

感觉久久难忘犹在心底，

我心也已完全属她无疑。

VIII.

Dämmerung senkte sich von oben,

Schon ist alle Nähe fern;

Doch zuerst emporgehoben

Holden Lichts der Abendstern!

Alles schwankt in's Ungewisse,

Nebel schleichen in die Höh';

Schwarzvertiefte Finsternisse

Widerspiegelnd ruht der See.

Nun am östlichen Bereiche①

Ahn' ich Mondenglanz und -Glut,②

Schlanker Weiden Haargezweige

Scherzen auf der nächsten Flut.

Durch bewegter Schatten Spiele

---

① 此处 am 在法兰克福版和慕尼黑版《歌德全集》中均做 im。参见 FA I, 2, p. 697; MA 18. 1, p. 18.

② 法兰克福版和慕尼黑版《歌德全集》在此处无连接符号。

Zittert Luna's Zauberschein,

Und durch's Auge schleicht die Kühle

Sänftigend in's Herz hinein. ①

八

苍茫暮色徐徐降临，

眼前景物渐渐远去。

然有长庚率先升起，

撒下柔美光辉晶莹！

万象摇曳模糊无定，

雾霭轻轻爬上树顶，

一池湖水安详静谧，

倒映出那黑暗沉寂。

此时在那东方天际，

料有月光皎洁明晰。

纤纤柳枝犹如发丝，

紧贴水波舞弄嬉戏。

树影伴风婆娑起舞，

月的魔光随之摇曳。

凉意悄然穿过眼帘，

温柔抚慰沁我心田。

IX.

Nun weiß man erst, was Rosenknospe sei,

Jetzt, da die Rosenzeit vorbei;

---

① 法兰克福版和慕尼黑版《歌德全集》在此处无省音符。

Ein Spätling noch am Stocke glänzt
Und ganz allein die Blumenwelt ergänzt.

九

如今方知玫瑰花苞奥秘，

然而玫瑰花期已然过去；

幸有迟来者还怒放孤枝，

独自去将花国缺憾弥补。

X.

Als Allerschönste bist du anerkannt,

Bist Königin des Blumenreichs genannt:

Unwidersprechlich allgemeines Zeugnis,

Streitsucht verbannend, wundersam Ereignis!

Du bist es also, bist kein bloßer Schein,

In dir trifft Schau'n und Glauben überein①;

Doch Forschung strebt und ringt, ermüdend nie,

Nach dem Gesetz, dem Grund *Warum* und *Wie*.

十

世人公认你美艳无双，

尊称你为花国的女皇；

公众的见证毋庸置疑，

神奇造物竟消弭争执！

所以说你并非虚有其表，

---

①　法兰克福版和慕尼黑版《歌德全集》中，此处 Schaun 有省音符，写作 Schau'n。

将直观和信念圆融巧妙。
但仍不倦探索如饥似渴
法则与原因，何以与如何。

XI.

Mich ängstigt das Verfängliche

Im widrigen Geschwätz,

Wo nichts verharre, alles flieht,

Wo schon verschwunden, was man sieht;

Und mich umfängt das bängliche,

Das graugestrickte Netz. -

"Getrost! Das Unvergängliche

Es ist das ewige Gesetz

Wonach die Ros' und Lilie blüht."

十一

我最害怕无谓空谈，
喋喋不休令人生厌，
万物无常无可留系，
方在眼前转瞬即逝；
只怕忧愁将我缠住，
有如灰线织就网罟。—
你可放心！世间还有
恒久法则亘古永在，
蔷薇百合循它盛开。

XII.

Hingesunken alten Träumen,

Buhlst mit Rosen, [①] sprichst mit Bäumen,

Statt der Mädchen, statt der Weisen;

Können das nicht löblich preisen.

Kommen deshalb die Gesellen

Sich zur Seite dir zu stellen,

Finden, dir und uns zu dienen,

Pinsel, Farbe, Wein im Grünen.

十二

你沉溺于旧日的梦想，

与玫瑰相亲，代替娇娥，

与树木倾谈，代替贤哲；

我等却万难加以赞赏。

不如召来众多同伴们，

让他们围你身旁解闷，

在绿野里为你我众友，

捧来毛笔、丹青、美酒。

XIII.

Die stille Freude wollt ihr stören?

Laßt mich bei meinem Becher Wein;

Mit andern kann man sich belehren,

Begeistert wird man nur allein.

---

① 歌德手稿中写作 Blumen，但印刷时变为 Rosen，原因不明。参见法兰克福版中的注释，FA I, 2, p. 1218.

十三

为何打扰我宁静之乐?
请让我安享杯中美酒;
与人交游可受益匪浅,
孤身独处才灵光闪现。

XIV.

"Nun denn! Eh wir von hinnen eilen,
Hast noch was Kluges mitzuteilen?"

Sehnsucht ins Ferne, Künftige zu beschwichtigen,
Beschäftige dich hier und heut im Tüchtigen.

十四

"也罢! 在我辈匆匆离去之际,
敢问可还有金玉良言相赐?"

要将好高骛远的雄心克制,
于此地此时发挥你的才智。

参 考 文 献

歌德作品及谈话录

[1] [德]爱克曼辑录：《歌德谈话录》，朱光潜译，北京：人民文学出版社，1978 年.

[2] [德]歌德：《歌德自传——诗与真》，刘思慕译，北京：人民文学出版社，1983 年.

[3] FA = *Sämtliche Werke. Briefe, Tagebücher und Gespräche*, hg. von Hendrik Birus, Friedmar Apel, Frankfurt a. M. : Deutscher Klassiker Verlag, 1985-2013. (Frankfurter Ausgabe.)

[4] *Gedichte 1756-1799*, hg. von Karl Eibl, Frankfurt a. M. : Deutscher Klassiker Verlag, 1987. (= FA I, 1)

[5] *Gedichte 1800-1832*, hg. von Karl Eibl, Frankfurt a. M. : Deutscher Klassiker Verlag, 1988. (= FA I, 2)

[6] *West-östlicher Divan. Teile I und II*, hg. von Hendrik Birus, Frankfurt a. M. : Deutscher Klassiker Verlag, 1994. (= FA I, 3/1 und 3/2)

[7] *Dramen 1776-1790*, unter Mitarbeit von Peter Huber hg. von Dieter Borchmeyer, Frankfurt a. M. : Deutscher Klassiker Verlag, 1988. (= FA I, 5)

[8] *Faust. Texte. Kommentar*, 8. Aufl, hg. von Albrecht Schöne, Berlin: Deutscher Klassiker Verlag, 2017. (= FA I, 7/1, FA I, 7/2)

[9] *Wilhelm Meisters Wanderjahre*, hg. von Gerhard Neumann und Hans-Georg Dewitz, Frankfurt a. M. : Deutscher Klassiker Verlag, 1989. (= FA I, 10)

[10] *Bezüge nach außen*: Übersetzungen II, *Bearbeitungen*, hg. von Hans-Georg Dewitz, Frankfurt a. M. : Deutscher Klassiker Verlag, 1999. (= FA I, 12)

[11] *Aus meinem Leben. Dichtung und Wahrheit*, hg. von Klaus-Detlef Müller, Frankfurt a. M. : Deutscher Klassiker Verlag, 1986. (= FA I, 14)

[12] *Tag-und Jahreshefte*, hg. von Irmtraud Schmid, Frankfurt a. M. : Deutscher Klassiker Verlag, 1994. (= FA I, 17)

[13] *Ästhetische Schriften 1816-1820*: Über Kunst und Altertum I-II, hg. von Hendrik Birus, Frankfurt a. M. : Deutscher Klassiker Verlag, 1999. (= FA I, 20)

[14] *Ästhetische Schriften 1821-1824*: Über Kunst und Altertum III-IV, hg. von Stefan Greif und Andrea Ruhlig, Frankfurt a. M. : Deutscher Klassiker Verlag, 1998. (= FA I, 21)

[15] *Ästhetische Schriften 1824-1832*: Über Kunst und Altertum V-VI, hg. von Anne Bohnenkamp, Frankfurt a. M. : Deutscher Klassiker Verlag, 1999. (= FA I, 22)

[16] *Napoleonische Zeit*: Briefe, Tagebücher und Gespräche vom 10. Mai 1805 bis 6. Juni 1816. Teil II: Von 1812 bis zu Christianes Tod, hg. von Rose Unterberger, Frankfurt a. M. : Deutscher Klassiker Verlag, 1994. (= FA II, 7)

[17] *Die letzten Jahre*: Briefe, Tagebücher und Gespräche von 1823

bis zu Goethes Tod, hg. von Horst Fleig, Frankfurt a. M.:
Deutscher Klassiker Verlag, 1993. (= FA II, 10, FA II,
11)

[18]Eckermann, Johann Peter, *Gespräche mit Goethe in den letzten
Jahren seines Lebens*, hg. von Christoph Michel unter
Mitwirkung von Hans Grüters, Frankfurt a. M.: Deutscher
Klassiker Verlag, 1999. (= FA II, 12)

[19]WA = *Goethes Werke. Dritte Abteilung: Goethes Tagebücher*,
hg. im Auftrag der Großherzogin Sophie von Sachsen, Weimar:
Hermann Böhlau, 1887-1900. (Weimarer Ausgabe)

[20]MA= *Sämtliche Werke nach Epochen seines Schaffens*, hg. von
Hans-Günter Ottenberg und Edith Zehm, München: Hanser,
1991-1998. (Münchner Ausgabe)

[21] *Letzte Jahre: 1827-1832*, Teil 2, hg. von Johannes John,
Karl Richter, München: Hanser, 1996. (= MA 18/2)

[22]*Briefwechsel zwischen Goethe und Zelter in den Jahren 1799 bis
1832*, hg. von Carl Friedrich Zelter, Edith Zehm, Karl
Richter, München: Hanser, 1998. (= MA 20/1, 20/2, 20/
3)

[23]Goethe, Johann Wolfgang von. *Tagebücher 1813-1816,
Kommentar*, hg. von Wolfgang Albrecht, Stuttgart/Weimar:
Metzler, 2007. (= *Tagebücher*, Bd. V.2, historisch-kritische
Ausgabe, im Auftrag der Klassik Stiftung Weimar hg. von
Jochen Golz)

其他一手文献

[1][英] 爱尼斯·安德逊:《在大清帝国的航行——英国人眼

中的乾隆盛世》，费振东译，北京：电子工业出版社，
2015 年.

[2]（清）颜希源（编撰）:《百美新咏图传》，嘉庆十年集腋轩
刻本.

[3]荑荻散人:《玉娇梨》，北京：中华书局，2002 年.

[4]Ampère, André-Marie/Ampère, Jean-Jacques. *Correspondance et souvenirs (de 1805 à 1864). Recueillis par Mme. H. C. I*, Paris: Hetzel 1875.

[5]Anderson, Aeneas. *A Narrative of the British Embassy to China, in the Years 1792, 1793, and 1794; Containing the Various Circumstances of the Embassy, with Accounts of Customs and Manners of the Chinese; and a Description of the Country, Towns, Cities*, London: Debrett, 1795.

[6]Anderson, Aeneas. *Geschichte der Brittischen Gesandtschaft nach China in den Jahren 1792-1794. Nebst einer Nachricht von dem Lande, den Gebräuchen und Sitten der Chinesen*, Hamburg: Hoffmann 1796. (Reprint Saarbrücken: Fines Mundi, 2008)

[7]Anson, George. *Des Admirals, Lord Ansons Reise um die Welt [...] in den Jahren 1740-1744*, übersetzt von Richard Walter, Leipzig/Göttingen: Vandenhoeck, 1749.

[8]Barrow, John. *John Barrow's Reise durch China von Peking nach Canton im Gefolge der Großbrittanischen Gesandtschaft in den Jahren 1793 und 1794*, übersetzt von Johann Christian Hüttner, Weimar: Verl. d. Landes-Industrie-Comptoirs, 1804.

[9]C. M., *Littérature. »Iu-Kiao-Li«, ou »Les deux cousines«, roman chinois traduit par M. Abe Rémusat [...]. 1 er article*, in: *Le Globe. Journal philosophique et littéraire*, 23. Dezember

1826, pp. 299-301.

-2ème article. In: *Le Globe. Journal philosophique et littéraire*,
27. Januar 1827, pp. 380-382.

[10]Du Halde,Jean Baptiste. *Description géographique, chronique,*
politique et physique de l'empire de la chine et de la Tartarie
Chinoise (1-4), Paris: Le Mercier, 1735.

[11] Engelhardt, Moritz. *Scenen aus dem chinesischen Drama:*
Laou-Seng-Urh oder »der Erbe im Alter«, in: *Morgenblatt für*
gebildete Stände, 3. -22. April 1818.

[12] Francisci, Erasmo. *Neu-polirter Geschickt- Kunst- und Sitten-*
Spiegel ausländischer Völcker fürnemlich Der Sineser, Japaner,
Indostaner, Jabaner, Malabaren, Nürnberg: Endter, 1670.

[13]*Gallerie der Nationen.* Stuttgart: Ebner, 1792-94.

[14]Grimm, Jacob/Grimm, Wilhelm. *Briefwechsel zwischen Jacob*
und Wilhelm Grimm, hg. von Heinz Rölleke, Stuttgart:
Hirzel, 2001.

[15] Grimm, Jakob/Grimm, Wilhelm. *Briefe der Brüder Grimm*,
Jena: Frommann, 1923.

[16]Heine, Heinrich. *Reisebilder. Erster Theil Die Harzreise*, in:
Historisch-kritische Gesamtausgabe der Werke (Düsseldorfer
Ausgabe, Bd. 6), bearbeitet von Jost Hermand, Hamburg:
Hoffmann u. Campe, 1973, pp. 81-138.

[17]Heinz, Jutta/Golz, Jochen (ed.). *» Es ward als ein*
Wochenblatt zum Scherze angefangen «: *Das Journal von*
Tiefurt, Göttingen: Wallstein, 2011.

[18]Herder, Johann Gottfried. *Stimmen der Völker in Liedern*,
Tübingen: Cotta, 1807.

[19] Herder, Johann Gottfried. *Volkslieder. Erster Theil*, Leipzig:

Weygand, 1778.

[20]Jacobi, Johann Georg. *Sämtliche Werke. Erster Theil*, Halberstadt: Gros, 1770.

[21]*Ju-Kiao-Li oder die beiden Basen. Mit einer Vergleichung der chinesischen und europäischen Romane als Vorrede*, übersetzt von Jean Pierre Abel-Rémusat, Stuttgart: Franckh, 1827.

[22]Paul, Jean. *Dießjährige Nachlesung an die Dichtinnen*, in: Jean Pauls Sämtliche Werke. *Historisch-kritische Ausgabe*, *I. Abt.*, *I. Bd.* : *Vorschule der Aesthetik*, hg. von der Preußischen Akademie der Wissenschaften, Weimar: Böhlau, 1935, pp. 411-419.

[23]Klaproth, Heinrich Julius. *Verzeichnis der chinesischen und mandshuischen Bücher und Handschriften der K*[*öniglichen*] *Bibliothek zu Berlin*, Weimar: n. n., 1804.

[24]Klaproth, Heinrich Julius. *Asia Polyglotta*, Paris: Schubart, 1823.

[25]Lessing, Gotthold Ephraim. *Zur Geschichte und Literatur von den Schätzen der Herzoglichen Bibliothek zu Wolfenbüttel. Zweyter Beytrag*, Braunschweig: Fürstl. Waysenhaus-Buchhandlung, 1773.

[26]*Marco Paolo's Reise in den Orient, während der Jahre 1272 bis 1295. Nach den vorzüglichsten Original-Ausgaben verdeutscht und mit einem Kommentar begleitet von Felix Peregrin*, Ronnenburg/Leipzig: Schumann, 1802.

[27]Martini, Martin. *Novus Atlas Sinensis, das ist ausführliche Beschreibung des großen Reichs Sina*, Amsterdam: Blaeu, 1655.

[28]Murr, Christoph Gottlieb von(ed.). *Haoh Kjöh Tschwen, d. i.*

die angenehme Geschichte des Haoh Kjöh: *Ein chinesischer Roman, in vier Büchern* [...]. *Nebst vielen Anmerkungen, mit dem Inhalte eines chinesischen Schauspiels, einer Abhandlung von der Dichtkunst, wie auch von den Sprüchwörtern der Chineser, und einem Versuche einer chinesischen Sprachlehre für die Deutschen/Aus dem Chinesischen in das Englische, und aus diesem in das Deutsche übersetzet*, Leipzig: Johann Friedrich Junius, 1766.

[29] Pauw, Corneille de. *Recherches philosophiques sur les Egyptiens et les Chinois*, Berlin: Decker, 1773.

[30] Peyrefitte, Alain. *L'Empire immobile, ou Le choc des mondes*, Paris: Fayard, 1989.

[31] Ranking, John. *Historical Researches on the Wars and Sports of the Mongols and Romans*: *In Which Elephants and Wild Beasts Were Employed or Slain, and the Remarkable Local Agreement of History With the Remains of Such Animals Found in Europe and Siberia*, London: Ranking, 1826.

[32] Ricci, Matteo. *Storia dell'introduzione del Christianesimo in Cina, edite e commentate da Pasquale M. D'Elia, sotto ilpatrocinio della Reale Accademia d'Italia*, Bd. II, Rom: Libr. dello Stato, 1949.

[33] Schiller, Friedrich. *Schillers Werke. Nationalausgabe*, begründet von Julius Petersen, fortgeführt von Lieselotte Blumenthal, Benno von Wiese, Siegfried Seidel, hg. im Auftrag der Klassik Stiftung Weimar und des Deutschen Literaturarchivs Marbach von Norbert Oellers. (Daraus: *Gedichte in der Reihenfolge ihres Erscheinens 1776-1799*, hg. von Julius Petersen und Friedrich Beißner, Weimar: Böhlau,

1943 = NA 1; *Bühnenbearbeitungen. Zweiter Teil*, hg. von Hans Heinrich Borcherdt. Weimar 1949 = NA 14; *Erzählungen*, hg. von Hans Heinrich Borcherdt, Weimar: Böhlau, 1954 = NA 16; *Briefwechsel. Schillers Briefe 1. 11. 1796-31. 10. 1798*, hg. von Norbert Oellers und Frithjof Stock, Weimar: Böhlau, 1977 = NA 29; *Briefwechsel. Schillers Briefe i. il. 1798-31. 12. 1800*, hg. von Lieselotte Blumenthal, Weimar: Böhlau, 1961 = NA 30; *Briefwechsel. Schillers Briefe 1. 1. 1801-31. 12. 1802*, hg. von Stefan Ormanns, Weimar: Böhlau, 1985 = NA 31; Briefwechsel. Briefe an Schiller 1. 4. 1797-31. 10. 1798, hg. von Norbert Oellers und Frithjof Stock, Weimar: Böhlau, 1981 = NA 37. 1.)

[34] Schöll, Albrecht (ed.). *Goethes Briefe an Frau von Stein aus den Jahren 1776-1820*, Weimar: Landes-Industrie-Comptoir, 1848-1851.

[35] Seckendorff, Carl Siegmund Freiherr von. *Der Chinesische Sittenlehrer*, in: Heinz, Jutta/Golz, Jochen (ed.). *»Es ward als ein Wochenblatt zum Scherze angefangen«: Das Journal von Tiefurt*. Göttingen: Wallstein, 2011, pp. 113-115, 141-142.

[36] Seckendorff, Carl Siegmund Freiherr von. *Das Rad des Schicksals I eine chinesische Geschichte*, in: Heinz, Jutta/Golz, Jochen (ed.). *»Es ward als ein Wochenblatt zum Scherze angefangen«: Das Journal von Tiefurt*, Göttingen: Wallstein, 2011, pp. 117-118, 126-129, 165-167.

[37] Seckendorff, Carl Siegmund Freiherr von. *Das Rad des Schicksals oder die Geschichte Tchoan-gsees*, Dessau/Leipzig: Buchh. der Gelehrten, 1783.

[38] Staunton, George Leonard, *An Authentic Account of An Embassy From the King of Great Britain to The Emperor of China: Including Cursory Observations Made, And Information Obtained, In Travelling Through That Ancient Empire, And a Small Part of Chinese Tartary.* London: Nicol, 1797.

[39] Staunton, George Leonard. *Reise der englischen Gesandtschaft an den Kaiser von China, in den Jahren 1792 und 1793,* Zürich: Geßner, 1798-1799.

[40] Thoms, Peter Perring (ed.). *Chinese Courtship. In verse. To which is added, an appendix, treating of the revenue of China,* London/Macau: East India Campany's Press, 1824.

[41] Unzer, Ludwig August. *Vou-ti an Tsin-nas Grabe. Eine chinesische Nänie,* in: *Poetische Blumenlese auf das Jahr 1773,* Göttingen/Gotha: Dieterich, 1772.

[42] Unzer, Ludwig August. *Vou-ti an Tsin-nas Grabe. Eine chinesische Nänie,* Braunschweig: Vieweg, 1772.

[43] Wieland, Christoph Martin. *Sämtliche Werke* II, Bd. 7, Hamburg: Hamburger Stiftung zur Förderung von Wissenschaft und Kultur, 1984.

研 究 文 献

[1] [德]汉斯·尤尔根·格尔茨:《歌德传》,伊德、赵其昌、任立译,北京:商务印书馆,1997年.

[2] 郭沫若:《序〈再生缘〉前十七卷校订本》,载《郭沫若古典文学论文集》,上海:古籍出版社,1985年.

[3] 胡文楷:《历代妇女著作考》,上海:古籍出版社,1985年.

[4] [德]约翰·雷曼:《我们可怜的席勒:还你一个真实的席勒》,刘海宁译,上海:中央编译出版社,2007 年.

[5] 林笳:《歌德与〈百美新咏〉》,载《东方丛刊》2000 年第1 期.

[6] 孟华:《中法文学关系研究》,上海:复旦大学出版社,2011 年.

[7] 谭渊:《歌德席勒笔下的"中国公主"与"中国女诗人"——1800 年前后中国文化软实力对德影响研究》,北京:中国社会科学出版社,2013 年.

[8] 谭渊:《德国文学中的中国女性形象》,武汉:武汉大学出版社,2017 年.

[9] 卫茂平:《中国对德国文学影响史述》,上海:上海外语教育出版社,1996 年.

[10] 许明龙:《欧洲十八世纪中国热》,北京:外语教学与研究出版社,2007 年.

[11] 杨武能:《走近歌德》,上海:上海社会科学院出版社,2012 年.

[12] 叶隽:《德语文学研究与现代中国》,北京:北京大学出版社,2008 年.

[13] 张威廉:《对歌德译〈梅妃〉一诗的赏析》,载《中国翻译》1992 年第 6 期.

[14] 张威廉:《中德文化交流史上的一段佳话——歌德为开元宫人续诗》,载《南京大学学报(哲学·人文·社会科学)》1992 年第 4 期.

[15] Albrecht, Andrea. *Bildung und Ehe »genialer Weiber«*, in: *Deutsche Vierteljahrsschrift für Literaturwissenschaft und Geistesgeschichte* 80 (2006), pp. 378-407.

[16] Ammon, Frieder von. *Rezension zu Heinrich Detering, Yuan*

Tan: *Goethe und die chinesischen Fräulein*, in: *Goethe-Jahrbuch*, Band 135(2018), pp. 267-268.

[17] Apel, Friedmar/Greif, Stefan. *Lieber Kunst und Alterthum*, in: Witte, Bernd/Schmidt, Peter (ed.): *Goethe Handbuch*. Band 3: *Prosaschriften*, Stuttgart: Metzler, 1997, pp. 619-639.

[18] Aurich, Ursula. *China im Spiegel der deutschen Literatur des 18. Jahrhunderts*, Diss. Berlin 1935.

[19] Bauer, Wolfgang. *Goethe und China*: *Verständnis und Mißverständnis*, in: Reiss, Hans (ed.), *Goethe und die Tradition*. Frankfurt a. M.: Athenäum, 1972, pp. 177-197.

[20] Behrsing, Siegfried. *Goethes »Chinesisches«*, in: *Wissenschaftliche Zeitschrift der Humboldt-Universität zu Berlin, Gesellschafts- und Sprachwissenschaftliche Reihe*, XIX, H. 1 (1970), pp. 244-258.

[21] Bers, Anna. *Münzen für den Weltmarkt, Wertpapiere für Weimar. Goethes »Chinesisch-Deutsche Jahres- und Tageszeiten« und die »Gedichte zu symbolischen Bildern« als Zahlungsmittel im Zeichenhandel*, Göttingen: V&R unipress, 2017.

[22] Bers, Anna. *Universalismus und Wiederholte Spiegelung, Rokokokritik und Literaturgeschichtsschreibung. Zu Goethes » Chinesisches«*, in: Literaturstraße 18 (2017), pp. 163-193.

[23] Beutler, Ernst. *Goethe und die chinesische Literatur*, in: *Das Buch in China und das Buch über China*, Frankfurt a. M.: Hauserpresse, Werner u. Winter, 1928, pp. 54-58.

[24] Biedermann, Woldemar Freiherr von. *Goethe-Forschungen*, Bd. 1-3, Frankfurt a. M.: Rütten&Loening, 1879-1889.

[25] Birus, Hendrik. *Vergleichung. Goethes Einführung in die*

Schreibweise Jean Pauls, Stuttgart: Metzler, 1986.

[26] Birus, Hendrik/Bohnenkamp, Anne/Bunzel, Wolfgang (ed.). *Goethes Zeitschrift »Ueber Kunst und Alterthum«. Von den » Rhein- und Mayn-Gegenden « zur Weltliteratur*, Göttingen: Göttinger Verlag der Kunst, 2016.

[27] Birus, Hendrik. *»Ueber Kunst und Alterthum« im Lauf der Jahre*, in: Birus, Hendrik/Bohnenkamp, Anne/Bunzel, Wolfgang (ed.), *Goethes Zeitschrift » Ueber Kunst und Alterthum «. Von den »Rhein- und Mayn-Gegenden « zur Weltliteratur*, Göttingen: Göttinger Verlag der Kunst, 2016, pp. 45-83.

[28] Blackall, Eric A.. *Goethe and the Chinese Novel*, in: Ganz, Peter F. (ed.). *The Discontinuous Tradition. Studies in German Literature in Honour of Ernest Ludwig Stahl*, Oxford: Clarendon, 1971, pp. 29-53.

[29] Bohnenkamp, Anne. *Rezeption der Rezeption. Goethes Entwurf einer »Weltliteratur« im Kontext seiner Zeitschrift »Über Kunst und Altertum«*, in: Beutler, Bernhard/Bosse, Anke (ed.), *Spuren, Signaturen, Spiegelungen. Zur Goethe-Rezeption in Europa*, Köln u. a. : Böhlau, 2000, pp. 187-205.

[30] Bohnenkamp, Anne. *Volkspoesie-Weltpoesie — Weltliteratur*, in: Birus, Hendrik/Bohnenkamp, Anne/Bunzel, Wolfgang (ed.), *Goethes Zeitschrift »Ueber Kunst und Alterthum«. Von den » Rhein- und Mayn-Gegenden « zur Weltliteratur*, Göttingen: Göttinger Verlag der Kunst, 2016, pp. 87-118.

[31] Bosse, Anke. *China und Goethes Konzept der »Weltliteratur«*, in: *Jahrbuch des Freien Deutschen Hochstifts* 2009, pp. 231-251.

参 考 文 献 237

[32] Chen, Chuan. *Die chinesische schöne Literatur im deutschen Schrifttum*, Kieler Diss, 1933.

[33] Chung, Erich Ying-yen. *Chinesisches Gedankengut in Goethes Werk*, Mainz Diss., 1977.

[34] Debon, Günther/Hsia, Adrian (ed.). *Goethe und China-China und Goethe. Bericht des Heidelberger Symposions*, Bern u. a. : Peter Lang, 1985.

[35] Debon, Günther, *Goethe erklärt in Heidelberg einen chinesischen Roman*, in: Debon, Günther/Hsia, Adrian (ed.). *Goethe und China-China und Goethe. Bericht des Heidelberger Symposions*, Bern u. a. : Peter Lang, 1985, pp. 51-62.

[36] Debon, Günther. *Goethes »Chinesisch-Deutsche Jahres- und Tageszeiten« in sinologischer Sicht*, in: *Euphorion* 76, 1982, pp. 27-57. (Renewed in Debon, *China zu Gast in Weimar*, pp. 197-246.)

[37] Debon, Günther. *China zu Gast in Weimar. Achtzehn Studien und Streiflichter*, Heidelberg: Guderjahn, 1994.

[38] Debon, Günther. *Was wußte Goethe von der chinesischen Sprache und Schrift?* in: Golz, Jochen (ed.), *Goethes Morgenlandfahrten. West-östliche Begegnungen*, Frankfurt a. M. : Insel, 1999, pp. 54-65.

[39] Detering, Heinrich. *Bertolt Brecht und Laotse*, Göttingen: Wallstein, 2008.

[40] Detering, Heinrich. *» Metaphysik und Naturgeschichte «: Goethes Dornburger Gedichte*, in: *Merkur* 03 (2009), pp. 115-125.

[41] Düntzer, Heinrich. *Charlotte von Stein, Goethe's Freundin.*

Ein Lebensbild, *mit Benutzung der Familienpapiere entworfen.* *Zweiter Band. 1794-1827*, Stuttgart: Cotta, 1874.

[42] Gimm, Martin. *Zu Klaproths erstem Katalog chinesischer Bücher, Weimar 1804 oder: Julius Klaproth als >studentische Hilfskraft< bei Goethe?* in: Schmidt-Glintzer, Helwig (ed.), *Das andere China. Festschrift für Wolfgang Bauer zum 65. Geburtstag*, Wiesbaden: Harrassowitz, 1995, pp. 559-599.

[43] Golz, Jochen (ed.). *Goethes Morgenlandfahrten. West-östliche Begegnungen*, Frankfurt a. M. : Insel, 1999.

[44] Gütinger, Erich. *Die Geschichte der Chinesen in Deutschland. Ein Überblick über die ersten 100 Jahre ab 1822*, Münster u. a. : Waxmann, 2004.

[45] Heinz, Jutta/Golz, Jochen (ed.). *» Es ward als ein Wochenblatt zum Scherze angefangen «: Das Journal von Tiefurt*, Göttingen: Wallstein, 2011.

[46] Ho, Shu Ching. *Kulturtransformationen. Zu Goethes Übertragungen chinesischer Dichtungen*, in: *Liber Amicorum. Katharina Mommsen zum 85. Geburtstag*, hg. von Andreas Remmel, Bonn: Bernstein, 2010, pp. 237-263.

[47] Ho, Shu Ching. *Kulturtransformation und neue Synthese. Zu Goethes produktiver Begegnung mit China*, in: *Freiburger Universitätsblätter* 51 (2012), pp. 47-69.

[48] Hsia, Adrian, *Goethes poetische Chinareise. Unterhaltungen europäischer Chinafahrer*, in: *Goethe-Jahrbuch*, Band 120 (2003), pp. 182-195.

[49] Hsia, Adrian. *Chinesia, The European Construction of China in the Literature of the 17th and 18th Centuries*, Tübingen: Niemeyer, 1998.

[50] Japp, Uwe.»Geistiges Schreiben«: Goethes lyrische Annäherung
an China, in: Japp, Uwe/Jiang, Aihong. China in der
deutschen Literatur 1827-1988, Frankfurt a. M. u. a. : Peter
Lang, 2012, pp. 11-22.

[51] Keudell, Elise von. Goethe als Benutzer der Weimarer
Bibliothek. Ein Verzeichnis der von ihm entliehenen Werke,
Weimar: Böhlau, 1931.

[52] Ko, Dorothy. Cinderella's Sisters. A Revisionist History of
Footbinding, Berkeley/Los Angeles/London: Univ. of
California Press, 2005.

[53] Lamping, Dieter. Die Idee der Weltliteratur. Ein Konzept
Goethes und seine Karriere, Stuttgart: Kröner, 2010.

[54] Lauer, Gerhard. Goethes indische Kuriositäten, in: Kunz,
Edith Anna/Müller, Dominik/Winkler, Markus. Figurationen
des Grotesken in Goethes Werken, Bielefeld: Aisthesis, 2012,
pp. 159-179.

[55] Lee, Meredith. Goethes Chinesisch-Deutsche Jahres- und
Tageszeiten, in: Debon, Günther/Hsia, Adrian (ed.). Goethe
und China-China und Goethe. Bericht des Heidelberger
Symposions, Bern u. a. : Peter Lang, 1985, pp. 37-50.

[56] Maisak, Petra/Dewitz, Hans-Georg. Das Frankfurter Goethe-
Haus, Frankfurt a. M. : Insel, 1999.

[57] Mecklenburg, Norbert. Wasserlilien und Lilienfüsse, in:
Reich-Ranicki, Marcel (ed.). Frankfurter Anthologie.
Neunundzwanzigster Band. Gedichte und Interpretationen,
Frankfurt a. M. : Insel, 2006, pp. 32-34.

[58] Mecklenburg, Norbert. China: Goethes letzter, fernster,
nächster Osten, in: ders. : Goethe: Inter-und transkulturelle

poetische Spiele, München: Iudicium, 2014, pp. 388-411.

[59] Mecklenburg, Norbert. *Goethes letzter, fernster, nächster Orient*, in: Hess-Lüttich, Ernest W. B./Takahashi, Yoshito (ed.), *Orient im Okzident, Okzident im Orient. West-östliche Begegnungen in Sprache und Kultur, Literatur und Wissenschaft*, Frankfurt a. M. u. a. : Peter Lang, 2015, pp. 169-177.

[60] Meier, Monika. *Lucie Domeier geb. Esther Gad*, in: Bircken, Marianne/Lüdecke, Marianne/Peitsch, Helmut (ed.). *Brüche und Umbrüche. Frauen, Literatur und soziale Bewegungen*, Potsdam: Universitätsverlag Potsdam, 2010, pp. 43-64.

[61] Mommsen, Momme. *Die Entstehung von Goethes Werken in Dokumenten*. Bd. 2, unter Mitwirkung von Katharina Mommsen, Berlin/New York: de Gruyter, 2006.

[62] Rasch, Wolfdietrich. *Goethes » Iphigenie auf Tauris « als Drama der Autonomie*, München: C. H. Beck, 1979.

[63] Ruppert, Hans. *Goethes Bibliothek, Katalog*, Weimar: Arion, 1958.

[64] Schmitz, Hermann. *Goethes Altersdenken im problemgeschichtlichen Zusammenhang*, Bonn: Bouvier, 2008. (Reprint der Erstausgabe von 1959.)

[65] Schöne, Albrecht. *Der Briefschreiber Goethe*, München: Beck, 2015.

[66] Schwarz, Egon. *Der Chinese als Vorwand*, in: Reich-Ranicki, Marcel (ed.), *Deutsche Gedichte und ihre Interpretationen*, Bd. 2: *Johann Wolfgang von Goethe*, Frankfurt a. M. : Insel, 2002, pp. 238-240.

[67] Seibt, Gustav. *Mit einer Art von Wut. Goethe in der Revolution*, München: Beck, 2014.

[68] Sina, Kai. *Eines aus Vielem. Genese einer kollektiven Poetik der Moderne*, Habilitationsschrift Göttingen 2017.

[69] Tan, Yuan. *Der Chinese in der deutschen Literatur. Unter besonderer Berücksichtigung chinesischer Figuren in den Werken von Schiller, Döblin und Brecht*, Göttingen: Cuviller, 2007.

[70] Tan, Yuan. *Zu Goethes Beschäftigung mit chinesischen Dichterinnen*, in: *Literaturstraße* 13 (2012), pp. 49-67.

[71] Tan, Yuan. *Goethes Chinareise und die Geburt der Weltliteratur-Konzeption*, in: *Vielfalt und Interkulturalität der internationalen Germanistik. Festgabe für Siegfried Grosse zum 90. Geburtstag*, hg. von Fluck, Hans-Rüdiger/Zhu, Jianhua, Tübingen: Stauffenburg, 2014, pp. 173-185.

[72] Tscharner, Eduard Horst von. *China in der deutschen Dichtung bis zur Klassik*, München: Reinhardt, 1939.

[73] Wagner-Dittmar, Christine. *Goethe und die chinesische Literatur*, in: Trunz, Erich (ed.), *Studien zu Goethes Alterswerken*, Frankfurt a. M. : Athenäum, 1971, pp. 122-228.

[74] Walravens, Hartmut. *Julius Klaproth (1783-1835). Leben und Werk*, Wiesbaden: Harrassowitz, 1999.

[75] Walravens, Hartmut. *Julius Klaproth (1783-1835). Briefe und Dokumente*, Wiesbaden: Harrassowitz, 1999.

[76] Walravens, Hartmut. *Zur Geschichte der Ostasienwissenschaften in Europa, Abel Rémusat (1788-1832) und das Umfeld Julius Klaproths (1783-1835)*, Wiesbaden: Harrassowitz, 1999.

[77] Walravens, Hartmut (ed.). *Chinesische Romane in deutscher*

Sprache im 18. und 19. Jahrhundert. Zur frühen Kenntnis chinesischer Literaturin Deutschland, Wiesbaden: Harrassowitz 2015.

[78] Wilhelm, Richard. *Chinesisches. Gedichte hundert schöner Frauen, von Goethe übersetzt, in: Chinesisch-deutscher Almanach für das Jahr 1929-1930*, Frankfurt a. M. : China-Institut, pp. 13-20.

致　　谢

我们在此感谢 Anna Bers 对《中国作品》进行的诗学逻辑方面的研究，她 2017 年发表在《文学之路》上的论文为本书提供了重要思路。

特别感谢李腾细致的引用检索工作，感谢李双志、Thomas Hollman 以及 Hendrik Birus 等同事就本研究进行的专业对话，感谢 Maren Ermisch、Kai Sina、张小燕、胡清韵、宣瑾和李晓书的校对和专业对话，感谢魏晓湉、岳佳欢、韦文琦、王玉珏、徐聪在跨文化分析课上就翻译提出的建议。

我们由衷地感谢你们！

感谢魏玛古典基金会（Klassik Stiftung Weimar）为本书研究提供的访问资助！感谢歌德席勒档案馆（Goethe-und Schiller-Archiv）提供歌德《中国作品》手稿并允许本书影印发表，从而使歌德《中国作品》的全套手稿首次通过本书完整地呈现在学术界面前。

感谢德国科隆 Morphomata 国际研究院为本书所提供的慷慨资助！感谢德国亚历山大·洪堡基金会（Alexander von Humboldt-Stiftung）所提供的资深学者奖学金。感谢华中科技大学外国语学院为本书中文版所提供的资助。

谭渊 & 海因里希·戴特宁

2019 年于哥廷根